suhrkamp taschenbuch 3577

Liebe Ma

schöne Weihnachten
und alles Gute für 2009!

Stefan
24/12/08

Mitten im Zweiten Weltkrieg, in einer deutschen Stadt. Es dunkelt. Ein Junge, Benjamin, hastet die Wendeltreppe eines Kirchturms hinauf. Unter dem Glockenstuhl angekommen, lehnt er sich verschnaufend über die Brüstung – gerettet, fürs erste – und läßt seinen Blick über die Dächer der Altstadt gleiten.

Unheimlich, wie auf einer Simultanbühne, enthüllt sich dem Türmer wider Willen das Schicksal der Einwohner während der folgenden Bombardierung und bei den Aufräumungsarbeiten danach: ein Alltagsleben mit Hindernissen in so gar nicht alltäglichen Zeiten. Zwangsarbeit und Heimaturlaub, Anpassung und Widerstand, Flucht und Verfolgung, Größenwahn und Verzweiflung zeigen sich in diesem Panorama weniger Stunden, das die Autorin trotz allem, was passiert, im Schwebezustand einer »Momentaufnahme« zu halten versteht.

Geno Hartlaub, geboren 1915 in Mannheim, arbeitete lange Jahre als Journalistin. Die Autorin zahlreicher Romane und Erzählungen und Herausgeberin der Werke ihres Bruders Felix Hartlaub (1913-1945) lebt in Hamburg. *Gefangene der Nacht* erschien erstmals 1961.

Geno Hartlaub
Gefangene der Nacht

Roman

Mit einem Nachwort von
Sigrid Weigel

Suhrkamp

Umschlagfoto:
David Seymour / Magnum / Agentur Focus

suhrkamp taschenbuch 3577
Erste Auflage 2004
Suhrkamp Verlag Frankfurt am Main

Druck: Nomos Verlagsgesellschaft, Baden-Baden
Printed in Germany
Umschlag nach Entwürfen von
Willy Fleckhaus und Rolf Staudt
ISBN 3-518-45577-X

1 2 3 4 5 6 – 09 08 07 06 05 04

Gefangene der Nacht

Für Prospero

I

Die Schritte, lang kurz kurz, immer rundherum, jede dritte Stufe war etwas breiter, nach jeder zehnten kam ein Absatz, nach fünfzig ein ebenes Stück, auf dessen Steinboden ein Lichtviereck aus der Fensterluke fiel. Die Schneckenhausuhr, Wendeltreppenuhr, immer im Kreis herum, immer höher, immer näher dem Glockengestühl, immer höher und noch jetzt das Geräusch im Ohr, mit dem sich der Schlüssel des Mesners unten im Türschloß gedreht hatte, welch wunderbare Gefangenschaft! Es gab keine Klingel, keinen Klopfer hier, und gegen das morsche Holz der Turmtür würden sie nicht mit ihren Schaftstiefeln treten. Er tastete sich weiter, an der gerundeten Mauer entlang, von Lichtviereck zu Lichtviereck. Er zählte die Stufen, vierhundertzehn, elf, zwölf. Irgendwo löste sich ein Stein von der Wand, fiel in die Tiefe des Turmschachts hinunter. Er blieb stehen, horchte in die Dunkelheit und wartete, bis der Stein unten wie auf dem Grund einer hohlen Zisterne aufschlug. Langsam, fast lautlos fing er wieder zu steigen an. Endlich war er angelangt am Balkengerüst, in dem die Glokken hingen. Dort, wo die Holzstiege begann, die zur Turmgalerie führte, fiel ein schräges Strahlenbündel durch ein Spitzbogenfenster auf die Stufen. Er lehnte sich über die Brüstung und blickte ins Freie hinaus.

Noch immer Sonne! Auf der Flucht vor den Schatten der Dämmerung war ihr Licht bis zu den Dächern der Altstadthäuser emporgeklettert, es blitzte auf den Drähten der Antennen und sammelte sich in feurigen Wolken mit schwarzen Schlackenresten am westlichen Horizont. Wie er die Sonne haßte! Den ganzen Tag über hatte sie ihn auf seinen ziellosen Wegen durch die Stadt verfolgt und ihre vergifteten Pfeile nach ihm abgeschossen, während er an den Häuserwänden entlangschlich, von Schattenversteck zu Schattenversteck.

Vor dem Ausgang zur Turmgalerie ließ er sich auf einer der Stufen der Holzstiege nieder und bedeckte sein Gesicht mit den Händen. Schlafen, tief schlafen in Abrahams Schoß, so tief, daß ihn nicht einmal das Dröhnen der Glocken ins Wachland zurückrufen würde! Wie lange hatte er die Augen nicht mehr geschlossen? Die letzte Nacht auf der Kellerstiege gehockt, eingeklemmt zwischen Falltür und Verschlag, die vorletzte im Freien am Flußufer zwischen den Weiden, die davor in der Hölle des Treppenhauses, durch das sie die Eltern abgeführt hatten, in Kopftücher und Schals vermummt wie sonst beim Alarm, mit dem Notgepäck, mehr brauchten sie nicht dort, wo sie jetzt waren. Sie zerrten Mirjam an der Hand hinter sich her, ihr Arm sah sonderbar aus, wie ausgekugelt aus dem Gelenk, sie brauchte immer zwei Schritte für eine Treppenstufe: ihr helles, heiteres Trippeln über dem dunkeln Ton des Schlurfens und Schleifens . . .

Eine Schar von Gespenstern, zurück in die Unterwelt, bevor der Hahn kräht, ehe die Sonne aufgeht, im Morgengrauen, kein Jammern, keine Klage, nur über ihnen allen ein hoher Ton, der nicht zu ihnen gehört, nicht aus ihren Mündern dringt, sondern irgendwoher aus der Höhe wie das Weinen eines Kranken in der Narkose. Sie alle mit Sack und Pack in die Hölle hinuntergeführt von Wächtern in glänzenden Regenmänteln mit grünen Hüten, wie Jäger sie tragen. Sie alle, nur er nicht, obgleich er sich ganz in ihrer Nähe in einer Nische des Treppenhauses versteckt hatte. Niemand sah ihn, sie liefen an ihm vorbei und sahen ihn nicht, weder die Eltern noch Mirjam, weder die Nachbarn noch die Wächter.

Unsichtbar – wie oft er das geübt hatte, früher in der Straßenbahn, wenn er nicht bezahlen wollte, oder in der Schule, wenn der Lehrer ihn nicht aufrufen sollte. Unten an der Haustür drehte die Mutter sich um, legte den Kopf in den Nacken und

rief in den Schacht des Treppenhauses hinauf: ›Benjamin, wo bist du?‹ Doch die Männer in den Regenmänteln hörten es nicht, sie zogen die Jägerhüte tiefer ins Gesicht, sie stiegen die letzten Stufen in ihren knarrenden Schaftstiefeln hinunter. Keiner von ihnen fragte nach Ben, der auf ihren Listen stand und beim Abtransport fehlen würde. Sie wußten, daß er nicht zu den anderen gehörte, zu niemand gehörte – vaterlos, mutterlos, ohne Namen.
Benjamin, wo bist du? Noch einmal hallte die Stimme der Mutter dunkel aus dem Turmschacht zu ihm hinauf. Die Mauern gaben ihr Echo zurück. Schaftstiefelschritte näherten sich über die Wendeltreppe, immer im Kreis herum, immer höher, immer näher dem Glockengestühl. War er eingeschlafen, hatte er geträumt? Er sprang auf, zog sich am Geländer der Holzstiege hoch, erkletterte die letzten Stufen. Feuchte Zugluft wehte aus der Tiefe des Turmschachts. Auf der halbrunden Plattform der Galerie breitete sich grünliches Dämmerlicht aus, nur die Fialen der Turmspitze glühten noch im Widerschein der im Dunst der Niederung versinkenden Sonne. Vorsichtig tastete er sich bis zum Geländer vor. Über dem Fluß stiegen schwere Schatten auf, in den gekrümmten Kanälen der Altstadtgassen sammelte sich die Dunkelheit in trüben Rinnsalen an. Bleischwer lasteten die Dächer auf den rötlichen Sandsteinmauern. Nur die Fassaden der Fachwerkbauten, die den Dom in einem engen Halbkreis umlagerten, schimmerten noch hell, fast weiß.
Als Ben sich über das Geländer der Turmgalerie beugte, entdeckte er drei schwarz gekleidete Frauen, die sich schräg über den Domplatz bewegten. Sie schienen nur mühsam vorwärts zu kommen, nach einer Weile blieb die kleinste von ihnen ein wenig zurück. Jetzt bildeten sie ein Dreieck, drei schwarze Punkte auf der hellen Fläche, zu denen ein wenig später ein vierter kam, in dem Ben den Mesner von der Turmtür wiedererkannte. Langsam, in einem schleppenden Hinkeschritt, machte

er seinen Abendrundgang um den Dom. Von Zeit zu Zeit blieb er stehen, bückte sich, hob etwas vom Boden auf, entfernte einen Zettel von der Kirchentür und fegte mit dem Besen, mit dem er vorhin die untersten Stufen der Wendeltreppe gekehrt hatte, einen Haufen welker Blätter von den Bäumen am Chor zusammen.
Die Ausläufer des Windes, der jeden Abend kurz nach Sonnenuntergang von den Waldbergen am Horizont in die Niederung hinunterwehte, erreichten die Spitze des Domturms, trieben eine leichte Staubwolke auf von der Plattform der Galerie. Im Kessel der Stadt siedete noch immer die Hitze des Sommertages unter einer Glocke von Dunst und Rauch. Im letzten, unscharfen Dämmerlicht entdeckte Ben einen Radfahrer, einen Mann im Arbeitsanzug mit einer Schirmmütze, der – Rücken und Schultern tief über die Lenkstange gebeugt – über den Domplatz fuhr.

Über das Katzenkopfpflaster der Altstadtgassen holperte das Fahrrad den steilen Buckel zum Minoritenkloster hinauf. Auf der anderen Seite des Hügels glitt es im Freilauf zum Steingraben hinunter, zog eine flache Schleife, kurvte scharf nach links und überquerte in Zickzacklinien den Platz vor dem Amtsgericht mit den alten Kastanienbäumen. Vor einer Absperrung an der Dreikönigstraße bog es von neuem ab, schlängelte sich durch die gewundenen Gassen des ehemaligen Judenviertels, fand den Querriegel des Eschentores, fuhr über glatten Asphalt zum Rondell mit dem Kriegerdenkmal und erreichte über einen Sandpfad zwischen zwei Trümmergrundstücken die Lindenallee, die am Rande der Wallanlagen nach Osten führte. Kurz hinterm Lokalbahnhof senkte sich das Gelände ein wenig nach der Flußniederung zu, wo um diese Stunde fast immer ein Dunstschleier hing. Vor einer Unterführung war das Pflaster aufgerissen, rote Haltesignale wiesen den Weg zu einer Umgehungsstraße, die zwischen Schrebergärten, Bauplätzen und Schutthalden ins Fabrikgelände hinausführte.

Karl beugte sich tiefer über die Lenkstange, seine Füße traten mühsam die Pedale, er spürte das zerrende Gewicht des schweren Sackes, der auf dem Gepäckträger des Rades befestigt war. Drei Stunden heißer Fahrt auf fast schattenloser Landstraße hatte er hinter sich, noch jetzt brannte seine Haut von der Sonne. Ein wenig Erde von den Äckern brachte er mit, sie hing in feuchten Klumpen an den Rüben und Kohlköpfen im Hamstersack, den er zur Fabrik mitschleppte. In den ersten Abendstunden war es jetzt oft am allerschwärzesten, eine Finsternis wie im dichtesten Wald, wer nicht Augen wie Katzenlichter hatte, blieb mit dem Vorderrad in einem Schlagloch stecken, stolperte über Steinbrocken im Weg, landete irgendwo am Straßenrand. Trotz der frühen Stunde war niemand mehr unterwegs. Kein Lichtschimmer drang durch die sorgsam verdunkelten Fenster. Kurz nach Sonnenuntergang zogen sich die Bewohner des Vorstadtviertels in ihre Häuser und Baracken zurück, machten alle Läden dicht und gingen mit den Hühnern schlafen. Der holprige Sandpfad führte an den Bahngeleisen entlang. Ein Güterzug rangierte auf der Strecke hin und her, eine Lokomotive, die dichte Qualmwolken ausstieß, fuhr keuchend und zischend vorüber. Vor einer geschlossenen Schranke mußte Karl warten. Als er nach einigen neuen Umwegen die Hauptstraße wieder erreicht hatte, blitzten hier und da schmale Lichter von ihm entgegenkommenden Fahrzeugen auf. Durch die Dunstschicht am Himmel stachen einzelne Sternensplitter. Er erkannte die beiden Schlote der Fabrik und das flache Dach der Maschinenhalle, deren Umriß sich unscharf vom schwach aufgelichteten Hintergrund des westlichen Horizontes abhob. In einem weiten Bogen fuhr er durch das Tor der Werkseinfahrt in den Hof. Durch die großen Glasfenster der Hallen drang dumpfer Motorenlärm. Die Nachtschicht hatte schon begonnen. Als er vom Rad abstieg,

fing ein Hund zu bellen an, Schritte näherten sich vom Eingang her.
»Halt, wer da?« rief der Pförtner wie ein Posten auf Wache und leuchtete ihm mit der Taschenlampe ins Gesicht.
»Du bist's, Karl«, seine Stimme klang mürrisch, »schon wieder vom Urlaub zurück?«
Er hielt den Hund, der zu bellen aufgehört hatte, kurz an der Leine, machte seine Lampe aus und tastete sich durch die Dunkelheit zur Pförtnerloge. Karl bat ihn, für kurze Zeit auf sein Rad zu achten. Er öffnete die Tür zur Maschinenhalle.
»Wenn jemand nach mir fragt«, rief er, »ich bin bei Meister Stein in der Dreherei.«

Das Glashaus – drei Meter lang, zwei Meter fünfzig breit, zwei Meter hoch, die Männer, die aus der Maschinenhalle kamen, zogen unwillkürlich Kopf und Schultern ein, um nicht an die niedere Decke zu stoßen. In dieser Hinsicht hatte Stein keine Sorgen. Größe Einsfünfundfünfzig stand im Paß, also mußte es stimmen. Zuletzt hatten sie ihn bei der Musterung gemessen. Kann kein Gewehr tragen, der Mann, hatte der Feldwebel gesagt. Da war auch noch die Rückgratverkrümmung, nicht gerade sehr auffällig, man konnte sie gut unterm grauen Kittel verbergen wie die Glatze unterm Käppchen, das er gegen die Zugluft trug. Von seinem Holztisch mit den bunten Zetteln der Auftragsbestätigungen und der Lohnkartei konnte er die Dreherei bis zur Transformatorenstation überblicken. Hinter den Scheiben des Meisterhäuschens war er abgeschnitten vom Lärm in der Halle. Nur noch gedämpft hörte er das Surren der Räder und Treibriemen, das Zischen der Schweißbrenner, das Getöse der Niethämmer aus der Kesselschmiede.
Eine Temperatur wie im Tropengewächshaus herrschte hier innen. An manchen Hochsommertagen stieg das Thermometer bis zu vierzig Grad und sank nur wenig ab in den Nächten.

Man sollte sich mehr Bewegung machen, müßte öfter herauskommen an die frische Luft. Vom ewigen Hocken wurden die Knie steif und der Rücken noch krummer. Mit der Kurzsichtigkeit war es auch schlimmer geworden in letzter Zeit. Immer tiefer mußte er sich über die Lohnlisten mit den unscharf getippten Zahlen beugen. Aber im Kopf konnte er zum Glück immer noch leidlich Ordnung halten.

Ein gutes Gedächtnis hatte er schon in seiner Jugend gehabt, als er die Schulungskurse der Partei besuchte. Seitenlange Texte aus den Büchern der Väter des Klassenkampfes konnte er heute noch auswendig. Wenn er die Augen schloß, sah er die abgegriffenen Seiten mit ihren Absätzen und Kapiteleinteilungen vor sich, in Gedanken blätterte er jedesmal an den richtigen Stellen um. Solch ein gut geschultes Gedächtnis gleicht einer Riesenkartei mit zahllosen Fächern, Regalen und Schubladen. Ganz vorn, jederzeit griffbereit, waren die Kennziffern und Produktionszahlen untergebracht, die Dringlichkeitsstufen, Akkordabrechnungen, Belegschaftsstärken, und was man sonst zum täglichen Handwerk braucht. Nach einer trüben Mittelzone, in der allerlei überflüssiges Treibgut herumschwamm, kam eine Geheimtür, zu der nur er den Schlüssel besaß. In den hinteren Gedächtniskammern lagerten, sicher verwahrt wie in einem Panzerschrank, andere Namen und Zahlen, Listen und Lohnabrechnungen, Erfolgs- und Mißerfolgsmeldungen. Keiner außer ihm kannte sich mit den verschlüsselten Texten aus. Nicht umsonst war er schon früh bei den Illegalen in die Schule gegangen, hatte das ABC und das Einmaleins noch einmal nach der Methode der Agenten gelernt.

Die beste Gedächtnisübung war das Schachspiel, das er in seiner freien Zeit allein oder mit einem der alten Genossen und Freunde in verrauchten Kneipen der Vorstadt betrieb. Vor dem schwarzweiß gewürfelten Brett spielt sich die Arbeit im Kopfe ab. Lange Zeit sitzt man sich stumm gegenüber, ehe man sich zu einem Zug entschließt. Die acht Bauern sind das

Fußvolk, sie sind das Material, mit dem man arbeitet. Springer, Läufer und Turm gibt es doppelt, aber die Hauptpersonen, König und Königin, die sind nur einmal da. Verlassen und hilflos stehen sie auf freiem Feld, wenn die anderen sie nicht schützen. Solch ein König ist die kümmerlichste Figur auf dem Brett. Man bietet ihm Schach, und er sieht sich um, ob er noch irgendwohin ausrücken kann. Seine Dame hat mehr Freiheiten als er, über das ganze Spielfeld läuft sie ihm davon; wenn es darauf ankommt, wird sie ihm niemals helfen.

Seit einiger Zeit hatte Stein es sich angewöhnt, die Mitglieder seiner kleinen Gruppe nach den Figuren des Schachbretts einzuteilen. Das Fußvolk, die Bauern benutzte er nur zu untergeordneten Aufträgen. Vorsichtig rückte er sie von einem Feld zum anderen, um wichtigere Figuren, die hinter ihnen standen, zu schützen. Die Pferdchen mit ihrem Kreuz und Quer, ihrem Hin und Her, eigneten sich gut zur Verwirrung der Gegenseite. Auf die Türme konnte man sich verlassen, auch wenn sie lange Zeit auf ein und demselben Platz stehen blieben und nicht mehr mitzuspielen schienen. Am brauchbarsten waren die Läuferfiguren, wendige, immer bereite Boten, die man mit der Übermittlung gefährlicher Nachrichten beauftragen konnte.

Wo nur die Zugluft wieder herkam? Bei der drückenden Hitze im Glashaus mußte man sich vor Erkältungen hüten. Einige Zettel wehten vom Tisch herunter. Als er sich bückte, um sie aufzuheben, schlug die Tür zu mit einem Knall, der die Scheiben erzittern ließ. Vor dem Regal mit der Lohnkartei stand Karl, der Hamsterer, Bote, Radfahrer, Lieferant von erlaubten und verbotenen Gütern – eine Läuferfigur im großen Spiel! Rotverbrannt, mit Lungen voll frischer Landluft, kehrte er von einem kurzen Urlaub zurück, den Stein ihm wegen eines Betriebsunfalls verschafft hatte. Er schob die Schirmmütze in den Nacken und grinste zur Begrüßung mit seinem gelben Gebiß. Auf dem platten Nasensattel keimten ein paar neue

Sommersprossen, die hellen Augen schienen von der Sonne noch mehr verblichen zu sein.
»Gut, daß du da bist, man hat schon nach dir gefragt.«
Karl setzte sich auf die Kante des Tischs und ließ die Beine ins Leere baumeln, obgleich er wußte, daß der Meister solche Vertraulichkeiten nicht leiden konnte. Er nahm die Schirmmütze ab und fuhr sich mit den Fingern durch das störrische Haar.
»Bin neugierig, wer Sehnsucht nach mir hat.«
»Die in der Villa brauchen 'nen Aushilfsfahrer.«
»Also von daher weht der Wind.«
»Nur ein paar Stunden Bereitschaftsdienst.«
»Weshalb denn ausgerechnet ich?«
»Sie haben 'ne Schwäche für deinen Typ. Schon ein paar Mal war der Bolte hier, im besonderen Auftrag des Chefs.«
»Ich hab' noch genug vom letzten Mal. Kann den Gestank in der Räuberhöhle nicht vertragen.«
Stein legte den Bleistift beiseite, mit dem er Zahlen auf einer Lohnliste zusammengezählt hatte. Er schob die Brille hoch und blinzelte ins grelle Licht: »Es sollte wieder mal einer von uns nach dem Rechten dort sehen.«
Karl setzte die Schirmmütze auf und öffnete die Tür zur Maschinenhalle.
»Also gut«, rief er, »aber es ist das letzte Mal, daß ich Nachtdienst mache da draußen.«
Er ging durch den Mittelgang der Dreherei zum Kuppelbau der Kesselschmiede. Für ein paar Minuten blieb er vor der neuen Schneidmaschine stehen, um zuzusehen, wie der zischende Feuerstrahl eine Stahlplatte zertrennte. Durch den Lärm der Motoren hörte er, daß sein Name gerufen wurde. Als er sich umdrehte, sah er Meister Stein in seinem grauen Kittel, mit dem Käppchen auf der Glatze. Im grellen Licht, das von den Röhren an der Decke niederrann, wirkte sein Gesicht krankhaft blaß, er nickte Karl zu und machte ein Zeichen. Im

Schatten der stillgelegten Transformatorenstation, wo niemand sie beachtete, blieben sie stehen.

»Kommst du in der Elektrodenabteilung vorbei? Da wäre etwas abzugeben.«

Stein zog einen prall gefüllten Briefumschlag aus seiner Kitteltasche.

»Gib schon her«, sagte Karl, »bin ja gewöhnt, den Laufburschen für dich zu spielen.«

Olga Kinski. Persönlich, stand in flüchtiger Bleistiftschrift auf dem Umschlag. Er trat einen Schritt zurück und sog die Luft mit einem leisen Pfeifen durch die Zähne ein.

»Ich bin ja nicht neugierig. Aber manchmal wüßte man gern, was man zu befördern hat. Das da drinnen«, er tippte mit dem Zeigefinger auf den Umschlag, »ist verdammt heiß.«

Die Elektrodenabteilung war in einem niederen Anbau am Ende der Hallen untergebracht. Die Frauen standen dort in mehreren Reihen neben- und hintereinander an den Packtischen. Von weitem sah das Ganze wie ein Reihenbeet aus, lauter Kopftücherblumen, manche grellfarbig bunt, andere halb verwelkt und grau, nur wenige standen in voller Blüte. Karl blickte über die Packtische hinweg, er durchsuchte die Reihen der Arbeiterinnen. Ein paar Köpfe drehten sich um, einige Mädchen stießen sich an und kicherten. An der Tür, die zur Kellertreppe und den Waschräumen führte, wurde er erwartet. Allzu sichtbar hatte sie sich aufgestellt für eine Begegnung, die besser geheim geblieben wäre. Ihre Arbeitszeit war zu Ende, sie hatte sich schon zum Nachhauseweg fertig gemacht. Sie trug kein Kopftuch wie die anderen, das Haar fiel ihr glatt auf die Schultern. Ein breites, blasses, starres Gesicht mit etwas schräg eingeschnittenen Augen. Über den hohen Backenknochen schien die Haut zu spannen, die Mundwinkel waren ein wenig abwärts gezogen. Sie war von einer anderen Rasse als die

Kopftücherblumen vom Reihenbeet, für solche Unterschiede besaß er den rechten Blick. Keinen Schritt kam sie ihm entgegen. Sie erwartete ihn an der Tür wie die Herrin des Hauses einen Boten, der eine wichtige Nachricht überbringt.
»Sie kommen von Meister Stein?«
Nur sachte, mein Mädchen, wir sind hier nicht am Lieferanteneingang. Heutzutage gibt es keine Unterschiede, keine Rassen, Sorten und Klassen mehr, nur noch das zähe Einheitsgemisch, zu dem wir alle gehören.
»Sie sollen etwas abgeben von Meister Stein?«
Für die Post, die ich zu befördern habe, meine Dame, genügt kein flüchtiges Dankeschön, kein Trinkgeld und Tür-vor-der-Nase-Zuschlagen. Die Wände hier haben zu viele Ohren, die Blümlein am Packtisch zu viele Augenpaare. Komm mit auf die Kellertreppe, wenn du etwas von mir willst! Ein Ruck mit den Schultern genügte, sie hatte begriffen, wich zurück, gab den Durchgang frei. Ein paar tastende Schritte ins Ungewisse, dann stieg sie vor ihm mit hängenden Schultern die feuchten Steinstufen hinunter. Dich hätten wir, Kindchen, so bald stellst du keine Fragen mehr. Jetzt sind wir es, die etwas zu fordern haben! Er zog den Umschlag aus der Tasche, hielt ihn in der Hand, tastete ihn ab, ohne ihn zu übergeben.
»Es sind die Papiere für den Herrn Bräutigam. Paß und Kennkarte. Gute Papiere.«
Ihre Haltung wurde steif vor Ungeduld, die Hand löste sich vom Treppengeländer: »Geben Sie her!«
»Falsche Papiere sind teuer, die kosten was, Kind!«
Sie wollte sich umdrehen, an ihm vorbei die Treppe hinaufgehen, er stellte sich ihr in den Weg. Im nächsten Augenblick preßte er sie gegen die Wand. Sie machte sich steif, nur harte Knochen, Schulter, Hüfte, Knie spürte er, keine einzige weiche Rundung. Kräfte hatte sie wie ein Mann, und er konnte es hier zwischen Waschraum und Latrine auf keinen Ringkampf ankommen lassen.

Wenn du wüßtest, mein Mädchen, wie wenig dein Typ mich reizt! Ich tu' es nur, um dir zu zeigen, wer Herr im Haus ist, wer das Heft in der Hand hält! – Doch diese Olga schien von der gleichen Sorte wie er zu sein. Sie spielte selbst gern die Herrin, die Herrscherin, wies freche Boten am Lieferanteneingang in ihre Grenzen zurück. Er sah noch, wie sie die Hand erhob, dann duckte er sich unter ihrem Schlag. Als er sich umdrehte, lief sie die letzten Stufen der Treppe hinunter. Der Umschlag steckte in ihrer Kitteltasche. Weiß der Himmel, wie sie es fertiggebracht hatte, ihn an sich zu bringen. Sein Gesicht brannte, er klopfte den Staub von der Hose. Unten schlug die Tür des Waschraums zu, wurde der Schlüssel herumgedreht. Er stand draußen, auf der Treppe, ohne Trinkgeld, ohne Botenlohn.

2

Falsche Papiere sind teuer, die kosten was, Kind, noch dazu, wenn sie von einem Toten sind. Man muß ihm seinen Namen abkaufen, das Alter, den Ort der Geburt, die Farbe des Haares, die besonderen Kennzeichen. Teuer bezahlt? Das war ihre Sache, sie würde den Preis nicht nennen, den sie gekostet hatten. Im trüben Licht der Hintertreppen, zwischen Tür und Angel, schloß man heute Geschäfte auf Leben und Tod ab, ohne Vertrag und Unterschrift. Groß war das Risiko, nirgends gab es Kredit, überall wurde Barzahlung verlangt. Der Überbringer des Umschlags war ihr unbekannt, sie sah ihn heute zum ersten Mal, hatte sonst kein Gedächtnis für neue Gesichter. Dieses würde sie behalten, das Botengesicht, Bösebubengesicht: Sommersprossen, rotes Haar, platter Nasensattel, kleine, fast farblose Augen.

Keine Ahnung, was in solch einem störrischen Schädel vorging! Könnte auf einem anderen Stern geboren sein, der Bote, der die Papiere des Toten brachte, auf einem wüsten wilden Kraterstern, wo sich nur solch zähe Gewächse wie er halten. Alles an ihm war feindlich und fremd, die alten Augen im jungen Gesicht, das Grinsen, die Hände, der Geruch nach Rauch, Gewürzen und Schweiß, der aus dem Arbeitsanzug drang. Hundertfach ausprobiert war die Art seiner Annäherung, frech und gewöhnlich der Griff um ihre Schulter. Hatte sie ihn wirklich geschlagen? Beschämend und lächerlich! Ein Schlag ins Gesicht ist schlimmer als eine Tür, die sich für immer schließt. Hätte sie sich nicht auf andere Art bedanken können für den gefährlichen Botendienst, durch einen Kuß, einen Bruder- und Schwesternkuß? Schlag oder Kuß, Kuß oder Schlag, irgendein Zeichen zum Beweis, daß man zusammengehört, auch wenn

man auf verschiedenen Sternen geboren ist und sich vielleicht niemals wiedersieht?
Während sie die vier Stockwerke zur Mansardenkammer hinaufstieg, tastete sie nach dem Umschlag in der Kitteltasche. Er war noch da, heil und unversehrt, sie brachte ihn sicher nach Hause. Durch die Milchglasscheiben der Hausmeisterwohnung schimmerte Licht. Im Erdgeschoß öffnete sich eine Tür, ein schleppender Schritt näherte sich auf der Treppe. Hatte man sie am Haustor gesehen, ging ihr jemand nach, verfolgte man sie bis ins Dachgeschoß, um sie vor der Tür der Mansarde abzufangen? Tag und Nacht lief das Leben des Mietshauses mit der Regelmäßigkeit eines Uhrwerks ab. Zu ihrer vorgeschriebenen Zeit zeigten sich immer die gleichen Figuren im Hauseingang, machten ihre täglichen Wege und kehrten am Abend in einer bestimmten Reihenfolge in ihre Wohnungen zurück. Nach sechs Uhr abends wurde es still im Haus, nur noch selten hörte man die Stufen der Holzstiege knarren, nach acht Uhr drehte sich kaum mehr ein Schlüssel in den Wohnungstüren, nach zehn verließen die letzten Besucher das Haus.
Sie klopfte dreimal an die Tür, fast lautlos drehte sich der Schlüssel im Schloß, der Riegel wurde zurückgeschoben. Beizender, bitterer Rauchgeruch schlug ihr entgegen, im Aschenbecher häuften sich halb zu Ende gerauchte Zigaretten, die Reste ihrer aufgesparten Monatsration. Auf dem Tisch lagen flüchtig beschriebene Zettel zwischen aufgeschlagenen Büchern und Brotkrusten herum. Überall entdeckte sie die Spuren des einsam und ruhelos im Kammergefängnis verbrachten Tages. Alberts Stimme klang atemlos, als sei er und nicht sie die fünf Treppen bis zum Mansardenstockwerk hinaufgestiegen.
»Endlich! Seit zwei Stunden warte ich. Spät kommst du heute.«
Sie machte die Tischlampe aus, zog den Vorhang auf und öffnete das Fenster. Eine Weile standen sie schweigend nebeneinander im Dunkeln. Erst allmählich durchdrang die kühlere

Abendluft den in der Kammer aufgestauten Block von Hitze und Rauch. Albert fing an, hinter ihr auf- und abzugehen. Bei jedem Knarren der Dielen fuhr sie zusammen. Er sprach leise, trotzdem wäre es besser gewesen, das Fenster zu schließen. Die Katzen der Nachbarin hatten Ausgang um diese Zeit, der pensionierte Briefträger, der in der Mansarde nebenan wohnte, pflegte abends seine Blattpflanzen zu gießen.

»Heut war's wieder zum Verrücktwerden. Den ganzen Tag über nur Tapetenblumen gepflückt und gerochen. Zu lesen versucht, auf dem Bett gelegen, die Schritte im Treppenhaus, die Vögel auf den Drähten, die Fliegen an der Fensterscheibe gezählt. Zehn Stunden lang kein Wort gesprochen, zehn Tage lang nicht an die frische Luft gekommen.«

Wir sollten einen Spaziergang über die Dächer machen, ehe der Mond aufgeht, dachte sie, schön müßte es sein, zwischen den Kaminen umherzustreunen wie die Katzen, mit den Schwalben davonzuflattern in die Nacht. Doch wir sind festgebannt in den Rahmen dieses Mansardenfensters. Wir können nichts tun, als hier im Dunkeln stehen und warten, bis der Wind aus den höheren Himmelszonen den Hofschacht erreicht.

»Den ganzen Tag hin- und hergerechnet, an den Knöpfen abgezählt, ob es falsch oder richtig war, zu keinem Ergebnis gekommen. Die Rechnung geht nicht auf, es bleibt ein Rest, ein Bodensatz, den kratzt du nicht ab. Da ist die Stimme, die mich immer wieder mit ihren Fragen quält. Manchmal klingt sie wie die unseres Hauptmanns. Sie drehen noch durch, sagt er, Sie denken zu viel, der Verstand ist ein Verräter. Dann ist es die Stimme des guten Freundes, der mir den Rat gegeben hat. Für einen Urlauber mit dem Namen eines Verräters, sagt sie, ist der Strick schon geknüpft. Sieh zu, daß du über die Grenze verschwindest. Manchmal klingt sie höhnisch und kalt, und ich weiß, sie stammt von dem Mann, der mich verhören wird beim Kriegsgericht. Bei uns, sagt sie, wäre Ihnen kein Haar gekrümmt worden. Ein Soldat, der seine

Pflicht tut, wird nicht für seine verräterische Verwandtschaft haftbar gemacht. Das sind Märchen, die sie im Ausland verbreiten. Jetzt haben Sie sich um Kopf und Kragen gebracht. Dann ist da noch eine ganz schwache Stimme, sie flüstert nur, man kann sie kaum verstehen. Du hättest nicht eingreifen sollen, sagt sie, man soll niemals eingreifen. Auch ohne uns nimmt das Schicksal seinen Lauf.«

Er redet zu viel, dachte sie, solange ich ihn kenne, hat er zu viel geredet, in langen, gut gegliederten Sätzen, ohne Atempause, so, als läse er den Text aus einem Buche ab. Schon am ersten Abend, als ich ihn nach dem Regenspaziergang in der Studentenbude besuchte, wo die Kolleghefte zwischen halb zu Ende gerauchten Zigaretten, Büchern und Brotkrusten herumlagen wie hier in der Kammer, hat er über mich hinweg ins Leere geredet. Ich stand vor dem Spiegel der Waschkommode, kämmte mein Haar und sah ihm über die Schulter zu, wie er auf- und abging und vergeblich versuchte, Ordnung im Zimmer zu schaffen. Ich verfolgte jede seiner Bewegungen, aber er blickte kein einziges Mal vom Boden auf. Erst als wir später am Ofen hockten, um unsere Kleider zu trocknen, mußte er lachen über mein nasses Katzenhaar, und wir sprachen beide nicht mehr.

»Leg' dich hin, Albert, mach' die Augen zu! Ruh' dich aus, vielleicht kannst du schlafen.«

Er ließ sich aufs Bett fallen, atmete schwer, verschränkte die Arme hinterm Kopf und starrte zur Decke.

»Todmüde bin ich, mir fallen die Augen zu, den ganzen Tag über muß ich gähnen. Doch sobald ich mich hinlege, bin ich wieder hellwach. In den letzten Nächten habe ich kaum geschlafen.«

Laß ihn reden, dachte sie, laß ihn klagen, jede Minute ist schließlich ein Zeitgewinn. Früh genug erfährt er, daß er wieder Namen und Ausweis hat. Noch vor Morgen muß ich ihn entlassen aus der Haft, muß ihm die Freiheit zurückgeben. Zehn

Tage Gefangenschaft im Mansardenversteck, Abend für Abend, Nacht für Nacht, aufeinander angewiesen, miteinander eingesperrt, während das Uhrwerk des Hauses sich weiterdreht vom Sonnenuntergang bis zum Morgengrauen, von Sirenenruf zu Sirenenruf! Wenn sich die Hausbewohner beim Luftalarm im Keller versammeln, löst unsere Dachkammer sich von den Mauern ab, um in den vom metallischen Summen der Flugzeuge widerhallenden Himmel aufzusteigen. Hoch über den Dächern schweben wir auf einer Wolke, das letzte Menschenpaar, das sich verzweifelt umschlungen hält, um den Untergang der Stadt zu überleben. Unsere Liebe hat uns unverletzbar gemacht. Unten, im Abgrund der Finsternis, sterben andere an unserer Stelle. Hundert neue Leben gewinnen wir durch ihren Tod.

Er sprang vom Bett auf, schob sie vom Fenster weg, zog den Vorhang herunter und machte Licht.

»Gibt's etwas Neues?« fragte er.

Als sie den Kopf senkte, winkte er ab, mit einer matten Handbewegung: »Ich weiß schon Bescheid. Es ist nichts, wieder nichts. Jeden Tag das Gleiche.«

Olga holte den Umschlag aus der Kitteltasche und legte ihn, ohne ein Wort zu sagen, auf den Tisch. Er ergriff ihn, tastete ihn ab, riß ihn ungeschickt auf und zog Paß und Kennkarte hervor.

»Woher kommen die Papiere?«

»Von Meister Stein.«

»Sind sie auch gut?«

Wie ein Kind, das einen Auftrag ausrichtet, erklärte sie, daß die Personalausweise einem von Steins Leuten gehört hatten, der bei einem der letzten Luftangriffe ums Leben gekommen war. Man hatte einige Kleinigkeiten verändert und die Fotografien ausgewechselt. Albert saß am Tisch, er stützte die Ellbogen auf und bedeckte sein Gesicht mit den Händen.

»Also ein Toter«, sagte er nach kurzem Schweigen, »auch gut. Man wird sich daran gewöhnen.«

Er blätterte im Paß, schlug die erste Seite auf.
»Kowalski, Eugen«, las er, »geboren am 3. Mai 1915 in Beuthen. Beruf Autogenschweißer. Größe Einsachtundsiebzig.«
Er wiederholte die Angaben und schüttelte den Kopf. Dann stellte er sich vor den Spiegel, strich das Haar aus der Stirn und betrachtete sein blasses, schlecht rasiertes Gesicht.
»Seh' ich aus wie einer, der Kowalski heißt? Rede ich wie jemand, der aus Schlesien stammt? Habe ich die Hände und das Gesicht eines Autogenschweißers? Außerdem ist der Knabe zwei Jahre älter und fünf Zentimeter größer als ich.«
Er wandte sich vom Spiegel ab und warf den Paß auf den Tisch zurück.
»Seine Maße stimmen nicht, seine Kleider passen mir nicht. Es tut mir leid, Olga! Aber die Rolle Kowalski kann ich nicht spielen.«
»Du mußt fortgehen«, sagte Olga, »noch heute nacht. Morgen früh fährt ein holländischer Schleppkahn vom Hafen ab. Er wird dich bis zur Schweizer Grenze mitnehmen.«
Albert senkte die Lider unter ihrem Blick.
»Ich kann nicht«, rief er, »nicht heute. Nicht in dieser Nacht.«
Sie ging zur Kochnische, setzte Wasser auf, holte Geschirr vom Bord herunter und fing an, das Abendessen zu richten. Minutenlang wechselten sie kein Wort. Schon jetzt übten sie sich im Schweigen für die kommenden Tage der Einsamkeit. Albert holte einen Koffer vom Schrank, riß die Kommodenschublade auf, öffnete die Schranktür und suchte einige Wäschestücke zusammen, doch noch ehe er mit dem Packen angefangen hatte, schlug er den Deckel des Koffers wieder zu. Olga deckte inzwischen den Tisch.
»Iß etwas«, sagte sie, »trinke einen Schluck Tee. Das wird dir guttun.«
Er ließ sich ihr gegenüber am Tisch nieder und leerte seine Tasse in einem einzigen Zug.
»Ich hab' immer Hunger«, sagte er, »aber essen kann ich nicht. Keinen Bissen bringe ich herunter.«

Er nahm ein Stück trockenes Brot und zerbröckelte es zwischen den Fingern.
»Manchmal«, sagte er, »komme ich mir heute schon vor, als gehörte ich nicht mehr dazu. Wenn ich hinterm Fenstervorhang stehe und den Frauen auf den Balkonen beim Wäscheaufhängen zuschaue, denke ich, keine von euch weiß, daß hier oben einer steht, der so gut wie tot ist. Ihr da unten, denke ich, seid im Recht, weil ihr mitmacht, weil ihr viele seid. Ich aber bin allein.«
Er schob Tasse und Teller zurück, sprang vom Stuhl auf und fing wieder an, in der Kammer hin- und herzugehen. Olga räumte das Geschirr zusammen. Schweigend holte sie ein paar Sachen aus dem Schrank und packte sie in den Koffer. Noch einmal sah sie das Bündel der Uniform vor sich, das sie gemeinsam in die Matratze des Bettes eingenäht hatten, die graugrüne Jacke mit den Metallknöpfen, dazu die Schaftstiefel, die sie heimlich zur Fabrik hinausgenommen und auf den Abfallhaufen geworfen hatte: runzlig, zerbeult, von Schlamm befleckt, die Schuhe und Kleider eines Toten! Sie hatten ihn beide gemeinsam umgebracht in der Nacht, als er während der saugenden Stille des Luftalarms die Holzstiege zur Mansarde hinaufgestiegen war und an ihre Tür geklopft hatte. Sie sah Albert am Tisch sitzen, in dem von ihr entliehenen Trainingsanzug, der über dem Rücken spannte, in ihren alten Sportschuhen, deren Sohlen nach dem ersten Regenguß durchnäßt sein würden. Er rauchte eine Zigarette und vertiefte sich von neuem in die Daten des Passes.
»Kowalski, Eugen«, wiederholte er, »ich kann mir den Burschen jetzt schon besser vorstellen, seinen Gang, seine Sprache, seine Hände. Ich werde ihm immer ähnlicher werden, ich verspreche es dir. Ich will alle Angaben auswendig lernen: Größe, Farbe der Augen, Farbe des Haares, besondere Kennzeichen. Für heute abend habe ich meine Lektion.«
Später machte sie die Tischlampe aus und entzündete eine Ker-

ze, die letzte, die von ihrem Vorrat übriggeblieben war. In jeder Nacht der Gefangenschaft zu zweit im Mansardenversteck hatte sie eine geopfert, in jeder Nacht hatten sie zusammen wachgelegen, bis das Licht heruntergebrannt und von selbst ausgegangen war.
»Laß die Kerze brennen«, sagte er, »sie wird ausreichen für die paar Stunden. Eine gute Uhr ist solch ein Licht. Man kann zuschauen, wie schnell sich die Zeit verzehrt.«

Jedesmal kurz nach Sonnenuntergang, wenn der Wind Staubwolken von den Straßen auftrieb und die Häusermauern die aufgespeicherte Tageshitze ausschwitzten, überfiel ihn mörderischer Durst. An der Ecke zwischen Steingraben und Finsterbachgasse stieg er vom Rad ab und öffnete die Tür zum ›Goldenen Stern‹. Früher war er Stammgast in diesem Lokal gewesen. Aber seitdem sich einige Herren aus der Firma vor dem Dienst in Uniform in der hinteren Gaststube trafen, kehrte er nur noch selten hier ein. Hinter der Theke spülte der neue Kellner Gläser, ein Italiener, der angeblich kein Wort Deutsch verstand. Er ließ das Wasser aus dem Hahn in den Ausguß laufen und sang mit gequetschter Tenorstimme ›O mia bella Napoli‹, als sei er allein im Lokal. Karl leerte schnell, im Stehen an der Theke, sein Glas mit dem lauen Dünnbier, das sie jetzt überall in den Kneipen ausschenkten. Er war schon wieder beim Gehen, als er aus dem Nebenraum eine grölende Stimme hörte: »Läßt dich auch mal wieder bei uns blicken, Karl?«
Es war der dicke Keller aus dem Betriebsbüro. Er erhob sich vom Stammtisch und schwankte zur Theke. Über seinem Bauch spannte die Uniform, die er schon für den Dienstabend in der Villa Goldschild angezogen hatte, die Jacke war aufgeplatzt an der Seitennaht. Er hielt Karl, der die Tür öffnen wollte, am Ärmel fest und zog ihn zurück ins Lokal.
»Du kommst gerade recht. Auf dich haben wir gewartet.«

Am Stammtisch, zwischen Telefon und Toilette, saß klein, aber steif aufgerichtet Bolte, der Herr Betriebsobmann. Statt der Uniform trug er noch sein unauffälliges Buchhalterzivil, in dem er besser umherspionieren konnte. Den Hinkefuß hatte er unterm Tisch versteckt, die farblosen Augen hinter den Brillengläsern schweiften unruhig im Lokal umher. Als er Karl erblickte, verzog sich sein Mund zu einem schmalen Grinsen. Langsam, mit Betonung erhob er die Hand bis zur Höhe der Stirn. Da sein Gruß nicht erwidert wurde, strich er sich mit ihr über den kahlen Schädel.

So muß es kommen, dachte Karl, die beiden suchen 'nen dritten Mann für ihre Skatpartie. Der, den sie erwarten, hat sie sitzengelassen. Als dritter Mann ist ihnen jeder recht, sogar Schmidt Karl, den sie sonst nicht riechen können. Aushelfen soll ich, den Ersatzmann spielen. Als ob ich überhaupt noch etwas anderes täte in letzter Zeit! Breitbeinig, mit aufgestützten Ellenbogen, ließ er sich zwischen ihnen am Stammtisch nieder.

»Hallo, Bedienung, noch ein Bier! Eine Wirtschaft ist das hier!«

Der Italiener hinter der Theke hörte auf einmal schlecht, war zu faul, sich ins Nebenzimmer zu bemühen. Keller bot Karl ein Gläschen von seinem Privatschnaps an, den er in einer Literflasche mitgebracht hatte. Bolte war Alkoholgegner und trank grünliche Brauselimonade.

»Achtzehn.«

»Zwanzig.«

»Dreiundzwanzig.«

»Passe.«

»Was ist mit dir, Karl, du bist dran!«

Immer und überall ist man dran, beim Reizen, beim Geben, beim Abheben und Mischen, beim Gewinnen und beim Verlieren. Als ob es nicht vollkommen gleichgültig wäre, wer hier wen um seine wertlosen Groschen bringt!

Heute spielten sie von Anfang an über einen Widerstand hinweg. Mit schlecht gemischten Karten und falsch verteilten Trümpfen schleppten sie sich durch die ersten Runden. Blind griffen die Hände zu, Schlag auf Schlag fielen die Karten. Das ging wie die Arbeit am Fließband, in zähem Halbschlaf, miteinander, gegeneinander. Das hatte sich eingespielt seit grauer Vorzeit, seit jenem Tag, an dem sich drei Männer irgendwo in der Welt an einem Tisch zusammenfanden zum Kleeblatt der ersten Skatrunde.

»Was nur mit dem Karl los ist? Ständig hat er seine Augen anderswo. Dabei ist weit und breit keine Schürze zu sehen!«

Von einem Ersatzmann, einem Lückenbüßer, könnt ihr nicht mehr erwarten! Bin nie ein guter Spieler gewesen, hab' schon wer weiß wie lange an keinem Stammtisch gesessen, zu solchen Feierabendbeschäftigungen fehlt mir die Zeit. Der Dritte, kennt man ihn so genau? Weiß man, auf welche Seite der Ersatzmann gehört? Heutzutage sieht man sich seine Partner besser vorher an, mit denen man es zu tun hat beim Spiel, im Betrieb, bei erlaubten und verbotenen Geschäften. Diesmal nistete sich das Schweigen tief zwischen ihnen ein. Das Blatt wendete sich, Karl hatte eine Glückssträhne. Kreuz Bube, Herrschaften, wundert euch nur! Jetzt habe ich ihn, den Allerweltskerl, der alles sticht, was ihm in die Quere kommt, den Sonny Boy, dem Damen und Buben hörig sind, den sogar der König bedienen muß. Heraus mit den Trümpfen, zeigt her, was ihr habt! Eintönig klatschten die Karten auf den Tisch. Mit hastigen Griffen heimsten die Hände die Stiche ein. Noch blieben sie im Takt, aber die winzige Verzögerung, mit der sie die Trümpfe aufdeckten, verkündete Unheil.

»Wach auf, Karl, dich meinen wir, du bist dran!«

Was geht mich euer Spiel an, das kein Ende nehmen will. Holt euch doch einen anderen Dritten. Meinetwegen heuert euch den Italiener an, der hinter der Theke Gläser abspült. Oft genug hat er den Kiebitz gespielt und den Gästen vom ›Goldenen Stern‹ beim Skat über die Schulter geblickt. Die Hitze in dem engen

Raum begann unerträglich zu werden. Von Kellers Gesicht troff der Schweiß. Sogar auf der papierenen Wangenhaut des Herrn Betriebsobmanns zeichneten sich rote Flecken ab, während er seines Amtes waltete und Gewinn- und Verlustpunkte auf einen Notizblock schrieb. Schluß machen sollte man, einfach aufstehen und gehen! Ein paar Münzen auf den Tisch werfen, achtlos, ohne hinzusehen, als verteile man Trinkgelder. In den letzten Minuten hatte Karl nicht aufgepaßt. Es war ihm entgangen, was mit dem Stich, den er gerade beiseitelegen wollte, nicht stimmte. Offenbar hatte er vorher den Trumpf nicht bedient. Bolte war plötzlich so aufgeregt, daß seine Hände zitterten.

»Ohne mich«, schrie er und schlug mit der Faust auf den Tisch, »ich mach' nicht mehr mit. Mich könnt ihr nicht für dumm verkaufen. Mich nicht, mit mir nicht!« Er warf die Karten auf den Tisch und rückte seinen Stuhl ab. Mit dem Ellbogen stieß er an das Glas mit dem Rest der Limonade, das umkippte und zerbrach. Als er nach seinem Notizblock griff, ritzte er sich die Hand an einem Glassplitter. Ein paar Blutstropfen fielen auf den Tisch, eine Karte, es war der Kreuz Bube, lag zwischen verschüttetem Bier und Ascheresten auf dem Boden.

»Es sind immer die gleichen«, schrie er mit überkippender Stimme, »wartet nur ab. Ihr kommt alle dran. Einen nach dem anderen schießen wir ab. Wir wissen Bescheid. Eure Namen stehen auf der Liste.«

Er sprang auf, machte eine scharfe Kehrtwendung und stelzte im Geschwindschritt zur Theke, man merkte kaum mehr etwas von seinem Hinkefuß. Er vergaß, den Italiener zu grüßen, die Tür fiel ihm aus der Hand, mit einem Knall schlug sie hinter ihm zu.

Keller starrte trübe auf die Zigarettenasche, die in einer auf den Tisch verschütteten Bierlache schwamm. Er seufzte, erhob sich, korkte die Schnapsflasche zu und hielt nach seiner Uniformmütze Ausschau.

»Mach's gut, Karl«, er streckte seine behaarte Tatze über den Tisch, »muß vor dem Dienst noch nach meiner Alten sehen. Es ist mal wieder so weit mit ihr.«
Karl blieb vor dem Tisch mit dem verschütteten Bier und den Karten sitzen. Da lagen sie, zu einem Fächer auseinandergesprengt, Bilder und Zahlen durcheinander. Er sammelte sie ein, ordnete sie zu einem Häufchen, zählte nach, es waren einunddreißig. Er bückte sich, um die fehlende Karte, die Bolte vom Tisch gestoßen hatte, vom Boden aufzuheben.

»Entschuldigen Sie, ist dieser Platz noch frei?«
Er hörte eine feine, hohe, brüchige Stimme, die irgendwo aus der Höhe zu kommen schien! Er richtete sich auf und entdeckte ein ältliches Mädchen in einem dunklen Seidenmantel, mit großen, vorstehenden Leuchtaugen und einem vergrämten Zug um den Mund. Wie hatte sich dieser scheue Falter in die Kneipe verirrt? Und warum fragte sie, ob der Platz neben ihm frei sei, wo doch die ganze Gaststube aus leeren Tischen bestand?
»Meinen Sie mich?«
Das war immer ein guter Eröffnungszug, wenn man Zeit gewinnen und Abstand schaffen wollte. Sie ließ sich ohne Umstände am Tisch nieder, nahm einen Bierteller in die Hand, drehte ihn zwischen spitzen Fingern.
»Können Sie mir vielleicht sagen ...«
Sie war schon wieder aufgescheucht, bewegte die Arme in dem dunklen Mäntelchen, ließ die Augen im Lokal umherirren. Nur heraus mit der Sprache, dem Karl machst du nichts vor. Der sieht es dir an, wie es brennt, lichterloh, in den Augen, im Herzen!
»Ich suche eine Apotheke, die Nachtdienst hat. Ich kenne mich nicht gut in dieser Gegend aus. Und dann die Verdunkelung ...«

Sie fing in ihrer abgenutzten Handtasche zu kramen an, zog zwischen Fahrscheinen, Streichhölzern und losen Geldmünzen einen zerknitterten Zettel hervor. Auf dem Rezept, das sie auf den Tisch legte, las er: Für Herrn Professor Harden, Blumenstraße.
Die Gegend war richtig, obgleich er eher auf Westend getippt hätte. Doch auch dort drüben sahen die Häuser so aus, als müsse man mit dem Staubwedel darüberfahren. Mit dem Persönchen stand es ähnlich, das hätte man auch aufpolieren müssen, dann kam der Glanz vielleicht wieder heraus.
»Die Tropfen sind für den Herrn Papa?«
Sie schien die Frechheit des Tons nicht zu bemerken, sie war wohl darüber hinweg, darüber hinaus. Sie sprach zu sich selbst, ohne die Lider aufzuheben, als sei sie es gewöhnt, der eigenen Stimme zuzuhören.
»Er hat Herzanfälle. Müßte ins Krankenhaus. Niemand will ihn aufnehmen. Und dann fand ich auch keinen Wagen.«
»Schon gut, Fräulein, das machen wir. Abgemacht.«
Er hatte seine Freude an diesem ›abgemacht‹. Es war ein Gewicht, das er gelassen auf die Waagschale schieben konnte, weil er wußte, daß es den Ausschlag gab.
»Warten Sie hier, Fräulein«, sagte er, »ich fahre mit dem Rad zur Apotheke. In ein paar Minuten bin ich zurück.«
Sie gab ihm das Rezept und bedankte sich mit einem Lächeln, bei dem ihre Augen aufleuchteten. Er holte die Schirmmütze vom Garderobeständer und ging zur Tür. Der Italiener, der den Kopf nach dem Stammtisch umgedreht hatte, schnalzte bedauernd mit der Zunge.
»Povera Signorina«, murmelte er.
Als Karl mit dem Päckchen aus der Apotheke zurückkam, stand sie schon an der Tür. Er sah ihr nach, wie sie vorsichtig die drei Stufen zur Straße hinunterstieg und sich unsicher an der Hauswand entlangtastete.
»Wenn Sie heut nacht 'nen Wagen brauchen«, rief er, »wenden

Sie sich an Fahrer Schmidt, Villa Goldschild. Telefon dreimal zwei, zweimal drei. Wenn's irgendwo brennt, hilft man immer gern.«

Er hob die Pferdewolldecke hoch, die hier als Verdunklungsvorhang diente, und kehrte noch einmal zurück ins Lokal.

»Wie wär's mit 'nem Schnaps auf den Schrecken«, sagte jemand hinter der Theke. Es war der Wirt vom ›Goldenen Stern‹, der sein Abendessen im Hinterzimmer inzwischen beendet hatte. Er stand in Hemd und Hosenträgern vor dem Regal mit den Flaschen, wischte sich den Schweiß von der Stirn und schenkte zwei Gläser voll Cognac ein.

»Sonderzuteilung für liebe Gäste!« Er zwinkerte Karl zu und hob sein Glas.

Trotz der schlechten Zeiten wurde der Wirt mit jedem Tag dicker und schwammiger im Gesicht. Seine Augen traten ungesund stark zwischen den entzündeten Lidrändern hervor. Sein Blick war unscharf, man sah ihm an, daß er zu seiner Abendmahlzeit einige Gläser zu viel getrunken hatte.

»Man muß seinen Kummer ersäufen«, murmelte er und schenkte sich noch einmal ein.

Durch die halb offenstehende Tür zur Küche drang die weinerliche Stimme der Frau, die Wasser aus der Leitung in einen Eimer laufen ließ.

»Aber Hans«, mahnte sie, »ich bitte dich, Hans!«

Der Wirt stieß die Tür mit dem Fuß zu.

»Auf dein Wohl, Karl«, sagte er.

3

Der Mäanderfries im Treppenhaus, der abgetretene Läufer, das Palmengewächs am bunt eingelegten Fenster, die Bronzestatue des Dornausziehers, der seit ihrer Kindheit mit der kleinen Operation an seinem Fuße beschäftigt war und kein einziges Mal in all den Jahren zu ihr aufgeblickt hatte – diese steinerne, staubige Ewigkeit aus Großmutters Zeiten konnte heute ein einziger Luftdruck hinwegfegen. Schon jetzt stand alles nur noch wie zur Erinnerung da: sieh mich an, ich stelle ein Treppenhaus vor. Viele Füße sind über meinen Läufer gegangen, hochbezahlte Füße, die zu guten Köpfen gehören. Schenk' mir noch einen Blick, morgen ist es vielleicht zu spät! Aber noch hing der säuerliche Geruch, den keine Lüftung beseitigt, zwischen den hohen Wänden. Von oben näherten sich die Schritte in den knarrenden Reformschuhen, die sich seit zwanzig Jahren nicht verändert hatten. An der Treppe stand sie aufgebaut: Säulenbeine, ein Körper wie von einem Reptil, das ein Kaninchen verschlungen hat, darauf ein knospenhaft kleiner Kopf mit dünn gescheiteltem Haar.

»Wie geht es, Anna?«

»Der Herr Professor schläft. Sie sollten ihn jetzt nicht stören.«

»Ich bringe die Tropfen.«

Ein Schulterzucken, gleichgültiges Niederbücken, um ein Stäubchen vom Läufer zu zupfen.

»Als stünden hier nicht schon genug Fläschchen herum. Da ist eins wie das andere.« Langsam band sie ihre Schürze ab, wie ein Protest sah es aus, eine Aufkündigung.

»Ich geh' zur Herta hinunter. Die Vincentius' haben heut Einladung. Es ist der letzte Urlaubstag von Herrn Clemens.«

Keine Frage, keine Bitte, eine Feststellung im Ton der heim-

lichen Herrin im Haus, die keine Rücksicht mehr zu nehmen braucht, denn droben im Studierzimmer, wo sie das Bett aufgeschlagen haben, verlöscht, im Luftzug flackernd, das Licht, gehen die zwanzig Jahre ihres Dienstes zu Ende.
»Sie sind ja da, falls etwas sein sollte.«
Was sollte schon sein, das den Reptilienschlaf je unterbrechen könnte! Da müßten Mauern einstürzen, Berge versetzt werden. Wir brauchen dich nicht mehr, Anna, wir sind lieber miteinander allein. Er schlief mit jenen unzuverlässigen Atemzügen, die den Schlummer unversehens in Bewußtlosigkeit übergehen lassen. Sie würde die Tropfen ins Glas zählen und, wenn es nötig war, das Kissen aufschütteln. ›Sie eignen sich nicht zur Krankenpflege, Fräulein Irene!‹ Und dazu dieser aus nebligen Tiefen hervorbrechende, hämische Blick, den sie schon lange aufbewahrt hatte für diesen Augenblick! Mädchen wie Anna haben das Sparen gelernt, es kommt ihnen nicht an auf ein paar Jahre. Heute würde Irene die Nachtwache übernehmen, ob sie sich dazu eignete oder nicht. Der Kranke hinter ihr, der halb aufgerichtet in den Kissen lag mit dem abweisenden, kleiner gewordenen Gesicht, dem hellen Haarflaum auf dem Hinterschädel und der großen, holzgeschnitzten Nase, die in solchem Gegensatz zu den fein ausgezogenen Mundwinkeln stand, würde keine Kenntnis mehr von ihr nehmen. Sie würde nicht wie gestern ans Bett herantreten, ihr Gesicht über das seine neigen und fragen: ›Vater, erkennst du mich nicht?‹ So schamlos würde sie nicht wieder sein, und deshalb auch nicht noch einmal die gereizte Antwort des Professors auf dem Katheder erhalten, den man in seinen Ausführungen gestört hat: ›Ich möchte um Ruhe bitten.‹ Ruhe, das klang wie ein schwaches Echo, ein halb von der Weite der Räume verschluckter Nachhall jener ärgerlichen Ordnungsrufe aus dem Arbeitszimmer, die ihre Kindheit erfüllt hatten. Ruhe vor den tausend Störungen dieser Welt, die sogar durch die Schlüssellöcher und Türritzen des Studierzimmers drangen!

Sie ging auf den dunklen Flur hinaus und öffnete das Fenster zum Garten. Draußen war es inzwischen klar geworden. Über den Baumkronen stand das Sternbild des Großen Bären, das sie auf ihrem Heimweg durch die Finsternis begleitet hatte. Kein künstliches Licht, kein Lärm, kein Motorengeknatter entweihte die Sommernacht, die sich langsam entfaltete. Nicht einmal aus der Wohnung der Vincentius' drangen die Stimmen der Gäste zu ihr hinauf. Auf dem Flur war sie weit genug entfernt vom Krankenzimmer, um die Atemzüge des Vaters nicht mehr zu hören. Doch in der tiefen, fast feierlichen Stille spürte sie deutlich, wie in ihrem Rücken, zwischen den Bücherwänden und dem Schreibtisch, auf dem sich die Manuskripte häuften, eine Welt zugrundeging.

Draußen, in den Straßen der Stadt, ahnte keiner etwas von dieser lautlosen Katastrophe. In diesen Tagen gingen so viele Welten unter, wie Seifenblasen zerplatzten sie vom Luftdruck der Bombeneinschläge. Niemand fand Zeit, sich um jene altmodischen Sterbekandidaten zu kümmern, die im Angesicht ihrer Wirkungsstätte, unter den Augen ihrer Lieben, Abschied nahmen, auftauchten, nach Luft rangen und wieder versanken wie Ertrinkende, die zu viel vom Schwimmen verstehen. In ein paar Tagen oder Stunden würde der Kampf vorbei sein. Vielleicht würde sie, Irene, nach dem Untergang der Welt noch ein paar Trümmer einsammeln und zusammenkitten, die aus den Schubladen des Schreibtischs auftauchten: Manuskripte in der schwer lesbaren Handschrift, die sich stets abzuhetzen schien, um mit den Gedanken Schritt zu halten. Ihr Leben lang hatte sie nichts anderes getan, als Scherben zusammengesetzt, Inschriften entziffert, Texte übersetzt. Bei ihr reichte es nicht zu einer solchen in sich geschlossenen Welt. Die Dinge ordneten sich nur selten um einen Mittelpunkt an, sie fielen auseinander, blieben Einzelheiten, Daten, Fakten.

Ein rührender Anblick, wie der Kranke noch vor ein paar Tagen an seiner Welt gezimmert und gehämmert, sie stark gemacht und nach allen Seiten verteidigt hatte, als sei er niemals bereit, sie zu übergeben. Bis zum letzten Termin wurden da Vorräte eingefahren für den langen Winter und die eisige Kälte: die Grammatiken fremder Völker, die Schlüssel zu verlorenen Sprachen, Ablagerungen und Versteinerungen der Geschichte, Gebirge von Vergangenheit. Und doch würden die unerschöpflichen Vorratskammern des Geistes, die Riesenmagazine des aufgehäuften Wissens in einem einzigen Augenblick in Flammen aufgehen.

Ein Klirren rief sie aus der Nacht ins Krankenzimmer zurück. Etwas war auf den Boden gefallen: das Wasserglas mit den Herztropfen. In einer unwillkürlichen Bewegung hatte der Kranke es vom Nachttisch heruntergestoßen. Er lag jetzt etwas anders als vorhin, auf dem Rücken. Seine Hand fuhr mit rechenden Bewegungen auf der Wolldecke hin und her.

»Vater«, fragte Irene, »was ist?«

Er bewegte die Augen, in deren Trübe sich ein Lichtschimmer sammelte. Sie lief ins Badezimmer, füllte ein neues Glas mit Wasser, zählte die Tropfen hinein, setzte sich auf den Bettrand und versuchte, ihm die Flüssigkeit einzuflößen. Doch seine Lippen öffneten sich nicht, er schob das Glas mit dem Kinn zurück.

»Geh und hole Anna«, sagte er.

Sie sprang auf, lief zur Tür. Keinen Augenblick länger wollte sie mit ihm allein bleiben. Er schickte sie fort – die einzige Zeugin seines Weltunterganges. Geh und hole Anna. Nicht geeignet zur Pflege, es fehlt die sichere Hand, so etwas spüren die Kranken. Sie machte die Tür zu, stolperte über den dunklen Flur und lief die Treppen hinunter. Im Erdgeschoß, bei den Vincentius', waren alle Zimmer erleuchtet. Sie würde auf ein paar Stunden entfliehen aus der Einzelhaft in den Lärm und das Stimmengewirr der Gesellschaft. Fremde Menschen wollte sie um sich sehen, statt in der Einsamkeit Selbstgespräche halten. Sie klingelte. Frau Vincentius selbst öffnete die Tür.

»Sie, Irene? Was kann ich für Sie tun?«
»Ich wollte fragen, ob Anna bei Ihnen ist.«
»Anna«, rief Frau Vincentius viel zu laut über den Flur, »wo sind Sie nur, Anna?«
Von der Küche her näherte sich der schlurfende Schritt.
»Mein Vater hat nach Ihnen verlangt. Geh und hole Anna, sagte er eben.«
Schon schob sich der mächtige Körper an ihr vorbei, stampften die Säulenbeine die Treppe hinauf.
»Sie bleiben bei uns, Irene. Sie brauchen Gesellschaft, das tut Ihnen gut.«
Frau Vincentius führte sie durch den Korridor, am Garderobenständer mit den Mänteln der Gäste blieb sie stehen. Ihr Griff wurde fester, sie umklammerte Irenes Arm.
»Denken Sie nur, Clemens, dieser schreckliche Junge. Er läßt uns allein, an seinem letzten Abend, mit den für ihn eingeladenen Gästen.«
Sie lehnte sich gegen den Garderobenständer, schloß die Lider und seufzte. »Natürlich ist er wieder mit dieser Person zusammen. Nicht einmal an seinem Abschiedsabend denkt er an seine Eltern.«
Irene hatte ›die Person‹ einmal flüchtig auf der Treppe gesehen. Sie war, so hieß es, fast doppelt so alt wie Clemens. An ihr Gesicht erinnerte sie sich nicht mehr genau, sie hatte es nur undeutlich wahrgenommen, aber die Augen schienen in den zwanzig Jahren, die sie Clemens voraus haben sollte, kaum gealtert zu sein. Ihr Bild vermischte sich für Irene mit dem Porträt einer Dame der Jahrhundertwende, das im Salon der Vincentius' hing, einer zärtlich lächelnden Dame mit Pelzkappe und Muff auf einer Schlittschuhbahn. Sie war vorübergeglitten und hatte kaum eine Spur in ihrem Gedächtnis hinterlassen.
»Manchmal ist es nicht leicht, mit den Eltern zusammenzusein«, sagte sie, »besonders an einem Abschiedsabend.«
Frau Vincentius schlug beide Hände vors Gesicht. Sie schluchz-

te, mit verräterischen Atempausen dazwischen, die zeigten, daß sie trotz ihres Mutterschmerzes wach genug war, um die Wirkung ihrer Klagen zu überprüfen. Als sie Irene zum Wohnzimmer führte, hatte sie ihre Haltung wiedergewonnen. Ihr Gesicht nahm jenen verhärteten Ausdruck an, der es ihr möglich machte, die Wechselfälle des Lebens ungebrochen zu bestehen.
Um den Mahagonitisch herum saßen ein paar Frauen aus der Nachbarschaft beim Stricken. Als Irene das Zimmer betrat, blätterte man gerade im Katalog der gemeinsamen Haushaltssorgen. Lebensmittelmarken, Bezugsscheine, Luftschutz, Verdunkelung – das rann und plätscherte dahin wie früher der Klatsch über das Personal und die Schneiderin. Frauen sind praktische Bewohnerinnen des Erdballs. Sie kitten und flicken alles zurecht, wenn sie nicht gerade Irene heißen und Töchter des Professor Harden sind. Da saßen sie unter der Hängelampe, bei einer der letzten Rotweinflaschen, die Herr Vincentius mit einem trüben Verzweiflungsblick dahinschwinden sah, und tauschten Erfahrungen über billige Bezugsquellen wie Tanzstundengeheimnisse aus. Sie schwätzten und pickten an den Plätzchen herum, die Frau Vincentius auf Sonderzuteilung erhalten hatte. Alle vermieden es, vom Sohn des Hauses, vom fehlenden Helden des Abends zu sprechen.
Wie in der Nacht in den Luftschutzkellern knüpften sie mit kleinen Nadelrucken Masche in Masche. Etwas vom Spinnstubenfrieden lag über dem Raum, in dem die Frauen zusammensaßen und sich besprachen im tantenhaften Ton von Parzen, die den Schicksalsfaden in der Hand halten und ihn, wenn es ihnen gefällt, abschneiden mit einem harten Schnippschnapp der Schere: Laßt die Männer sich umbringen da draußen, wir stricken und häkeln, es ist nervenberuhigend, man weiß, wozu man da ist an den langen Abenden des Wartens. Sie fertigten Socken und wärmendes Unterzeug für die Angehörigen im Felde an, doch zur gleichen Zeit strickten sie alle gemeinsam an einem riesigen Tuch, um das Unglück der Zeit zu bedecken.

Seine Maschen löste selbst der Tod nicht auf, denn wenn eine der Strickerinnen ausfiel, ergriff die nächste Faden und Knäuel und setzte die Arbeit fort. Sie saßen da mit gesenkten Blicken und in die Seiten gepreßten Ellbogen. Ihre Hände bewegten sich ein wenig krampfhaft, aber im gleichen Rhythmus. Nur Irenes Hände waren leer. Sie blickte ebenso neidisch auf die Finger der Besucherinnen wie Herr Vincentius, der, eingeklemmt auf dem schmalen Sofa, zwischen zwei Damen hockte. Niemand beachtete ihn, keine der Besucherinnen richtete das Wort an ihn. Er ließ die Augen ziellos im Zimmer umherschweifen, ab und zu schlug er mit der Hand nach unsichtbaren Fliegen.

Solange Irene zurückdenken konnte, trug Clemens' Vater, ein ehemaliger Offizier, der jetzt auf einer Wehrersatzdienststelle Listen führte, zuhause ein Lüsterjäckchen, und obgleich man ihn nie in Hausschuhen sah, trat er leise auf, als wolle er nicht im Weg sein in der Wohnung, wo tagsüber ein ordentlicher Familienvater nichts zu suchen hat. Längst hatte seine Frau sich angewöhnt, über ihn hinwegzusehen wie über die Fotografie eines verblichenen Ahnen an der Wand. Sie nahm ihn hin wie einen notwendigen Weg, ohne den das Leben einer Frau nicht zum Ziel kommen kann.

Herr Vincentius hatte seinen Tageslauf in Stundenportionen und Minutenhäppchen eingeteilt: den Morgenspaziergang, den Besuch im Café, die Unterrichtsstunde, die er dem Neffen gab, die Münzen- und Briefmarkensammlung. Jetzt saß er zwischen den Damen, die ihn an Umfang und Lautstärke der Stimmen weit übertrafen, das leere Glas in der Hand, in das man einzuschenken vergessen hatte, in der Pfeife kalte Asche, denn er wagte nicht, sie noch einmal anzuzünden, um den Gästen nicht lästig zu sein.

In das sanft klirrende Nadelkonzert drang nach einer neuen Minutenstille die Stimme der Gräfin. Mit einer kühnen Wendung riß sie das Steuer des Gespräches an sich, und von diesem

Augenblick an hörte Irene nichts mehr von dem Gerede der anderen. Was für eine wunderbare Stimme! Metallisch und biegsam, von heiserer Härte sich aufschwingend zu dunklem Glockenton. Das Gesicht der Sprecherin schien aus noch nicht erkaltetem Metall gegossen zu sein, die Züge tief eingeschnitten, ein ungleichmäßig ausgeschwungener Mund, weise, uralte, strahlende junge Eulenaugen, in einem Netz von Falten gefangen, eingefallene Wangen, von Gram und Glück verzehrt. Ein zerzauster, stolzer, einsamer Vogel, der sich von weit her in dies muffige Netz von Spätzinnen verirrt hatte! Aus dem Osten gekommen, mit einem der letzten Transporte von Evakuierten, freiwilligen und unfreiwilligen Völkerwanderern dieser Zeit. Mit zwei Koffern vom Gut gekommen, auf geradem Weg in das dunkle Möbelmagazin der Witwe Lorenzen, aber in Wirklichkeit noch immer in der Höhe wohnend, über der atmenden Laubsee der Wälder. Während die Damen weiterstrickten und nur ab und zu kurz zu ihr aufblickten, erzählte sie von ihrer neuen Behausung: »Es hat so wenig mit mir zu tun, daß es meine Aufmerksamkeit fesselt. Die künstlichen Blumen, die Rehe aus Porzellan, die bunte Dame mit ihrer Krinoline im Schrank neben den feinen Tassen, die büßende Magdalena mit dem Lockenhaar auf den entblößten Brüsten – ich lebe mit ihnen allen in Frieden zusammen, wir vertragen uns gut. Nie habe ich geahnt, wie leicht es ist, nichts mehr zu besitzen. Keine Wäscheschranklisten, keine Bibliothekskataloge, keinen Renaissanceschrank, den man nicht von der Stelle rücken kann, keine Ahnenbilder, kein Schlüsselbund. Man atmet anders, man ist frei.«
»Das scheint nur im ersten Augenblick so«, unterbrach Frau Vincentius, »in Notzeiten, wenn jeden täglich das gleiche Schicksal treffen kann. Später werden Sie merken, wie viel Sie verloren haben.«
Sie angelte mit der Nadel nach einer gefallenen Masche.
»Ja«, mischte sich eine der strickenden Damen ein, »der Le-

bensstil auf den großen Gütern. Damit ist's wohl für immer vorbei.«
»Nach dem Krieg beginnen wir alle gleich.«
»Man kann froh sein, wenn man das Nötigste rettet.«
»Man verzichtet ja gern auf alles, was man besessen hat. Wenn nur die Angehörigen ...«
»Die Menschen, die uns am nächsten stehen ...«
»Ich habe drei Söhne draußen.«
»Mein Jüngster ist in Polen gefallen.«
»Mein Sohn wird vermißt.«
»Meiner liegt seit Monaten im Lazarett.«
»Haben Sie Kinder, Gräfin?«
»Einen Sohn.«
»Ist er an der Front?«
»Zuletzt hat er aus Rußland geschrieben. Seit einem Jahr habe ich ihn nicht mehr gesehen.«
Die Stimmen redeten durcheinander, keine der Sprecherinnen hörte der anderen zu. Auf einmal erhob sich Frau Vincentius. Sie stellte die leeren Gläser auf ein Tablett und ging zur Tür.
»Was nützt es«, sagte sie, »wenn sie auf Urlaub kommen und lassen uns am letzten Abend allein.«
Sie schloß die Tür hinter sich und trug das Tablett in die Küche. Als sie wieder erschien, hatten die Damen ihre Strickarbeiten zusammengeklappt und in ihre Taschen verstaut. Die Gräfin blickte auf ihre Armbanduhr.
»Ich habe noch eine Verabredung«, sagte sie, »leider muß ich mich verabschieden.«
Sie streckte der Gastgeberin beide Hände zugleich entgegen. Alle ihre Bewegungen waren zu weit, zu groß angesetzt für die Räume der Vincentius'. Sie stieß mit dem Ellbogen gegen eine stachlige Blattpflanze, wich einen Schritt zurück. Plötzlich hatten es auch die anderen mit dem Aufbruch eilig. Für die verkürzten, verkrüppelten Nächte des Krieges war es Schlafenszeit. Frau Vincentius begleitete ihre Gäste bis zur Haustür.

Sie sah den Damen nach, wie sie sich mit kleinen, sirrenden Taschenlampen durch die Dunkelheit tasteten. Einzelne Lichtpünktchen irrten am Zaun entlang, das Tor des Vorgartens knarrte.

»Wie heiß es noch immer ist!«

Frau Vincentius stellte die Teller und Tassen im Wohnzimmer zusammen und entfernte ein paar Kuchenkrümel vom Tischtuch. Sie machte die Hängelampe aus und öffnete das Fenster. Sie schloß die Augen, sie atmete den Duft der blühenden Linden ein. Die Wellen dieses Duftes schienen aus der Höhe niederzusinken, der Wind trug sie vom anderen Flußufer her. Doch auch die Doppelreihe der alten Bäume vorm Haus stand seit ein paar Tagen in voller Blüte. Weshalb brach der Duft gerade in dieser Nacht aus der dunklen Masse ihres Laubes hervor? Warum bestürmte er sie, weckte Erinnerungen aus ihrem jahrzehntelangen Schlummer auf? In eine Wolke von Lindenduft eingehüllt, kam da ein winziger nackter Clemens auf sie zugelaufen. Damals, in jenen verzauberten Ferienwochen, hatte sie nicht einmal gewußt, daß es Linden waren, die im Garten des alten Gutshofes standen. Erst heute, mit fast zwanzig Jahren Verspätung, erkannte sie sie wieder am Duft, gab ihnen den rechten Namen.

Mit einem ärgerlichen Ruck schloß sie das Fenster und zerrte an der Schnur des Verdunkelungsvorhangs, der sich festgehakt hatte. Der Schalter knipste hart, das Deckenlicht ließ das Zimmer in seine Grenzen gerinnen. Sie stellte das Tablett, das sie in die Küche tragen wollte, auf dem Büfett ab. Sie trat auf den Flur hinaus, warf einen flüchtigen Blick in den Spiegel, lief eilig die Treppe hinunter, öffnete die Tür ins Freie und verließ das Haus.

Auf dem Flur, hinter dem Garderobeständer stand Herr Vincentius. Die Pinzette mit der Briefmarke, die er eben einkleben wollte, zitterte in seiner Hand. Er wartete, bis die Tür des Vorgartens knarrte. Nicht anhalten, nicht einmischen, dachte er, die Abendluft wird ihr guttun. Früher, da hatten sie an den Samstagabenden manchmal in dem Biergarten an der Ecke unter den Kastanien gesessen und gewartet, bis die Dämmerung einfiel und der Widerstand der Hitze gebrochen war. Manchmal redeten sie eine Viertelstunde lang kein Wort. Sie schwieg nicht etwa, weil sie verstimmt war und Worte zu einem neuen Angriff sammelte, sondern einfach so, sie war still, gestillt. Und am Himmel über ihnen hatte einer Lunte gelegt, er brannte in roten Flammen. Jetzt gab es schon lange keinen Biergarten und keine Sonnenuntergänge mehr, die sie gemeinsam von den roten Eisentischen des Lokals aus betrachteten. Die Zeiten ändern sich, die Bedingungen werden strenger. Vor den Verheerungen der Liebe aber ist kein Haus geschützt. Längst war für Frau Vincentius an die Stelle des Gatten, des Liebhabers, das Bild des Sohnes getreten, des jungen, verwilderten Helden, der sie schlecht behandelte, weil ihre Zärtlichkeiten ihm lästig fielen. Das Schicksal übte Gerechtigkeit. Vor dem gleichen Garderobeständer, an dem sie heute würdelos einer Fremden ihr Leid klagte, hatte Herr Vincentius einst im dunklen Flur gestanden, als der Schmerz ihn schüttelte, weil sie einen anderen liebte. Jetzt lief sie ohne Hut, mit ungeordnetem Haar aus dem Haus, blindwütig stürzte sie sich in die Sommernacht, um den verlorenen Sohn heimzuholen.

Herr Vincentius ging ins Arbeitszimmer zurück. Er setzte sich an den Schreibtisch und richtete den Lichtkegel der Lampe auf die Briefmarke, die er noch immer mit der Pinzette hielt: eine belgische Krönungsmarke, die letzte, die ihm fehlte zu einem vollständigen Satz. Die Eckzacke war beschädigt, er entdeckte es durch die Lupe. Er spürte den winzigen Riß im Papier wie die Narbe seiner Kriegsverwundung bei einem Wetterwechsel. Verletzt, wertlos, unbrauchbar – er öffnete die Pinzette und ließ die Marke in den Papierkorb fallen.

Der Duft der Linden begleitete Frau Vincentius, ein dünner Faden, an dem sie sich durch die Finsternis tastete, über die Brücke, an das andere Flußufer, in den schwarzen Steinschacht der Dreikönigstraße hinein. Sonst ging sie abends nie allein aus dem Haus, denn sie fühlte sich unsicher in der Dunkelheit. Heute kam sie schnell und mühelos vorwärts. Sie stieß kaum auf ein Hindernis, sie begegnete weder Fahrzeugen noch Menschen. Der flache Giebel des Opernhauses, das ein wenig erhöht auf einem Hügel der Wallanlagen stand, hob sich zwischen den Baumkulissen vom Sternhimmel ab. Sie stieg die Stufen der Freitreppe hinauf und durchquerte die Säulenhalle. Verlassen lag das Vestibül unter dem trüben Sparlicht, vor dem geschlossenen Schalter hing ein Plakat, auf dem die Abendvorstellung angezeigt war. Man gab den ›Rosenkavalier‹. Schon vor ein paar Tagen hatte sie die beiden Karten in Clemens' Anzugtasche gefunden und sich die Nummern der Logenplätze gemerkt.

Auch in den Wandelgängen war niemand zu sehen, kein Platzanweiser, keine Garderobefrau. Spähten sie hinter den Vorhängen der Kleiderablagen hervor, um sie, die keine Eintrittskarte hatte, in die Falle zu locken? Frau Vincentius stieg die Treppe zum ersten Rang hinauf, durchquerte das Foyer, entdeckte ihr Bild in den Spiegelwänden. Wenn jetzt jemand käme und sie anhielte, würde sie ihn mit einem einzigen Blick auslöschen. So mächtig war der Trieb in ihr, das Verbotene zu tun, es schnell und gründlich abzumachen, damit es ein für allemal ausgemerzt war. Unsichtbar, unbekannt, unbenannt dem Sohn auflauern wie ein Mädchen dem ungetreuen Geliebten! Sie würde keine Szene machen, sich nicht dazwischenwerfen, der Nebenbuhlerin vor die Füße. Nur sehen wollte sie die beiden, von oben, von der Galerie in die Loge hinunterblicken. Sehen wollte sie, um Gewißheit zu haben, daß die andere, die Diebin, der es gelungen war, ihr den Jungen in der letzten Nacht seines Urlaubs aus dem Hause zu stehlen, kaum jünger als sie selber war. Junge Mädchen kann man leicht vertreiben, sie werden nie zu gefährlichen Gegnerinnen. Doch diese hatte sich von ihr die Maske der Mutter ausgeliehen, sie verführte mit dem gestohlenen Lächeln derer, die nichts haben wollen, weil sie alles besitzen. Über Nacht war sie eingebrochen in das weiß ummauerte Paradiesgärtlein, in dem Frau Vincentius immer noch saß, in ihrem Mariengewand, versunken in die Anbetung des Kindes. Doch der Knabe war inzwischen herangewachsen zu einem Träumer mit süchtigen Augen, der vergeblich an den Pforten des Gartens rüttelte, denn sie hatte die Schlüssel abgezogen und in den Brunnen geworfen. Im Garten stand die Zeit still. Ewig jung wandelte man unter immergrünen Bäumen. Kein Mann hatte Zutritt zu dem klösterlichen Bezirk. Aber eines Nachts hörten sie den Wind von jenseits der Mauer, es pochte an die Pforte, und auf der Schwelle stand atemlos, mit wild umherschweifendem Blick, die Jägerin – Blut an der Stirn, Blätter des Herbstwaldes im Haar.

Frau Vincentius' Hand lag auf der Klinke der schmalen Tür, die zur Galerie führte. Einige Zuschauer der hinteren Bankreihen drehten sich nach ihr um, als ein schmaler Lichtschein auf den Läufer des Mittelgangs fiel. Sie tastete sich bis zur Rampe vor, fand einen Platz auf einem Klappsitz. Die Wogen der Musik brandeten bis zur Galerie hinauf, keine von ihnen erreichte Frau Vincentius. Sie durchsuchte die Ränge, zählte die Logen ab, entdeckte zwischen den gleichförmigen Ovalen der Gesichter ein Stück grauen Uniformstoffs. Ein Scheinwerfer auf der Bühne flammte auf, jemand drehte sich um. Der Widerschein des Rampenlichts erhellte das Gesicht des jungen Mannes. Es war Clemens. Er war es und er war es nicht. Er saß in einer Haltung da, die sie zu Hause nie an ihm gesehen hatte. Ein Arm lag auf der Seitenlehne des Sessels, die Beine hatte er übereinandergeschlagen. Gelöst saß er da, so als habe er die Mahnung der Kinderstube – halt dich gerade, lehn' dich nicht an! – für immer vergessen. Die Wendung des Halses, die Art, wie er den Kopf in den Nacken legte und zur Galerie aufblickte, belästigt durch eine Störung, eine Erinnerung an etwas sehr Fernes, am Rande des Daseins Liegengebliebenes – alles an ihm war ihr vollkommen fremd, sie entdeckte es heute zum ersten Mal.

Von seiner Begleiterin, die in den Schatten der Loge zurückgelehnt saß, konnte sie nur den Ausschnitt des Kleides und den auf die Brüstung gestützten Arm erkennen. Sie trug kurz geschnittenes Haar, das wie eine Kappe am Kopf anlag. Zu jugendlich aufgemacht, mädchenhaft, burschenhaft trotz der üppigen Arme und Schultern! Das schmeichelnde Bühnenlicht umgab ihre Gestalt mit einem täuschenden Schimmer von Anmut. Wartet nur, wenn in der Pause das Kronleuchterlicht aufblitzt, ist's mit dem Zauber vorbei. Dann seid ihr entlarvt als ein lächerliches Paar, der Knabe aus dem Paradiesgärtlein und die alternde Zauberin, die ihn mir entführt hat. Die Luft der Galerie war abgestanden und schwül, Frau Vincentius' Gesicht brannte vor Hitze, das Atmen fiel ihr schwer, vor ihren Augen flimmerte ein Schleier. Sie konnte den Triumph des aufflammenden Deckenlichtes nicht abwarten. Mit einem »pardon« bahnte sie sich den Weg zur Tür.

4

Clemens' Profil stand auf einmal als Schattenriß vor der Seidentapete im Boudoir der Marschallin. Unhöflich weit hatte er sich vorgebeugt und die Ellbogen auf das Samtpolster der Logenbrüstung gestützt. Er versperrte ihr die Aussicht, er drängte sich vor, als gehöre sein dunkler Kopf zu der morgendlich lichten Szenerie, als wolle er mitspielen in der Welt der großen Damen und Herren von einst, in der er nichts zu suchen hatte. Doch selbst im verklärenden Widerschein des Rampenlichtes sah sein Gesicht mit den finster zusammengezogenen Augenbrauen weder heiter noch glücklich aus. Vor Ungeduld rutschte er auf seinem Sessel hin und her. Ein paar Mal drehte er sich um und blickte zur Galerie hinauf.

Mit jungen Leuten sollte man nicht in die Oper gehen. Sie finden es unnatürlich und lächerlich, daß da eine reifere Dame vorm Spiegeltisch sitzt und ihrem ratlosen Kavalier vorsingt, was sie über Zeit und Vergänglichkeit denkt. Keine Liebeserklärung, kein schmetternder Rachegesang, kein Verzweiflungsausbruch, wie man sie von den großen Arien her kennt, sondern klanggewordene Philosophie zu der in dunklen Halbtönen aufsteigenden und absinkenden Orchesterbegleitung. Schon seit einer Weile geschah nichts mehr auf der Bühne. Die Zeit, so schien es, hielt den Atem an, während die Marschallin ihr Wesen besang, das lautlose Rieseln des Sandes, das Tropfen der Sekunden, das Strömen der Minuten beschwor.

Er war nicht glücklich, ihr unerzogener Kavalier in der schlecht sitzenden Uniform, die Musik, die ihr Wohlbefinden steigerte, ging ihm auf die Nerven. Zum ersten Mal seit vierzehn Tagen bestand zwischen ihnen keine Harmonie. Zu jung, dieser Clemens, viel zu grün, er sah nur das Komische an der Szene. Die

Dame vorm Spiegel war ihm zu füllig in der Figur, und in den Bedienten, die an den Türen des Salons standen, erkannte er alte Statisten wieder, die er in den Schülervorstellungen des Stadttheaters in wechselnden Rollen und Verkleidungen gesehen hatte. Die schwermütig zehrende Musik, die sich in einem schleppenden Walzertakt den Worten vermählte, war vielleicht nur für alte Leute gemacht, für solche, die alt wie die Welt geboren wurden. Sonderbar, daß sie immer wieder an Männer geriet, die unmusikalisch waren bis in die Fingerspitzen. So etwas wirkte verstimmend auf Körper und Seele. Vielleicht hatte sie sich aus diesem Grund schon zum zweiten Mal scheiden lassen. Lange würde der Junge den Nervenschmerz, den ihm der verschattete Wohlklang der Töne bereitete, nicht mehr ertragen, sie sah es ihm an. Jetzt packte ihn auch noch ein Husten. Vergeblich suchte er nach einem Taschentuch, sie zog das ihre aus dem Seidenbeutel hervor und reichte es ihm mit einem Lächeln, das nicht erwidert wurde.

»Du bist so unruhig. Was ist mit dir, Lieber?«

»Sei mir nicht böse, Jessica. Ich möchte gehen.«

»Nur noch ein paar Minuten. Der Akt ist gleich zu Ende.«

»Ich warte draußen auf dich, vor der Loge.«

Schon ging er an ihr vorbei zur Tür, die sich knarrend hinter ihm schloß. Als Jessica etwas später die Loge verließ, fand sie ihn vor der Garderobe. Er brachte ihren Mantel und half ihr ungeschickt beim Anziehen. Schweigend stiegen sie nebeneinander die Treppen hinunter. Vorm Ausgang blieben sie einen Augenblick stehen, um sich an die Dunkelheit zu gewöhnen.

»War es sehr schlimm«, fragte Jessica, »hast du arg gelitten, du Armer?«

Er hob die Schultern und vergaß, sie wieder sinken zu lassen.

»Es war nicht die Musik«, sagte er, »es war etwas anderes. Ich spürte auf einmal einen Blick im Rücken. Mir war, als beobachte uns jemand im Dunkeln.«

Über einen gewundenen Treppenpfad führte sie ihn von der

Anhöhe, auf der das Opernhaus stand, in die Anlagen hinunter. Unter den alten Bäumen war die Dunkelheit so dicht, daß man die Sandwege kaum von den Rasenflächen unterscheiden konnte. Am Ufer des Sees, zwischen verwildertem Rhododendrongebüsch, fanden sie eine Bank, auf die sie sich niedersetzten. »Hierher folgt uns niemand«, sagte Jessica, »hier sind wir allein. Du brauchst keine Angst zu haben.«

Über den Teich glitt der weiße Schatten eines Schwanes, auf der Wasserfläche schimmerten Glanzlichter auf. Gut, daß der Vorhang vor der Szenerie der Herren- und Dienerwelt gefallen war! Was ging sie beide das galante Abenteuer der ältlichen Primadonna auf der Bühne an? Betrogen sie sich nicht gegenseitig um die letzten gemeinsamen Stunden vor dem Abschied? Auf einmal war die Wahrheit zwischen ihnen wieder da, die ungespielte, ungesungene. Um sieben Uhr zwanzig fuhr der Urlauberzug, auf dem zugigen Bahnsteig im Morgengrauen würde das Spiel zwischen ihnen enden. Vierzehn Tage und Nächte, abgelaufen die Frist, das Rieseln, Rinnen und Fließen der Jahre würden sie nicht mehr erfahren. Sie ergriff seinen Arm. Der Uniform entströmte trotz der Reinigung noch immer der Kammergeruch, der Stoff fühlte sich hart und klamm an. Auf der Bank, in der verdunkelten Anlage, wo in den Nächten des Krieges die Liebespaare Zuflucht suchten, wollte keine Zärtlichkeit gelingen.

»Laß uns gehen«, sagte Clemens.

Aber sie hielt ihn zurück. »Warten wir noch ein paar Minuten. Hinter den Bäumen wird es schon wieder hell. Gleich wird der Mond aufgehen.«

Auf dem Kiesweg hinter ihnen war plötzlich ein scharrendes, knirschendes Geräusch. Blätter raschelten. Irgendein Tier, Vogel, Katze oder Hund, brach aus dem Gebüsch hervor. Doch das Scharren verwandelte sich in Schritte. Rasch näherte sich ein formloser Schatten. Das Feindliche, Fremde und Drohende der Nacht schien sich zusammenzuballen in der Gestalt, die dicht an ihnen vorüberstrich und dann zwischen Seeufer und Bank stehen blieb. Aus einer Taschenlampe schoß ein weißer Blitz. Ein schwankender Lichtkreis tastete über Rabatte und Rasen, blieb für Sekundenfrist am Ärmel der Uniformjacke haften, auf dem der Gefreiten-Winkel aufgenäht war. Als Clemens aufstehen wollte, erlosch das Licht. Der Besitzer der Taschenlampe, der selbst eine Uniform trug, entfernte sich über den Kiesweg in seinem knirschenden Stiefelschritt.

»Jetzt weiß ich, was an dem Kerl so unheimlich ist«, sagte Jessica, »er hinkt.«

Achtunddreißig, neununddreißig – die Leuchtzeiger der Präzisionsarmbanduhr zeigen sogar die Sekunden an. Gleich Geisterfingern kreisen sie um das Zifferblatt. Zu mächtig für das Handgelenk, das Silberei. Ausländisches Fabrikat, Militärstoppuhr, Beutestück, von einem anderen Arm geschnallt, persönlich, eigenhändig. Es war gar nicht so leicht, den Ellbogen aufzubiegen, um an den Verschluß heranzukommen. Wie der Arm dann, als ihn nichts mehr hielt, heruntergeplumpst war wie ein Sack, den jemand fallen läßt, in den Staub, in den Schlamm! Neununddreißig, vierzig, und schon wieder so hell, daß man die Batterie der Taschenlampe bald sparen kann!

Wie die Stiefel wieder knarren, das ist das Leder, sagt der Schuhmacher, falsch gegerbt, zu schnell. Dafür sind die Schäfte frisch gewichst, ein schwarzer Spiegel, kein Stäubchen. Sogar in der Dunkelheit sieht man, wie sie sich ablösen im Gehen, fast gleichmäßig, man merkt kaum mehr etwas vom Hinken. Stille, laubbekränzte Gegend. Hier haben früher mal feine Leute gewohnt. Kein Schwanz unterwegs trotz der frühen Stunde. Achtung, ihr Leute, hier kommt einer, der schon zum zweiten Mal in dieser Woche Nachtdienst hat. Der Chef schläft immer von acht bis zehn Uhr auf Vorrat, damit er die Nacht taufrisch und knitterfrei übersteht. Unsereiner kann sehen, wie

er das Gähnen zwischen den Kinnladen zerdrückt bei dem Doppelleben zwischen Dienst und Büro.
Eben, in der Anlage, hatte Bolte noch schnell ein Blitzlicht verschossen, eine Momentaufnahme gemacht: Liebespärchen auf der Parkbank, kein guter Fang, keine lohnende Beute. Jeder Blick, den man auf solch ein Dutzendobjekt verschwendet, ist zu schade. Vielleicht hat der Herr Gefreite keinen Urlaubsschein. Das geht uns nichts an, wir sind nicht von der Polizei, wir haben andere Sorgen. Es sollte mehr Streifen geben in der Dunkelheit, in den Gegenden, wo sich das lichtscheue Gesindel aufhält. Inspektionsgänge mit der Quietschlaterne. Kurz aufblinkender Lichtkegel in die Augen, das blendet, verwirrt, und man kann die Schrecksekunde ausnutzen. Hinter den Bäumen der Wallanlagen, in den Gassen der Altstadt rotten sich die unsauberen Elemente zusammen: Plünderer, Schwarzhändler, Rote, Juden. Treffen sich immer am gleichen Ort, Schmeißfliegen überm stinkenden Tümpel. Man sollte das ganze Viertel ausräuchern und dazu die Quartiere im Osten, wo vor kurzem noch die Saras und Israels die Luft verpestet haben. Da hocken sie, zu Klumpen geballt, ein Klopfen genügt, und man hat sie alle zugleich im Sack wie schwärmende Bienen, die in Trauben am Dachgebälk kleben, besoffen vom Saft, den ihre Königin ausschwitzt, so daß sie sogar das Stechen vergessen.
Bei solch einer Razzia braucht man nicht einmal Licht. Die Witterung genügt, um sie in ihren Schlupfwinkeln aufzustöbern. Ungeziefer erkennt man am Geruch. Man müßte mal wieder dabeisein wie damals, als wir ihnen die Tempel kaputtschlugen und die heiligen Leuchter zum Einschmelzen brachten, als jeder Lunte legen und Dächer anzünden durfte. Schade, gehört nicht zum Dienst. Alles wird immer papierener, grauer. Ohne Zahlen, Schriftsätze und Aktenzeichen gibt's keine Aktion mehr. Ordnung muß sein, sagt der Chef. Ist auch älter geworden, Mundwinkelfalten, Krähenfüße, glanzlose Augen. Müßte mal wieder eine große Aufgabe haben, die ihn in

Schwung bringt. Fangen nur kleine Fische hier, verrosten langsam, sind aufs Abstellgeleise geschoben.
In dieser Gegend, wo sich die Villen in ihren Laubnestern verstecken, sollte man ab und zu einen Blick durch die Gitter in die Gärten werfen. Da schwappt leicht etwas Licht über den Fensterrand, keine Zucht, keine Ordnung! Der kurze Kontrollgang auf dem Heckenweg zwischen zwei Vorgärten hat sich gelohnt. Hart umrandet steht auf einmal ein Lichtviereck in der Nacht, schwebt frei in der Luft, so als wollten die Bewohner dem Feind ein Zeichen geben.
»Licht aus. Verdunkeln!«
Die Stimme brach hervor aus Kellertiefen, in dem dröhnenden Brustton, der weder im Büro noch in der Dienststelle seine Wirkung verfehlte. Doch das helle Viereck blieb noch eine halbe Minute lang im Leeren stehen, ehe die Flügel des Nachbarfensters zuklappten.

Barfuß, in langen weißen Nachthemden, liefen sie hintereinander her, über die Fliesen der Küche, durch den schmalen Flur zurück ins Kinderzimmer, eine wilde Jagd, ein Fang- und Versteckspiel im Dunkeln unter atemlosem Keuchen und Kichern: Gespenster sind wir, lauern in den Ecken, klettern auf die Tische, kriechen unter die Betten. Alle Dinge sind auf einmal lebendig geworden. Bücher fallen vom Regal herunter, zwischen Bauklötzen und Spielsachen liegen die Schulhefte auf dem Boden, der Wind, der durchs offene Fenster eindringt, blättert in ihren Seiten. Es hat noch nicht zwölf Uhr geschlagen, doch hier oben ist Geisterstund'. Noch immer ist's zum Ersticken heiß, durch das Fenster der Mansarde dringt nur wenig Luft. Es soll ein Gewitter geben heut nacht. Grollt da nicht Donner in der Ferne? Ein Blitz zuckt auf. Blendend hell ist's plötzlich im Zimmer. So deutlich haben die Kinder die beiden zerwühlten Eisenbetten, die geblümte Tapete und die Flecken auf dem Linoleumboden noch niemals gesehen. Überscharf tritt jede Einzelheit hervor und doch sind alle Dinge wie im Traume entrückt. Warum ist es noch immer hell? Der Blitz hat sich zwischen den Wänden der Kammer verrannt, er ist gefangen, er findet den Ausgang nicht mehr.

»Licht aus. Verdunkeln!«

Eine dröhnende Stimme drang aus der Tiefe bis zum Fenster hinauf. Die Kinder starrten sich an, sie sagten kein Wort. Einen Augenblick später versank das Zimmer in Dunkelheit. Lautlos tasteten sie sich zu ihren Betten, glätteten Laken und Kissen, zogen die Decken über die Köpfe und atmeten gleichmäßig tief, als schliefen sie schon lange.

»Wer von euch beiden hat das Licht angemacht?«

Auf einmal stand Margaret am Fenster, in dem von der Stiefmutter entliehenen Morgenrock. Sie warf ihren dünnen Zopf nach hinten, streckte die mageren Arme in die Höhe und zog das schwarze Rouleau herunter. Dann ging sie zur Nachttischlampe und knipste sie an.

»Wer das Licht angemacht hat, will ich wissen.«

Keine Antwort, nur die tiefen, etwas beschwerlichen Atemzüge der Schlafenden! Schon war sie an Nickis Bett, riß die Decke herunter. Er hielt die Augen krampfhaft geschlossen, doch seine Lider zuckten.

»Gleich wirst du antworten!«

»Ich hab's nicht getan. Es war Jossi.«

»Er lügt.«

»Wer hat das Fenster aufgemacht?«

»Ich nicht. Es war Nicki.«

»Er lügt.«

»Es war so heiß. Wir konnten nicht schlafen.«

»Ihr wißt, daß Lichtanmachen verboten ist. Es ist gefährlich, es kostet Strafe.«

Margaret tat ein paar Schritte auf die Tür zu, sie stolperte über den Saum des Morgenrocks, der ihr zu groß war, und fiel auf

den Boden. Unter ihren Bettdecken brachen Jossi und Nicki in Gelächter aus. Mühsam erhob sie sich, schlug die Tür hinter sich zu, lief in ihr Zimmer hinüber, warf sich im Dunkeln aufs Bett und vergrub ihr Gesicht in den Kissen.
Ihr Elend kam nur von den Kleinen. Sie haßte alles an ihnen, ihre schrillen Stimmen, ihr Gekicher, ihre Lügen. Tag und Nacht spielten sie ihr Streiche, versteckten die Dinge, die sie gerade suchte, räumten ihr Zimmer nicht auf vor dem Schlafengehen und machten das Licht an, ohne zu verdunkeln. Nicki und Jossi, zwei Zwerge, nicht jünger als sie, sondern alt, uralt und winzig geblieben. Sie, Margaret, war die Prinzessin im Aschenbrödelgewand. Die böse Stiefmutter zwang sie, die schmutzige Arbeit für die Brüder zu tun. Was ging Margaret die Mutter von Jossi und Nicki an? Wenn niemand dabei war, der es ihr verbieten konnte, sagte sie immer nur ›Frau Doktor‹ in dem gleichen, verächtlichen Ton wie Rosa. Die Prinzessin, tagsüber kehrt sie fremden Leuten den Staub zusammen, aber in der Nacht zieht sie ihr Festkleid an und geht auf den Ball. Es ist ganz einfach, man braucht nur die Augen zu schließen und ein paar tiefe Atemzüge zu tun. Schon geht es mit dem Schlitten durch das Schneegestöber mit Schellengeklingel und Hufgetrappel zum Schloß . . .
»Du, Margaret!«
»Was ist denn?«
»Nicki will wissen, ob Rosa schon wieder Ausgang hat!«
»Was geht euch das an?«
»Mama hat gesagt, sie soll uns nicht allein lassen.«
»Wenn ihr's genau wissen wollt. Ich habe ihr freigegeben.«
»Hast du das gehört, Nicki? Das gnädige Fräulein gibt unserem Mädchen Ausgang.«
»Macht, daß ihr endlich ins Bett kommt. Laßt mich in Ruhe.«
»Wir werden es Mama sagen.«
»Sagt es doch eurer Mama!«
»Wir lassen uns nicht schikanieren von euch dummen Weibern.«

Margaret sprang aus dem Bett, umklammerte Jossis Handgelenk mit einem Griff, der ihn aufheulen ließ, schob ihn in den Flur und verriegelte die Tür.
Als es auf dem Flur still geworden war, legte sie sich wieder ins Bett, schloß die Augen und drehte sich zur Wand. In der gleichen Kuhle der durchgelegenen Matratze hatte heute nachmittag Rosa gesessen und sich mit ihrem breiten Rücken gegen Margarets aufgestelltes Knie gelehnt. Jedesmal, wenn Rosa lachte, bebte ihr ganzer Körper. Ihr Fett hielt sie warm, sie fror nie. Sogar im Winter klopfte sie in kurzen Ärmeln auf dem Hof Teppiche. Rosa, der Dickmops, sagten Nicki und Jossi, wenn sie sich bückte, um den Staub vom Boden aufzukehren. Zwergenneid, Zwergentücke, Erbsenkugeln, mit denen sie aus Kinderkanonen nach der Riesin schossen, die weniger davon merkte als von einem Mückenstich. Rosas Hände mit den kurzen Fingern und den schwarzen Nägelrändern rochen nach Kräutern und Zwiebeln, abends, wenn Karl kam, nach der Lavendelseife aus dem Badezimmer der Frau Doktor. Meine Henne, nannte Karl sie, wenn er auf dem Küchenstuhl vorm Herd saß, dann lachte sie aus vollem Halse. Manchmal, wenn sie guter Laune war, fing sie sogar zu gackern an, so echt, daß die Frau Doktor meinte, ein Huhn sei in der Küche. Aus Spaß machte Karl dazu »kikeriki«, und er sagte zu Margaret: »Jetzt mußt du piepsen, mein Küken.«
Heute feierten sie drüben in der Villa den Geburtstag des Chefs. Rosa mußte aushelfen in der Küche, vielleicht hatte der Karl wieder Bereitschaftsdienst. Ob sie jetzt auch da drüben vorm Küchenherd saßen und vor Vergnügen gackerten wie die Hühner? Margaret wälzte sich auf den Bauch, sie seufzte, dann lag sie still und atmete gleichmäßig tief. Eine unsichtbare Hand packte ihren Zopf wie einen Zügel. Hühott, Pferdchen, lauf Galopp. Heut nacht wird die Prinzessin nicht durch den Schneeflockenwirbel zum Schloß gefahren, heut läuft sie selbst als Pferd im Geschirr vor dem Schlitten. Auf dem Kutschbock

sitzen Rosa und Karl, in weiße Daunendecken gehüllt. Während das Pferdchen sich abschuften muß, essen sie Hühnerbeine, schmatzen, wischen sich die fettigen Finger an der Decke ab und werfen die abgenagten Knochen hinter sich in den Schnee.

Bolte stand vor dem Gittertor mit dem Namensschild der ehemaligen Besitzer, von dem nur das ›Gold‹ stehen geblieben war, das ›schild‹ hatten sie herausgekratzt. Vor ihm her, über den Sandpfad zwischen den Rabatten, geisterte ein grünlicher Schein. Elmsfeuer, Irrlicht! Ausmachen, verdunkeln. Alle Lichter ausmachen, damit die Nacht sich endlich ungestört über der Stadt niederlassen kann, um auszubrüten, was sie verborgen hält in ihrem Schoß. Da, über der verwilderten Rosenhecke steht plötzlich der Mond, blutorangenrot, prall, überfressen. Dicht überm Horizont ist er immer so ekelhaft groß, brünstig rot wie ein Kohlenfeuer mit Schlackenresten. Später beim Steigen hält er wieder auf Abstand, weiß, wo er hingehört, rückt in die Ferne. Blaß und kalt läuft er dort oben am Himmel seine Bahn ab. Ist wie der Chef, der Mond, immer allein, mit seinem bleichen Gesicht und dem kalten Glanz, den er ausstrahlt.
Er ging über den mittleren Gartenweg, zu dessen beiden Seiten die Schatten der Lebensbäume aufragten. Der Mond war schon wieder da. Nackt, einäugig, ohne Wimpern und Lider stand er über der Mauer mit den Glassplittern. Runterholen müßte man ihn. Für einen guten Schützen wäre das eine Kleinigkeit. Weg mit dir, Mond, wir holen dich. Warte nur, auch deine Stunde schlägt! Wir haben das MG im Schrank, das wird die Sternenwiese mähen. Du bist fällig, stehst auf unserer Liste. Hast zu oft zugeschaut. Augenzeugen sind unerwünscht. Warst dabei, hast über die Mauer gelinst, hast mitgezählt, alter Bursche, wir wissen Bescheid.
Echter Marmor, das Treppenhaus, die Schweine konnten es

sich leisten. Oben Kassetten wie im Hallenschwimmbad, unten Fliesen, an den Wänden ein Fries mit Stuckornamenten. Feuchte Zugluft wie im Mausoleum. Haben sich eingemauert in ihr eigenes Grab. Wo nur der Posten war? Sperrangelweit offen stand das Tor für geladene und ungeladene Besucher. Langsam stieg er die Treppe hinauf, niemand kam ihm entgegen, an einer lockeren Läuferstange hakten sich die Sporen des linken Schaftstiefels fest, fast wäre er hingeschlagen. Sein Husten weckte einen verzerrten Widerhall in der Glaskuppel über dem Treppenhaus auf. Das Echo hatten die ehemaligen Bewohner des Hauses zurückgelassen bei ihrer überstürzten Flucht. Keinen Augenblick war man hier unter sich, jedes Wort wurde festgehalten.

Aus der Tür mit dem Bronzegriff kam leisetreterisch, nach Lakaienart, Otto, die neue Ordonnanz, ein Jüngelchen von noch nicht zwanzig Jahren, das in letzter Zeit beim Chef aus- und einging, ohne anzuklopfen. In seinen Schaftstiefeln trat er fast lautlos auf, als habe er Pantoffeln an den Füßen. Er senkte die Lider mit den langen Mädchenwimpern, schnalzte bedauernd mit der Zunge und lispelte: »Der Chef wünscht nicht gestört zu werden.«

Wäre das erste Mal, daß den Bolte jemand anmelden müßte! Möchte wissen, wer hier ältere Rechte haben sollte als ich. Bin bisher immer der erste gewesen, der dem Chef Glück zum Geburtstag gewünscht hat. Als wir uns kennenlernten, der Chef und ich, warst du noch im Kindergarten, mein Kleiner. Auf einer Bank im Volkspark haben wir nebeneinander gesessen und heimlich die Brotkrümel aufgegessen, die eine dicke Madame aus ihrer Tasche holte, um die Schwäne damit zu füttern. Damals waren wir beide arbeitslos, saßen ganz unten auf der Leiter. Zwei Jahre vorher hatte der Chef sein Studium an den Nagel gehängt, Teppiche bei Judenschicksen geklopft, Annoncenakquisiteur gespielt, Portier in Nachtlokalen gemimt. Weil er ausgesehen hat wie ein besserer Herr, konnten sie ihn überall brauchen. Otto beugte sich vor, er verzog den Mund zu einem feinen Grinsen.

»Hoher Besuch«, flüsterte er.

Er zupfte ein paar welke Blütenblätter von einem Jasminstrauß, den er in der Vase mit dem chinesischen Vogelmuster kunstvoll angeordnet hatte.

»Dicke Luft!« Er hob bedauernd die Schultern. »Nicht mal die Blumen wollte er auf dem Schreibtisch haben. Weg mit dem Zeug, hat er gesagt. Von dem Gestank bekomme ich Kopfweh.«

Als ob der Chef sich je etwas aus Blumen gemacht hätte! Schlimm genug, daß dieser Jasmin mit seinem aufdringlich süßen Geruch den Garten erfüllt. Schleppt der Kerl auch noch ganze Zweige davon ins Haus, damit jeder meint, wir hätten hier Weiberbesuch. Blüten welken rasch, mein Kleiner, noch vor morgen früh kannst du die weißen Sternchen vom Boden auflesen.

»Wer ist denn drin«, fragte Bolte und deutete mit dem durchgebogenen Daumen nach der Tür des Büros.

»Der Standartenführer«, verriet Otto mit dem Lächeln des Eingeweihten, »in Zivil!«

Bolte setzte sich auf eine Bank im Flur. Mißmutig blickte er auf seine glänzenden Stiefelspitzen nieder. Wie ein Bittsteller, der auf eine Audienz beim hohen Herrn wartet, kam er sich vor. Zu spät gekommen! Es gibt Tage, an denen muß man der erste sein. Nun sitzen wir draußen vor der Tür und ärgern uns über diesen Lakaien. Kann man ahnen, daß sich der Standartenführer in eigener Person in unsere bescheidenen Hallen bemüht, um dem Chef zum Geburtstag zu gratulieren? Haben immer wie Hund und Katz gestanden, die beiden. Ist zu vornehm, der Chef, macht sich nicht gern die Hände schmutzig, hat empfindliche Nerven! Heutzutage bringen es die am weitesten, die Stiernacken und Fäuste von Schlachtergesellen besitzen. Wer wie der Chef von der Front mit zerfetztem Lungenflügel heimkehrt, wird übergangen bei der Beförderung. Wir wissen, wo du herkommst, Herr Standartenführer! Nicht umsonst haben wir einmal vor langer Zeit im Büro der Zentrale die Personalkartei geführt. Der Bolte hat immer ein gutes Gedächtnis gehabt, das ersetzt ein Aktenarchiv!

»Ssst«, machte Otto.

Bolte sah ihm vom Rücken her an, wie er Haltung annahm. Die Hände, die eben noch an den Jasminzweigen herumgezupft hatten, legten sich an die Hosennaht. Die Tür zum Vorzimmer bewegte sich ein paar Mal in den Angeln, ehe der hohe Besuch in ihrem Rahmen erschien. Der Standartenführer blieb auf der Schwelle stehen, die Hand in die Hüfte gestützt, in einer Pose, als sollte er fotografiert werden. Dann setzte er den Hut mit der grünen Kordel und der Häherfeder auf, gab dem Chef, der im abgedunkelten Büro zurückgeblieben war, auf eine eigentümlich verdrehte Weise die Hand, sagte »alsdann« und ging, ohne Boltes Gruß zu beachten, im Geschwindschritt über den Flur zur Treppe. Seine Stirn und die kleinen verfetteten Äuglein lagen im Schatten des Hutes, aber an einem Zucken des speichelfeuchten Mundes merkte Bolte, daß er wütend war.

Der Standartenführer sprang in einem ungleichmäßigen Hüpfschritt, der zu jugendlich war für sein Körpergewicht, die Stufen der Marmortreppe hinunter. Er hatte beide Hände in die Taschen des Regenmantels versenkt und nahm das Geländer nicht zur Hilfe. Mit der sich ablösenden Gummisohle seines Sportschuhs blieb er an einer Läuferstange hängen. Es gelang ihm nicht, sich im Sturz aufzufangen, er schlug mit dem Hinterkopf auf die Kante einer Stufe auf, rollte mit angewinkelten Knien das letzte Treppenstück hinunter und blieb bewegungslos auf den schwarzweiß gemusterten Fliesen der Halle liegen, bis ihm der Posten vom Eingang zur Hilfe kam.

»Unerhörte Schlamperei«, schrie er mit wut- und schmerzverzerrtem Gesicht, während er sich mühsam erhob und den

Staub vom Mantel klopfte, »hier ist man ja seines Lebens nicht sicher!«
Inzwischen war der Chef mit nachlässiger Eleganz, ohne die bestürzte Eile, die das Mißgeschick erfordert hätte, die Treppe hinuntergeschritten. Seine modisch spitz geschnittenen Halbschuhe schienen kaum den Läufer zu berühren. Er kannte sich aus mit den Tücken des Inventars der Villa Goldschild, ihn hätte die lose Läuferstange niemals zu Fall gebracht.
Der Standartenführer und der Chef standen sich jetzt auf dem Schachbrettmuster der Fliesen gegenüber. Der Mann im Regenmantel sah klein und gedrungen aus. Der Chef blickte auf das kurze Borstenhaar seines Gastes nieder. Er bückte sich nicht, um den Hut aufzuheben, der dem hohen Besuch bei seinem Sturz vorausgerollt war. Vor einem Vorgesetzten in Zivil brauchte er den Rücken nicht krumm zu machen. Ein paar Minuten lang waren die Rollen hier richtig verteilt. Barhäuptig, erniedrigt stand der Standartenführer mit seiner Sträflingsfrisur vor dem Chef, auf dessen Uniform Bolte schon die Rangabzeichen des Standartenführers blitzen sah.
»Tut mir leid, Hans!«
Unter Männern verliert man kein Wort zu viel über solch einen lächerlichen Zwischenfall. Der Hausherr und sein hoher Besuch verharrten in verlegenem Schweigen. Auf einmal war Bolte zur Stelle. Er bückte sich nach dem Tirolerhut, der, mit der Innenseite nach oben, auf den Marmorfliesen lag. Er hob ihn auf, staubte ihn mit dem Jackenärmel ab, pustete in die eisblaue Häherfeder. Das Rückenkrummachen schmerzte ihn nicht, er war es gewöhnt, sich zu bücken. Dicht am Boden ist man am sichersten.
»Wenn ich bitten darf!«
Das hatte er fein herausgebracht, mit einem Unterton von kaltem Spott. So überreicht ein Kellner im Lokal einem Gast den vom Garderobenständer gefallenen Hut. Er vergibt sich nichts dabei, es ist sein Beruf, andere zu bedienen. Keinen Dienst-

grad, wir sind hier inkognito, haben genau genommen nicht einmal ein Recht auf Ehrenbezeigungen! Der hohe Besuch nahm mit einem zerstreuten Nicken den Hut und drehte ihn zwischen den kurzen Fingern herum, als traue er sich nicht, ihn wieder aufzusetzen. Er bedankte sich für die Gefälligkeit. Jetzt konnte Bolte »bitteschön, gern geschehen« sagen, eine Frechheit, die sogar den Chef zu einem verstörten Aufblick veranlaßte. Gern geschehen, Herr Standartenführer. Das schönste Geburtstagsgeschenk hast du uns durch deinen Fehltritt gemacht. Vor unseren Augen bist du die Treppe zur Macht heruntergepurzelt, die du so hastig emporgekeucht bist. Dein Fall hat uns beide erhöht!

»Also dann, alsdann . . .«

Während der hohe Besuch nach passenden Worten zu suchen schien, die den alten Zustand der Dinge wiederherstellen sollten, gewann seine Stimme an Klarheit und Festigkeit.

»Also es bleibt dabei!«

Jetzt sprach der Vorgesetzte, der mit einem Untergebenen soeben ein ernsthaftes Dienstgespräch gehabt hat.

»Ich verlasse mich auf dich. Erwarte Vollzugsmeldung in drei Tagen.«

»Abgemacht«, sagte der Chef.

Als er seinem Gast die Haustür aufhielt, sah sein Gesicht mit einem Mal grau und abgespannt aus. Der Standartenführer drehte sich auf der Schwelle mit einem wütenden Ruck nach ihm um.

»Ich habe auch meine Termine«, rief er.

Geburtstage sind nicht zum Feiern da. Der Chef will sein neues Jahr mit Arbeit beginnen. Hat zuviel Trübsal geblasen in letzter Zeit, zu oft zum Fenster hinaus-, an die Decke hinaufgestarrt. Er wird euch zeigen, wer hier Herr im Haus ist. Will die Meldungen fertig machen, die schon seit Wochen unerledigt in der Schreibtischschublade liegen, wird noch heut nacht den Lagebericht diktieren. Wo ist der Ordner S-T? Wer hat ihn verstellt, wer macht sich am Geheimschrank zu schaffen, wer blättert in der Personalkartei? Werde euch Beine machen, Herrschaften, und wenn das, was ihr tut, ebenso überflüssig wäre wie die Schuftereien, die den Höllenbewohnern zur Strafe auferlegt werden . . .

Bolte lehnte gegen den Panzerschrank, zu dem er den Schlüssel in der Hosentasche verwahrte. Auf der anderen Schreibtischseite, dem Chef gegenüber, saß Otto mit dem Stenogrammblock. Er hatte den Kopf ein wenig schief gelegt und hielt die Lider gesenkt.

»Betrifft Verfügung Nr. 304 III A. Geheime Kommandosache. Aktenzeichen . . .«

Abwarten, schweigen, im Hintergrund bleiben! Ehe der Morgen graut, ist das Strohfeuer ausgebrannt. Es kommt nur darauf an, wer den längeren Atem hat. Ein paar Stunden bleiben wir noch im Schatten, im Schutz der Panzerschranktür. Wenn der Chef die Lust an der Arbeit verliert, übernimmt der Stellvertreter wieder die Geschäfte.

»Besondere Vorkommnisse: keine!«

Für die anderen vielleicht, aber nicht für mich! Während der Chef sich im Garten beim Sonnenbad und beim Training mit der Boxbirne von seinem Lazarettaufenthalt erholte, haben wir unsere Augen offen gehalten. Material gesammelt, Inspektionsgänge durch den Betrieb gemacht, Netze ausgelegt, Angeln ins stille Wasser geworfen. Nur auf die Namen kommt es an. Heut abend ist das Dutzend voll, kein einziger fehlt auf der Liste!

»Zu Verfügung 304 III A, Ziffer II b, Absatz 3 wird gemeldet:«

Der eben noch mühelos strömende Redefluß stockte. Der Chef blätterte nervös in den Akten, studierte mit gerunzelter Stirn Verfügungen, die er heut zum ersten Mal sah, während Bolte ihren Inhalt halb auswendig kannte. Nach einer Weile erhob er sich vom Schreibtisch und fing an, auf dem knarrenden Parkett auf- und abzugehen. Vorm großen Wandspiegel im ehemaligen Ankleideraum der Madame Goldschild, wo er sein Büro eingerichtet hatte, blieb er stehen, um sein Ebenbild zu betrachten. Er war zierlich, aber vollkommen von Gestalt: schmale Hüften, breite Schultern, gerade Nase, hohe Stirn. Die Maße stimmten, nur war alles ein paar Nummern zu klein, und das Gesicht ein paar Jahre zu jung geblieben! Bolte blickte unauffällig auf seine Armbanduhr, er verfolgte den kreisenden Sekundenzeiger. Noch zwei bis drei Minuten, schätzte er, würde es dauern, bis der Chef seine Hilfe in Anspruch nahm.

Die Küche war angefüllt mit beißendem Rauch. Auf dem Herd, in dem feuchte Holzscheite prasselten, röstete Rosa den frisch aus Frankreich eingetroffenen Kaffee. Zu scharf, zu schwarz, einige Bohnen verbrannten auf dem fettigen Pfannengrund. Tränen stiegen ihr in die Augen, sie hustete, ihr war zum Ersticken heiß. Sie gab nicht acht, weil Karl hinter ihr stand, weil sie seinen Atem im Nacken spürte. Sie horchte, ob jemand die Kellertreppe heruntergepoltert kam von den schwarzen Scheusalen, die man hätte rösten sollen wie die Bohnen, bis ihnen die Haut abplatzte. Doch kein Laut drang bis in die Küche hinunter, sogar drüben in der Bunkerbar, wo sie eben noch im Chor das Lied gegrölt hatten, das man jetzt jeden Tag im Radio hörte, war es still geworden.
Lüften, der Rauch muß aus der Küche! Schnell zum Fenster hinüber, das Licht ausgemacht, das Rouleau hoch! Dunkelheit, frische Luft, feuchte Luft, Grillengezirp aus dem Garten. Dicht nebeneinander standen sie am Fenster. Der Mond war auch dabei, sein halbes Gesicht blickte über die Mauer wie der Nachbar, der zuschauen will. Vergeblich wartete Rosa, daß Karl sie umarmte und küßte. Er schien plötzlich Blei in den Armen zu

haben. Er versenkte die Hände in die Hosentaschen und starrte in die vom Mondlicht versilberten Blätter des Rhododendrongebüschs. Rosa wischte sich die Tränen ab, die ihr der Rauch in die Augen getrieben hatte. Sie fürchtete sich ein wenig, weil Karl neben ihr noch immer kein Wort sprach. Sie zählte bis zwanzig, ihr Herz fing hart zu klopfen an. Da zog Karl das Rouleau wieder herunter und machte das Deckenlicht an, das jetzt in die Augen biß wie vorhin der Rauch.

»Wenn jemand nach mir fragt«, sagte er schon an der Tür, »ich bin nebenan. Will etwas auf Vorrat schlafen.«

Die Wolldecke überm Feldbett hing in ungeordneten Falten bis zum Boden hinunter. Die Matratze war noch warm, als habe erst vor kurzem jemand auf ihr gelegen. Im Wachraum hing der Gaulsgeruch, vermischt mit dem Zigarettenqualm, der den Uniformen entströmte. Augen zu, Strom abschalten und einschlafen! Aber es geht nicht, im Oberstübchen ist noch immer Licht, da tanzen weiße Flämmchen herum. Vielleicht hat er zu lange draußen im Felsenmeer in der Sonne gelegen, am Mittag halbnackt am Waldrand gelegen. Allein mit der Sonne, umgeben von Grasgeruch und Insektensummen. Allein, ohne Mädchen. Ein Mädchen wäre zu viel gewesen. Er hätte tun müssen, was sie von einem erwarten, der halbnackt mit ihnen am Waldrand liegt. Heute ist er mit der Sonne schlafen gegangen. Niemand hat ihn gestört in seinem Felsenbett mit dem Mooskissen. Von der Sonne kann jedes Mädchen was lernen. Wie die einen streichelt, so leicht, daß man es kaum merkt, und doch ist da der Druck der Strahlen, der Kuß, der blind macht und taub.

In dieser Mausefalle von Wachstube kann man es nur aushalten, wenn man sich vorstellt, daß draußen die Sonne am Himmel steht, statt dieses Mondes, der nicht hält, was er verspricht. Man friert, wenn man ihn nur ansieht. Rosa, die sich in Horoskopen auskennt, hat gesagt, daß der Chef unter einem Nachtgestirn geboren ist, Saturn oder Uranus, Karl aber ist ein Löwe. Sonne im Löwen, klingt nicht übel. Die beiden hatten sich gerade zusammengetan, als er das Licht der Welt erblickte. Die Venus war die Dritte im Bunde, deshalb liefen ihm alle Mädchen nach. König der Tiere, der Löwe, er trägt eine Mähne als Zeichen der Manneswürde, und dazu das brünstige Gebrüll, wenn er das Maul aufreißt. Da ist die Steppe drin, Wüste, Staub und mehr Sonne, als einem hier je auf den Buckel brennt ...

5

Ben kauerte schlafend auf der Holzstiege des Turmaufgangs, als ein Dröhnen an sein Ohr schlug. Er fuhr zusammen, starrte in die Dunkelheit, wußte nicht mehr, wo er sich befand. Im nächsten Augenblick sprang er auf, tastete sich die letzten Stufen der Stiege hinauf bis zum Ausgang zur Galerie. Erst jetzt begriff er: es waren die Glocken. Sie, die in der Ferne und Tiefe in vollem Wohlklang ausschwangen, fielen hier oben als betäubender Lärm über ihn her. Um dem Getöse zu entrinnen, trat er auf den Umgang hinaus. Die Szenerie hatte sich verwandelt, Fialen und Strebepfeiler der Turmspitze glitzerten im Mondlicht. Er glaubte durch einen versteinerten Garten mit phantastisch geformten Pflanzen und Blütenständen zu gehen. Am Geländer blieb er stehen und stützte den Kopf in die Hände. Von unten konnte ihn keiner erkennen, man würde seine reglose Gestalt für den Umriß eines Wasserspeiers halten. Er aber sah sie alle zugleich. Er stand über ihnen wie auf riesigen Stelzen. Hoch über den Häusern, denen die Dächer fehlten. Der Feuersturm hatte sie weggeblasen wie der Wind die Hüte von Spaziergängern. Manche Altstadthäuser hatten ihre Hüte noch auf, die altmodischen Kappen, Hauben und Mützen. Ihre Mauern wölbten sich vor, ihre Schultern waren schief und krumm. Immer enger und ängstlicher schlossen sie sich zusammen, Schulter an Schulter und Fuß an Fuß rückten sie gegen den Domplatz vor und umzingelten den Turm, ein ungeordnetes Heer, von dem man nur die Köpfe in blinkenden Schieferhelmen mit den Hellebarden der Blitzableiter erkennen konnte. Sie rückten vor und wichen im gleichen Atemzug wieder zurück, sie waren alt und mürbe und schwach. Es half nichts, daß sie sich zusammenrotteten und eine drohende Haltung annahmen. Sie wußten, sie würden doch sterben, alle würden sie sterben, heute oder morgen, denn es waren die Tage des Gerichts. Noch begoß der Mond mit seiner Lichtbrause in der verzauberten Stille vor Mitternacht den Steingarten der Turmgalerie. Doch auf den Türmen der himmlischen Stadt standen schon die Engel bereit, um die Posaunen zu blasen und die Schläfer unter den Dächern zu wecken. Der Vater, die Mutter und Mirjam sind auch dabei. Alle versammeln sich um den Domturm herum, man ruft ihre Namen von der Liste auf, sie müssen sich melden mit ›hier‹ wie die Kinder in der Turnstunde. Die Stimme, die ihre Namen aufruft, ist die des Engels, der den Wächtern in den glänzenden Regenmänteln gleicht. Benjamins Name ist auch dabei, diesmal wird er nicht übersehen und vergessen wie vor ein paar Tagen im Treppenhaus, durch das sie die Eltern und Mirjam abführten. Diesmal darf er sich nicht unsichtbar machen, denn wer nicht zur Stelle ist, wird verdammt.

Vorhin, im Glockengestühl, hatte er ein Knacken, ein Knistern im Holz gehört, ein Raunen und Flüstern, ein Schleifen von Sohlen, ein Seufzen in den Glockenseilen, so als kletterten sie daran hinauf, höher und höher. Manche von ihnen waren klein wie Insekten und Schmetterlinge, Staub aus einer leuchtenden Wolke. Sie liefen barfuß über die Stufen der Wendeltreppe, vielleicht standen sie jetzt neben ihm am Geländer zwischen den steinernen Pflanzen und Blüten. Sie waren nicht so, wie man sie an den Kirchenportalen dargestellt findet, mit glatter Haut, Armen, Beinen und gelocktem Haar, nicht von Menschengröße, sondern riesenhaft oder winzig klein, mit flimmernden Flügeldecken und vorstehenden Glanzaugen. Sie schwärmten durch die Luft der Sommernacht, sie ließen sich auf den Dächern nieder und eroberten die Stadt. In den Mondstrahlen, dort, wo das Licht zu milchigen Wirbeln zusammenfloß, sammelten sie sich zum Angriff. Sie sangen, sie zirpten, aber man konnte sie nicht hören, der Ton, den sie aussandten, war für menschliche Ohren zu hoch.

Ben fühlte sich plötzlich von Jubel erfaßt, er war leicht geworden, ein Lichtstrahl, eine Feder, gleich würde er zu fliegen beginnen. Die Stadt lag nicht mehr unter ihm in der Tiefe, sie wuchs mit jedem Atemzug auf ihn zu. Er brauchte sich nicht mehr übers Geländer vorzubeugen, die Häuser kamen zu ihm herauf, er konnte die Kronen der Bäume aus den Anlagen fast mit den Fingerspitzen berühren und das Wasser aus dem Flußbogen schöpfen. Wieder ein Stoß im Rücken, der Glockenschlag traf ihn auch hier oben mit voller Wucht, er war nicht vorbereitet, hatte den Aufruhr der Luft schon wieder vergessen. Noch ein Schlag, Ohrfeigen, Maulschellen – das wird die volle Stunde. Er zählte: es ist zehn, es ist elf. Bald wird die Zeit nicht mehr laufen müssen in ihren Schuhen aus Glockenerz von Stunde zu Stunde. Wenn der Posaunenstoß des Gerichts ertönt, ist sie am Ziel und darf rasten.
Elf Uhr, da waren früher die Geschäftsstraßen noch hell, die Schaufenster erstrahlten in künstlichem Licht. Die Stadt verteidigte sich gegen den Überfall der Dunkelheit, sie hielt sich die Nacht vom Leib. Im Osten, dort, wo zweimal im Jahr der große Rummelplatz aufgebaut wurde, lag ein ewiges Morgenrot. In ihrer Strahlenglocke, ihrem Lichtgespinst, schlummerte die Stadt dem Morgen entgegen. Jetzt waren die Straßen leer, die Fenster blind. Dumpf und tief schliefen die Bewohner der Stadt. Zwischen Flußufer und Wallanlagen waren zu dieser Stunde nur noch Menschen unterwegs, die zu ihren Geschäften die Dunkelheit brauchten. Schwarzhändler und Plünderer, Diebe und ihre Verfolger, Flüchtende und Streifen, Jäger und ihr verängstigtes Wild. Ein Motorradfahrer in einem Ledermantel ratterte über den Domplatz. Ein Mann mit einem Strohhut und einem Köfferchen in der Hand ging im Mondschatten der Häuser auf dem schmalen Trottoir, mit der Spitze eines Schirmes oder Stockes stieß er in regelmäßigen Abständen auf das Pflaster. Das Surren des Motorrades wurde abgelöst von einem Geräusch, das so ungewohnt klang, daß Ben sich weit

über das Turmgeländer beugte, um Ausschau zu halten. Da sah er sie, einen Reitertrupp, sechs oder sieben Mann in Uniform, dicht zusammengedrängt. Der ungleichmäßige Hufschlag drang aus dem Straßenschacht wie aus einer Schlucht zum roten Sandsteingipfel des Turms herauf. Erregend, aufrührerisch und hundertmal lebendiger als das Motorengeknatter war dies Hufgeklapper. Die Vorhut eines berittenen Heeres, das die Stadt erobern wollte, zog dort unten vorbei. Wacht auf, klopften die Hufe, seid auf der Hut! Wir kommen, wir kommen, die Vorhut der Reiter. Wir haben unsere Schwerter unter den Mänteln versteckt, wir sind die Vorboten des Gerichts!

Der Hufschlag auf dem Kopfpflaster der Altstadtgassen, bald dumpf und dunkel, bald klirrend hell. Sie ritten hintereinander, der Raum war eng, die Flanken der Pferde streiften fast die Mauern, sie ritten ängstlich und schlecht.

Ungeschickt hingen sie in den Sätteln. Vorn der alte Leutnant mit dem Schnauzbart, dem krummen Rücken und dem rot geschwollenen Gesicht, der Alte, hervorgeholt aus dem Versteck seiner Rentnerwohnung und eingesetzt zum Schutz der bedrohten Vaterstadt. Wenn auch die alten Kameraden von der Kavallerie inzwischen längst auf Rädern fuhren und das Motorengeknatter überall in der Welt das Hufgeklapper abgelöst hatte, er blieb im Sattel, er sah sich das Grauen der Nächte vom Rücken seines Pferdes an. Von weither kam er geritten, und seine Gedanken verirrten sich in die Vergangenheit.

... Mit der Schwadron durch die letzten, kränklichen Wälder, dort, wo die ständig schwelenden Brände die Buchen abgeholzt und das Land in Steppe verwandelt haben. Das Gras, lang, dünn, gebleicht wie Greisenhaar. Vielhufig durch weißen Steppenstaub, die roten Beerenbüschel der Ebereschen am Weg, die Uniformen bestäubt, die Nasenlöcher kribbelnd vor Trockenheit. Rauchgeruch, aromatisch, bittersüß, vermischt mit dem Dunst schwitzender Pferdeleiber. Mit der Schwadron durch die Steppe, ein einziger schnaubender Leib, der Staub aufwirbelt, und es gibt keinen Feind für die jungen Ulanen mit den Helmen und Lanzen. Zu vieles an ihnen blitzt und blinkt, sie stoßen ins Leere vor, in die Wälder, die nirgendwo enden. Kurz vor dem Dorf mit den erdfarbenen Katen plötzlich das kurze, schnöde Geknatter. Scheuen der Pferde, nackte Verwirrung, Entsetzen in den Augen der Ulanen, die glänzenden Kruppen von den Pferden der Fliehenden, ihre peitschenden Schweife, die Tschapka, die in den Schlamm rollt. Ein Wirbel hat die Schwadron erfaßt, reißt sie herum. Einige fallen vom Pferd und sind doch nicht tot, nicht als Helden gefallen. Sie wälzen sich im Straßenkot und schreien um Hilfe. Das Chaos, der Wirbel, der Weltuntergang, ausgelöst durch die Schüsse des Maschinengewehrs, das die Felder bestreut. Kaum einen Meter läßt es aus, es ist ein Rechenexempel, ob da einer durchkommt. Und wozu, bitte, sind die Lanzen da, die aus dem Museum entwendeten Spieße, die man uns in die Hand gedrückt hat? Man wirft sie am besten weg, um zur Pistole zu greifen, wenn man es nicht vorzieht, sich vorher noch einen Sieben-Schwaben-Streich zu leisten und die Lanzenspitze mit zitternder Hand und bebenden Herzens in einen merkwürdig reglosen Feind zu stoßen, der an der Katenwand lehnt und den tödlichen Stoß mit glasigen Augen und offenem Mund, sanft, fast höflich empfängt, ohne Gegenwehr. Denn siehe, der erste und letzte, den ich erlegte, war schon vorher tot, er lehnte an der Mauer wie ein schlecht verschnürtes Paket, das man irgendwo abgestellt hat. Er war schon ein paar Stunden tot, niemand hatte auf ihn geachtet, er stand, von einem Vorsprung am Haus gehalten, wie eine Stoffpuppe, an der man das Zielen üben kann.

In seiner Brust blieb die Lanze stecken, der Leutnant fand sie nie wieder, nicht einmal in seinen Träumen; er brauchte sie auch nicht mehr, sie verrostete irgendwo im Straßenkot, vielleicht hatten Kinder sie später einmal aus dem Schlamm gezogen und vergeblich versucht, ihre Spitze blankzureiben...

Zusammengeschmolzen das Häuflein, das Fähnlein der Aufrechten, mit dem er hier durch die Straßen der Stadt ritt, über das Pflaster, durch dessen Ritzen das Steppengras wucherte. Zwischen den Trümmern hatte er neulich ein Blümlein mit samtblauen Sternenblüten entdeckt, dieselben Blüten übersäten im Frühling die Tundra. Weit war ihr Samen geflogen, war sie hinübergeschneit, die Todesblume, erstorbenes Blauauge, Kehrnimmermehrwieder. Jetzt blühte sie still vor seinem Haus, eroberte mit ihren blauen Kelchen Steinhaufen um Steinhaufen. Durch die sterbende Stadt mit dem Fähnlein der Lahmen, Hustenden, Magenkranken, die man draußen nicht mehr gebrauchen kann.

Der Tod hat die Gräben und Stellungen des Niemandslandes längst umgangen und sich hier zwischen Frauen und Kindern, Basen und Tanten eingerichtet. Breitbeinig hockt er im Sessel des Hausherrn, raucht die letzten Zigarren, füttert die Kleinen mit vergifteten Plätzchen, schläft tagsüber auf dem Sofa, um in der Nacht mit glühenden Augen, fiebernd vor Gier, in der Stadt herumzuschleichen. Der alte Leutnant, unterwegs mit den Resten der längst verblichenen, verlorenen Schwadron, die er damals nicht heimbringen, nicht zurückmelden konnte, von Rheuma geplagt, krummrückig auf dem mageren Gaul, um die Ordnung zu schützen und den Witwen und Waisen ein Helfer zu sein. Auf dem Weg zum Bahnhof mit dem letzten Aufgebot der Hilfspolizisten, die sie mit Restbeständen aus der Kammer ausstaffiert haben. Kurz vor der Brücke fiel einer in Galopp, die anderen folgten. Als der Dreiertakt sich gerade zu entfalten begann, kam ihnen mit einem Lärm wie von Schellengerassel, vielpferdestark ein Lastwagen entgegen mit einer Ladung halb schlafender Bauarbeiter, die irgendwo am Stadtrand eingesetzt werden sollten. Der Hufschlag versickerte zwischen den Pflastersteinen, das Gedröhn des Lastwagens schluckte ihn auf, Pferde und Reiter drängten sich ängstlich am Brückengeländer zusammen.

Sie saßen so eng nebeneinander, daß Schultern und Ellbogen sich berührten, die Erschütterungen des Wagens warfen sie hin und her, Güter einer schlecht gelagerten Fracht, die beschädigt an ihrem Bestimmungsort abgeliefert werden würde. Sie wußten nichts voneinander, kannten nicht die Namen des Neben- und Hintermannes, sie stammten aus verschiedenen Baukompanien, die man wahllos durcheinander gemischt hatte. Nach dem Alarm fuhren sie von Schadenstelle zu Schadenstelle, schütteten Bombentrichter zu, sperrten ab, legten Leitungen still und halfen der Feuerwehr beim Löschen. Man warf sie hierhin und dorthin, als seien sie selbst das Material, mit dem man die Risse und Lücken abdichten wollte – Mörtel und Lehm, von einem wahnsinnigen Maurer mit der Kelle gegen die Mauern der Stadt geworfen.
Sie hockten nebeneinander auf dem schmalen Brettersitz, sie stützten die Hände auf, um die Erschütterungen der Wagenachse durch federndes Nachgeben auszugleichen. Vor einer halben Stunde hatte man sie aus ihrem unruhigen Schlaf gezerrt, taumelnd vor Mattigkeit waren sie aus ihren Häusern zum Sammelpunkt gelaufen. Jetzt saßen sie zusammengepfercht und erkannten sich wieder am muffigen Rudelgeruch aus den Uniformen.
Es war noch immer sehr heiß, kein Wind, kaum Feuchtigkeit, Backofenglut aus den Häuserwänden. Heiße, helle, knisternde Nacht, Mondstrahlenstaub in der Tintenschwärze, dazwischen Strähnen von Duft, betäubend süß, von den Linden am Eingang des Parks, die den Gruß ihrer größeren Schwestern vom anderen Ufer erwiderten. Schwüle Nacht, die Luft an manchen Stellen durcheinandergerührt von Ausläufern des Windes, der

hinter den Häusermauern lauerte, um im rechten Augenblick zur Stelle zu sein, heiß und still und Schulter an Schulter. Das Motorenknattern gab ihnen Sicherheit. Es tat gut, zusammenzusein in diesen Nächten, jeder Gedanke machte zwischen ihnen die Runde, gehörte allen zugleich, ging von Kopf zu Kopf, löste sich in Gelächter, formte sich zu einem Ruf, einem Fluch. Wenn sie sich anreden wollten, sagten sie einfach den Namen, der ihnen gerade auf der Zunge lag: Hans oder Willi oder Karl, und der Angesprochene erklärte nicht, daß er anders hieß. Jeder hörte auf jeden Namen.
Einmal, beim Überqueren der Bahngeleise, blickten sie auf, eine ganze Reihe zugleich, aufgestört durch ein schwaches Motorengeräusch hinter ihnen: so fährt ein Motorradfahrer auf einer Serpentinenstraße den Berg hinauf, manchmal, kurz vor einer Kurve, entsteht eine kleine Stille. Die auf dem Brettersitz horchten auf: schafft er es, schafft er es nicht? Doch als er endlich an ihnen vorüberfuhr, war ihre Anteilnahme erloschen. Eine kleine, schwache Maschine, ein Brummer, der nur deshalb stört, weil er hartnäckig herumsurrt. Gleich hinter der Bahnschranke bog der Motorradfahrer in einen Feldweg zwischen zwei Bretterzäunen ab. Hier hatten sich auf dem Trümmergrund ein paar Schrebergärten eingenistet. Zwischen Tankstelle, Bahn und Krankenhaus grub man Gemüseäcker um, bepflanzte die Blumenbeete.

Das Motorrad lehnte am Gartentor, Herse stand in der Werkstatt und verschnürte ein Paket, einmal rum, zweimal, die Kordel war aus Papier, sie riß, als er sie verknoten wollte. Er suchte Kupferdraht und Zange in der Schublade. Einmal rum, zweimal, durchgezwickt, durchgeschnitten, über Kreuz und zusammengedreht, fertig ist die Laube. Nicht zu groß, nicht zu klein, das kann man hinten auf dem Gepäckträger festklemmen. Fällt weniger auf als ein Sack mit Hamsterware. Hart,

spitzig, schwer, nicht mit Gold aufzuwiegen. Gold ist noch immer das Beste, auch heute, das überdauert hundert Jahre im Strumpf, man kann's auch vergraben, in den Kasten aus Zink, den Kindersarg, zwei Meter tief zwischen die Wurzeln der Apfelbäume, dort lagert es bis ans Ende der Tage.
Was war das? Rote Flecken auf dem Bretterfußboden, er hatte sich noch im letzten Augenblick am Draht geschnitten. Immer neue Tropfen quollen aus dem Finger, lutschen half nicht, und kein Pflaster im Haus! Er mußte auf die Flecken starren. Nichts haßte er so sehr wie Blut. Nicht einmal auswaschen konnte er die Wunde, aus der Wasserleitung kamen nur ein paar rostige Tropfen. Wasser liebte er über alles! Nichts schöner, als abends im Sommer wie heut den Garten sprengen, Beete und Blumen mit dem Schlauch spritzen, bis die Tropfen aus den Zweigen der Apfelbäume niederregnen. Farblos, das Wasser, kühl, frisch, stillt den Durst, hinterläßt keine Spuren, löst Blut, die Flecken werden erst gelb, dann verblassen sie allmählich.
Wenn er schon nicht arbeiten konnte, wollte er wenigstens die Buchhaltung machen, im Kopf natürlich, aufzuschreiben brauchte er sie nie. Alle Abrechnungen hatte er parat und erst recht die Provisionen. Er las die Zahlenkolonnen aus dem Gedächtnis ab, die Addition stimmte wie immer. Das war schon in der Schule so gewesen. Wenn der Lehrer eine Zahl auf die Tafel schrieb, fing es in ihm gleich zu rechnen an, mal und geteilt und minus und plus, das brauchte er nicht erst zu lernen. Jahre hindurch betrieb er einen Tauschhandel unter der Bank: Bleistifte gegen Radiergummis, Bücher gegen Hefte, Briefmarken gegen Münzen. Eine Provision sprang jedesmal für ihn heraus, und den Mitschülern hatte er zu ihrem Glück verholfen. Der eine will etwas, dem anderen ist es zu viel, aber Verkäufer und Käufer finden sich nicht, es fehlt der dritte. Vermitteln, darauf kommt es an. Damit macht man noch heute gute Geschäfte.
Ein Knarren auf dem Kiesweg! Diese Schritte kannten sich

hier aus. Sie kamen direkt auf die Werkstatt zu. Die Hand tastete am Holz der Tür entlang, ehe sie die Klinke niederdrückte. Heute nahm er sich nicht einmal die Mühe anzuklopfen. Will wohl noch ausgehen, der Herr im eleganten Straßenanzug, Blume im Knopfloch, natürlich aus der Rabatte geklaut, weiße Nelke, und zum Jackett aus hellem Gabardine der neue Panamahut. Auch der Schirm fehlte nicht, obgleich kein Wölkchen den Mondhimmel trübte, verdächtig dick, der Stock, vielleicht war ein Degen drin. Da stand er mit seinem glatt polierten Billardkugelkopf und den Knopfaugen, der Herr Rührmichnichtan, der Immerobenauf, eingeschriebenes Mitglied im Verein der warmen Brüder. Er trat ein paar Schritte vor und blickte sich in der Werkstatt um. Vielleicht suchte er einen Platz zum Hinsetzen, aber da war überall Staub und Schmutz unter dem grellen Licht der Karbidlampe. Der Gestank kitzelte ihn in der Nase. Er fing zu niesen und zu husten an, zog ein parfümiertes Tüchlein hervor und trompetete ein paar Mal hinein. Solche Blümchen wie der sprossen heutzutage überall auf den Trümmerwiesen. Sie blühten ihre Zeit, und wenn man dachte, sie müßten verwelkt sein, standen sie noch immer da.

»Ich hab' da ein Angebot, einen Posten Silber und Schmuck, hochkarätig, alle Steine echt. Aus der Villa Goldschild, Judenbesitz. Mein Kunde will noch heut nacht Bescheid wissen, ob du den Posten übernimmst.«

Herse sog noch immer an seinem Finger mit der Schnittwunde. Das Blut war inzwischen fast eingetrocknet, aber es tat weh. Das Geschäft, das dieser Blum mit dem dreckigen Judenkram machen wollte, lockte ihn nicht. Er hatte Lust, ihm ins Gesicht zu spucken oder sein Hemd mit Öl oder Blut aus der Fingerwunde zu beschmutzen. Dreck war das einzige, womit man ihn aus der Fassung bringen konnte. Vor einem winzigen Flecken erschrak er wie vor einem Wechsel mit gefälschter Unterschrift, der ihn ins Gefängnis bringen konnte.

»Ohne mich«, rief Herse wütend, »ohne mich!«

Er drehte sich um, holte das Werkzeug aus dem Regal und fing an, ein Eisenstück zu feilen, als sei er allein. Das Geräusch schien Blum Zahnweh zu machen, er verzog das Gesicht und ging zur Tür.

»Den Weg hätte ich mir sparen können«, er tippte mit zwei Fingern an den Panamahut, »alsdann . . .«

Herse hielt ihm den Vorhang auf und öffnete selbst die Tür: »Wo soll's denn hingehen. Für wen haben wir uns so fein gemacht? Was für 'nen Geschäftsfreund wollen wir heut nacht besuchen?«

Blum betrachtete Herses Hand, die sich fest um den eisernen Türgriff klammerte.

»Nichts Geschäftliches. Nur eine kleine Geburtstagsfeier. Beim Sturmführer Pflüger von Außenstelle B.«

Herse brachte seinen Besuch bis zum Gartenpförtchen. Auf dem Rückweg nahm er eine Lunge voll Luft mit dem Erdgeruch von der frisch umgegrabenen Rabatte. Ist kühler geworden, dachte er, schließlich schafft es die Nacht doch immer, erst bringt sie die Sonne um, schleppt sie hinter die Berge ab, dann kämpft sie ein paar Stunden gegen die Hitze an, der Wind kommt zur Hilfe, es wird gelüftet und ausgekehrt in den Straßen, endlich, so um Mitternacht herum, ist das Reinmachen zu Ende. Da ist sie Herr im Haus und kann es sich in den Baumkronen und auf den Dächern bequem machen. Dort hinter der Wassertonne, zwischen den Schwertlilien und den Pfingstrosen, hatte er vor kurzem den Kasten mit Papieren und Goldmünzen vergraben, den Zinksarg. Der lag gut wie ein Anker im Meeresboden, den riß so leicht keiner los. Graben, immer tiefer graben, die Schaufel voll fetter Gartenerde. Verstecken, überwintern, überleben! Gehört mir, die Erde und die vom Nachbarn dazu und die vom Bauplatz an der Straße. Niemand weiß es, aber es steht im Grundbuch. Fruchtbar, die Erde, wertbeständig.

Ist kühler geworden, dachte er, und so hell, es blendet und

flirrt, man könnte fast die Rosen aufbinden. Im Gebüsch plärrt noch ein Vogel oder schon wieder, er meint, er müsse die Morgendämmerung anzeigen. Man könnte auf der Bank sitzen dort, wo das Nachbarkind neulich den Spatzen beerdigt hat, wenn nicht das Paket in der Werkstatt wartete und die Arbeit bis morgen früh fertig sein müßte. Ob das Zeug da in den Beeten im Mondschein schneller wächst? Man glaubt, man hört die Gräser knistern, die Lichtstrahlen kitzeln sie, da müssen sie niesen. Im Vollmond ernten, das wäre was, man würde auch nicht dabei schwitzen. Weshalb die Bauern nicht über Nacht das Heu aufladen, das bißchen Tau wäre schnell wieder getrocknet. Muß schön sein, oben faul in solch einer Fuhre von Silberheu zu liegen und sich in den Schlaf schaukeln zu lassen. Nicht schlafen! Schlafen, wenn es hell und heiß ist und die anderen zu schuften anfangen. In der Nacht säen und ernten, hobeln und feilen. Viel zu stark, die Sonne, sie frißt alles auf. Wir hassen die Sonne, ernten bei Nacht, Mondbauern, wachen auf mit dem letzten Sonnenstrahl, der erste läßt uns einnicken. Ist kühler geworden, im Gebüsch lallt der Vogel sein unverständliches Zeug, jetzt fängt der Wind mit den Blättern der Sträucher sein Katz -und Mausspiel an, sie rascheln und seufzen, bald wird es Mitternacht sein.

6

Pflüger saß vor dem leergeräumten Schreibtisch, die schwarze Fläche war glänzend poliert, er konnte sein Spiegelbild darin erkennen. Eine Weile spielte er mit dem Brieföffner, einem Miniaturdolch, der im Schein der Lampe aufglänzte. Er ließ ihn von einer Hand in die andere gleiten, berührte mit seiner Spitze die Haut über der Pulsader. Dann legte er ihn beiseite und betrachtete seine schmalen Hände mit den bläulichen Nägelmonden. Seine Hände kannte er besser als sein Gesicht, mit ihnen lebte er enger als mit Augen und Mund zusammen. Es gab Tage, da waren sie häßlich verkrampft und faltig an den Gelenken, die Hände eines vorzeitig alt gewordenen Mannes, die zu viel angefaßt haben. Dann wieder lagen sie blaß und entspannt auf dem Schreibtisch, die Hände eines verwöhnten Junggesellen, die ein Leben lang geschont worden sind. Er hatte sie immer mit peinlicher Sorgfalt gepflegt. Seitdem er in der Villa Goldschild Dienst tat, ließ er sie jede Woche in Emilios Frisiersalon maniküren.

Mit seiner Arbeitslust war es schon wieder vorbei. Vor ein paar Minuten hatte er die Akten ins Regal zurückgestellt und den Panzerschrank abgeschlossen. Er stand auf und blieb vor dem großen Wandspiegel stehen. Vor noch nicht allzu langer Zeit hatte hier die fette Madame Goldschild ihren Mund mit Lippenrot beschmiert und mit dem Parfümzerstäuber Düfte verbreitet, die noch heute zwischen den Tapeten hingen. Erst vor kurzem war das Glas erneuert worden, nachdem er in einem Anfall von blindem Zorn in die gepuderte Fratze geschossen hatte, die ihm plötzlich, in der Frühe um fünf, nach einem Zechgelage in der Kellerbar, aus dem Spiegel entgegengrinste. Kaum war der Schuß gefallen, da liefen alle im Hause zusammen, horchten an der Tür, hielten den Atem an. Keiner wollte der erste sein, der den Chef in seinem Blute mit dem Kopf auf dem Schreibtisch und der Pistole in der Hand entdeckte. Wie ein Gespenst hatten sie ihn angestarrt, als er Otto befahl, die Scherben auf dem Boden zusammenzukehren.

Er wandte sich vom Spiegel ab und kehrte zum Schreibtisch zurück. Keine Lust, das Bild des Geburtstagskindes zu betrachten! Man wird alt, immer schneller drehen sich die Jahre, immer matter leuchtet das Frühjahr, immer rascher vergilbt das Gras. In ihm fing es zu gären an, die bittere Hefe der Jahre. Fünfunddreißig, nicht mehr jung, noch nicht alt. Lebensmitte, kein Windhauch, sengende Hitze, glasklare Nüchternheit, einsam, ohne Gefährten. In seiner Studienzeit hatte er einmal ein Gedicht gelesen, darin war ein Schwirren wie von Libellenflügeln gewesen, das hatte er heute noch im Ohr. Hoch über den Bergen wohnt der Einzige, der Auserwählte. Voller Ekel sieht er herab auf die kriechende Menschenbrut. Früh in Wahnsinn entrückt, der Dichter dieser Verse, die Götter liebten ihn. Ihn aber, Pflüger, hatten sie verschmäht. Sie ließen ihn hocken vor dem leeren Schreibtisch, und alles um ihn wurde immer dünner und kälter. Sogar die Hände, die ihm so lange die Treue gehalten hatten, sahen auf einmal aus, als gehörten sie nicht mehr zu ihm.

Vollzugsmeldung in drei Tagen! Verfügungen studieren, Berichte diktieren, herumspionieren. Keine Arbeit für einen Mann, der sein Leben lang die Tat gesucht hat, die klare, reine, unwiderrufliche Tat, durch die das Bündel Nerven, Muskeln und Haut, das sich Mensch nennt, erst zum Leben erweckt wird. Keine Arbeit für einen Mann, von dem nur wenige von denen da unten in der Kellerbar wußten, daß es ein kranker Mann war. Auf der Generalstabskarte der Anatomie hatte ihm der Arzt die prächtige Landschaft seines Innern gezeigt. Das blaurote Aderngeflecht, die Muskelstränge, die gedunsenen Organe waren mit lateinischen Buchstaben und Zahlen versehen wie

Hügel, Täler und Schluchten eines feindlichen Operationsgebiets.
Das Schnarren des Telefons störte ihn aus seinen Gedanken auf. Er hob den Hörer auf und meldete sich mit »Außenstelle B«, ohne Namen. Im Apparat war ein Knacken, dann Stille, abwartendes Schweigen, riesenohriges Lauschen. Da schwangen viele Kubikmeter Luft mit, das Rauschen einer Meeresmuschel hatte er plötzlich im Ohr. Am anderen Ende der Leitung ein Atemzug, mühsam verhalten. Jemand, der wissen wollte, wo er sich aufhielt um diese Stunde, ein Aufpasser, ein Feind, ein Spion?
»Hallo, wer da, was wünschen Sie?«
Der am anderen Ende der Leitung wartete noch eine halbe Minute lang, klopfenden Herzens, wie ihm schien, dann kam die Stimme, leise, überdeutlich.
»Wer ist da?«
Er erschrak bei der Entdeckung, daß es eine weibliche Stimme war. In diesem Haus gab es keine Frau, Mädchen durften die Villa Goldschild überhaupt nicht betreten, sie riefen auch nie in der Dienststelle an. Wem gehörte die matte, fast tonlose Stimme, einer Agentin, einer Bittstellerin? Will ihm eine liebe Freundin ihre Glückwünsche übermitteln? Am Geburtstag, da melden sich Leute aus dem Grab, da werden Stimmen aus einem früheren Leben wach, die man nicht einmal im Traum wiedererkennen würde. Doch auch in seinem früheren Leben hat es kein Mädchen gegeben, das es wagen könnte, spät abends hier anzurufen.
»Sie sind falsch verbunden.«
»Das glaube ich auch«, sagte die Stimme, »entschuldigen Sie.«
Jetzt klickte es im Apparat, der Strom versiegte, das Rauschen war mitten durchgeschnitten, die Verbindung gelöst.
Pflüger drückte auf den Klingelknopf. Er horchte, es war so still im Haus, als hätten ihn alle allein gelassen in seiner schweren Stunde. Mit einer unheilvollen Minute Verspätung er-

schien Otto, rosenwangig, mit feuchten Lippen. Er hatte die lang bewimperten Augen niedergeschlagen, ein Knopf seiner Uniformjacke stand offen, das Haar hing ihm in wirren Strähnen in die Stirn.

»Sie haben getrunken.«

Pflüger brüllte so laut, daß Otto einen Schritt zur Tür zurückwich: »Im Dienst trinkt man nicht. Sie sind noch immer im Dienst, zu meiner Verfügung!«

Er starrte auf das helle Haar. Eifersucht keimte in ihm auf. Er sah die Hand vor sich, die dem Kleinen das Haar in die Stirn gezerrt hatte, sie war plump und rot, und sie trug einen Ehering. Bei Gelegenheit würde er sie wiedererkennen.

»Weshalb erscheinen Sie erst jetzt? Sie haben sich im Vorzimmer aufzuhalten. Wo waren Sie?«

»Im Treppenhaus!« Otto strich sich mit einer traumbefangenen Bewegung das Haar glatt. »Alle sind im Treppenhaus. Das Fräulein Tochter tanzt etwas vor.«

»Christa?«

Pflüger holte den Namen aus unbestimmten Fernen herbei. Nur mühsam schien er sich daran zu erinnern, daß er, gleichsam in einem früheren Leben, für ein paar Jahre verheiratet gewesen war mit einer Frau, die ihm Christa als Abschiedsgeschenk hinterlassen hatte, ehe sie mit einem anderen auf und davon gegangen war.

Er ging hinaus, da sah er sie überm Treppengeländer hängen, den dicken Keller, unförmig, knochenlos, den langen Siegfried mit der Schlägernarbe und den Posten, der unten am Eingang stehen sollte mit der Pistole am Koppel. Alle blickten angespannt in die Halle hinunter. Auf dem Schachbrettmuster der Fliesen führte Christa ein seltsames Tanz- und Hüpfspiel vor. Zur Feier des Tages trug sie ein Ballettröckchen, ein hauchdünnes Gazeding mit Glitzerfäden und ein Artistentrikot. Im Haar glänzte ein Diadem aus zwei Schmetterlingsflügeln. Unter den rhythmischen Beifallsrufen der im Kreis um sie versammelten

Männer sprang sie von Quadrat zu Quadrat, wobei sie die Figuren des Schachspiels nachahmte. Bald gebärdete sie sich wie ein Pferd, bald glitt sie wie ein Läufer von einer Ecke des Spielfeldes zur anderen. Dann wieder stellte sie mit erhobenem Haupt und gezierten Bewegungen die Königin dar. Die Männer trieben sie mit Klatschen und Zurufen zu immer wilderen Wirbeln und Sprüngen an. Plötzlich jedoch erlahmte ihre Kraft. In allen Gelenken zugleich einknickend, brach sie auf den Steinfliesen zusammen.

Langsam, fast lautlos stieg Pflüger die Treppen hinunter. In der Halle breitete sich Stille aus. Christa hob den Kopf, richtete sich auf den Ellbogen auf und blickte ihrem Vater in die Augen.

»Ah, du bist's«, sagte sie gedehnt. Sie stand ungeschickt auf und klopfte sich den Staub von den Knien.

»Wer hat dir erlaubt, in diesem Aufzug zu erscheinen?«

Sie entschloß sich zu einem etwas gezierten Aufblick: »Es sollte eine Geburtstagsüberraschung sein.«

»Sofort wirst du dich umziehen.«

Pflügers Stimme klang tonlos vor Zorn. Das Kind riß das Diadem aus dem Haar, warf es auf den Boden und trampelte mit beiden Füßen darauf herum.

»Alles mußt du einem verderben«, rief sie.

Sie zog sich am Treppengeländer hoch, als sei sie zu erschöpft, die Stufen aus eigener Kraft hinaufzusteigen.

Die Männer hatten sich beim Erscheinen des Chefs in den Keller zurückgezogen, es waren keine Zuschauer da, Vater und Tochter spielten die Szene im Treppenhaus für sich allein.

Christa schlug die Tür ihres Zimmers hinter sich zu, sie streifte das Kostüm ab. Da lag es vor ihr, ein Häufchen Trikot, Gaze und Flitter, verdorben das Kleid des weißen Schwanes! Sie ergriff das Bündel mit spitzen Fingern: Verbrennen, aus der Welt schaffen, vernichten! Sie zog ihre Leinenhose an, dazu einen rotgestreiften Pullover. Dann lief sie die Hintertreppe

hinunter in den Keller. Aus der Bar drangen die Stimmen und das Gelächter der Männer, die dort den Geburtstag des Vaters feierten. Sie machte Licht im Heizungsraum und öffnete die Klappe des großen Kessels. Ein Geruch nach Kohle und verbranntem Papier schlug ihr entgegen. In der Nacht vernichtete der Vater hier manchmal heimlich Akten, die aus der Dienststelle verschwinden sollten. Sie legte das Kostüm auf den Rost, zupfte das Röckchen zurecht und fuhr noch einmal über das Trikot. Als sie das Streichholz anriß, spürte sie ein Kribbeln in den Fingerspitzen. Die Puppen mit den Sägespänen im Kopf, die sie früher zuweilen verbrannt hatte, waren sogleich lichterloh aufgeflammt. Doch das Kostüm des weißen Schwans nahm das Feuer nur zögernd an, qualmend quälte es sich zu Tode. Die Silberlitzen verfärbten sich schwärzlich, nur der Gazerock brachte die Flamme zu einem kurzen Auflodern. Der Raum füllte sich mit beißendem Rauch. Christa trat einen Schritt zurück, sie hustete, ihre Augen tränten. Plötzlich hörte sie die Schritte des Vaters hinter sich. Er war auf dem Weg zur Kellerbar, der Rauchgeruch hatte ihn in den Heizungsraum hinuntergetrieben.
»Was machst du da?«
»Nichts.«
»Du hast etwas verbrannt.«
»Ich habe den weißen Schwan verbrannt. Du wolltest ihn nicht sehen, deshalb mußte er sterben.«
Der Vater blieb eine Weile still, dann sagte er mit belegter Stimme: »Geh hinauf, Kind, wasch dich! Dein Gesicht ist voller Ruß. Ich will, daß du sauber bist.«
Er sprach leise, fast flüsternd, als wolle er ihr helfen, die Spuren ihrer Tat zu beseitigen.
Sie nickte. Er hatte recht, niemand durfte ihr etwas anmerken. Gleich würde sie unter die Dusche gehen und sich abschrubben mit der Wurzelbürste, bis die Haut feuerrot war.
Sie kam an der Küche vorbei, hörte Rosa mit Töpfen klirren,

blieb vor der Tür des Wachraums stehen, wo sich Karl auf dem knarrenden Feldbett herumwälzte. Dann stieg sie die Lieferantentreppe der Goldschilds wieder hinauf.

Auf dem Speicher hatte sie sich zwischen alten Teppichen und Möbeln aus den Salons der Villa ein Versteck eingerichtet, in dem sie oft halbe Tage verbrachte. Sie schloß die Brettertür hinter sich und zündete eine Petroleumlampe an, die auf einem fleckigen Mahagonitisch stand. Die Flamme blakte, die heiße Luft unter dem Mansardendach füllte sich mit bräunlichen Rauchschwaden. Die alten Möbel warfen phantastisch ausgezackte Schatten auf den Boden. Zwischen dunklen Ölgemälden in Goldrahmen standen zwei Statuen aus staubigem Gips, ein Jüngling mit einem Stirnband und blinden Augenbällen und ein nacktes Mädchen mit spitzen Brüsten, das sich zärtlich zu einem Hirsch an ihrer Seite niederbeugte. Christa setzte sich auf einen rotsamtenen Polstersessel, schloß eine Schublade der Kommode auf und zog ein Bündel mit Briefen hervor. Die meisten von ihnen kannte sie schon, etwa ein Dutzend hatte sie noch zu lesen.

Durch die Briefe lernte sie immer neue Mitglieder der Familie Goldschild kennen, Onkel und Tanten, Vettern und Basen, es schien ein weitverzweigtes Geschlecht zu sein. Während sie beim schwachen Schein der Petroleumlampe mühsam die fremden Schriftzüge entzifferte, stellte sie sich vor, wie sie um den großen Eichentisch im Eßzimmer saßen, Madame mit ihrer dicken Perlenkette, der Vater mit einem langen Bart, wie ihn die Propheten in der biblischen Geschichte tragen, das Mädchen Judith mit den Ringellocken und den blanken Beerenaugen, die Brüder, deren Frauen und die Enkelkinder, und zwischen ihnen der blasse, blonde Junge, den Judith mit List und Tücke ins Haus gelockt hatte. Noch heute blickte er traurig von einer Fotografie, die er seiner Verlobten geschenkt hatte, auf Christa nieder.

Die Bodentreppe knarrte. Christa warf das Bündel der Briefe

in die Kommode zurück, stieß die Schublade zu und drehte die Lampe aus. An der Speichertür stieß sie mit Otto zusammen.
»Was haben Sie hier zu suchen?« fuhr sie ihn an.
Sie stieß ihn beiseite und drängte sich an ihm vorbei die letzten Stufen hinunter, lief über den Flur und schlug die Tür ihres Zimmers hinter sich zu.
»Die wird richtig«, murmelte Otto, »eine Pflüger. Eine echte Pflüger. Die gleiche Rasse wie der Papa.«

Sie saßen auf dem Tisch, dem Bügeltisch, den sie in die Kellerbar geschafft hatten. Die Beine, drei Paar, baumelten ins Leere, lange Hosen, spitze Halbschuhe, dazwischen ein paar glanzäugige Schaftstiefel. Ihre Köpfe waren in den Nacken gelegt, die Lippen zugespitzt wie zum Pfeifen, sie hatten sich eingehakt und schaukelten hin und her. Otto, die Ordonnanz, verteilte den Sekt nach eigenem Ermessen. Bolte saß meistens vor leerem Glas, der Silberpokal des Chefs, ein ehemaliger Sportpreis, war immer bis zum Rande gefüllt, sooft er auch daraus trank. Das Glas war verhext, nichts als die Kohlensäure stieg ihm von dem Champagner zu Kopf. Er blieb nüchtern, er saß abseits, am trockenen Ufer, und sah dem Treiben der anderen zu, wie sie die Arme hochwarfen, nach Luft japsten, grölten und brüllten. Sie winkten ihm zu, er nickte zurück, er konnte sie nicht erreichen. Ab und zu ging Otto hinaus und verteilte den Rest aus den Flaschen an die Posten im Treppenhaus, dann wurde es laut in der Halle, Gelächter, Stiefelschlurfen, Rufe wie auf dem Kasernenhof, gleich darauf wieder verstockte Stille. Pflüger warf der Ordonnanz die Schlüssel zum Reserveschrank zu, nachlässig, gleichgültig, elegant: macht, was ihr wollt, es ist Geburtstag! Fünfunddreißig, so viele Flaschen wie Jahre und alle auf mein Wohl und den Sieg unserer Sache ...
Er blickte in sein Glas, entdeckte sein winziges Ebenbild im Spiegel der Flüssigkeit, stürzte den Sekt in einem Zug hinun-

ter. Leer sollst du sein, Glas, ich werde den Zauber brechen. Die unsichtbare Hand schenkte wieder nach, das Glas blieb voll, der Sekt sprudelte eifrig, aber in ihm blieb alles kühl und leer.

Lautlos, vom Chef mit einem Stirnrunzeln begrüßt, war ein neuer Gast eingetreten, ein Zivilist in hellem Flanell, Nelke im Knopfloch, kahlköpfig, samtpfötig auf Gummisohlen, in der Hand ein Lederköfferchen, in der anderen Hut, Stock und Handschuhe, eine Modepuppe aus dem Schaufenster für Herrenkonfektion. Die auf dem Bügeltisch, die sich schon einige Marscherleichterungen gegönnt hatten, Kragen aufgehakt, Gürtel loser geschnallt, brüllten im gleichen Augenblick: »Der Blum! Wie fein er ist, der Herr Rührmichnichtan. Staub- und knitterfrei, mit leichtem Sturmgepäck.«

Blum schielte zu Pflüger hinüber, doch der war vom Spiegel des Zauberglases gebannt.

»Geh gleich wieder. Hätte nur gern etwas mit dem Chef besprochen.«

»Geheimnis um Mitternacht«, grölte einer der Männer auf dem Tisch.

»Geschäfte«, Blums Stimme klang gepreßt, »nichts als Geschäfte.«

Pflüger riß sich von der Betrachtung seines Miniaturspiegelbildes los und blickte den Eindringling an: »Wüßte nicht, was ich für Geschäfte mit Ihnen hätte.«

Blum sah bedauernd auf sein Köfferchen hinunter, das er nun mit beiden Händen festhielt. Langsam, mit Betonung, glitten die drei Männer, die so etwas wie die Leibwache des Chefs zu sein schienen, von der Tischkante und schoben Blum bis zur Tür zurück.

»Geschlossene Gesellschaft, Mann. Für Unbefugte Eintritt verboten.«

Der Panamahut rollte auf den Boden, der Stock flog quer durch den Raum.

»Nehmt ihm sein Handgepäck ab«, rief Keller, »bei uns gibt's eine Aufbewahrung. Auf Wunsch wird es sogar versichert.«
Einer hatte das Schloß des Koffers geöffnet. Schmuck blitzte auf, Perlen, Gold und Brillanten. Alle stellten sich in einem Halbkreis um den Tisch herum. Bolte, der bisher unbeachtet in einem Winkel gehockt hatte, meldete: »Das ist Judenbesitz. Die Goldschilds haben es zurückgelassen. Ich kenne jedes Stück. Habe das Inventar aufgenommen.«
Pflüger, der sich plötzlich aus tiefer Verstimmung zu einer Anwandlung von guter Laune aufraffte, hob beide Hände auf und rief: »Meinetwegen könnt ihr das Zeug behalten. Ich schenke es euch zu meinem Geburtstag.«
Und gleich darauf setzte er in dienstlich beiläufigem Ton hinzu: »Es wird versteigert.«
Alle zugleich brachen in Gelächter und Beifallskundgebungen aus. Der Chef lächelte, ihm war warm und wohl zumute, endlich hatte er die Wand, die ihn von den anderen trennte, durchbrochen. Der Rausch ergriff auch von ihm Besitz. Sie holten einen Hammer aus der Küche, Bolte wurde zum Auktionator bestimmt.
»Ist Buchhalter, kennt sich mit dem Schwindel aus.«
Er setzte sich an den Kopf des Tisches, zog das Inventar aus der Schatulle hervor und legte die Schmuckstücke der Reihe nach vor sich hin. Doch kaum hatte er das erste Objekt, eine Kette mit einem Rubin als Anhänger, in die Höhe gehoben, da riß sie ihm Keller aus den Händen:
»Das bekommt meine Alte im Wochenbett. Wenn es ein Junge wird, soll sie den Schmuck der alten Rebekka tragen. Hundert für mich.«
»Hundertzehn«, sagte Bolte, »wer bietet mehr?«
Andere Stimmen wurden laut, sie stritten und beschimpften sich, immer wieder hob Bolte den Hammer und schlug den Meistbietenden Armbänder, Ringe und Halsketten zu.
Pflüger starrte gelangweilt vor sich hin, als gehe der Tumult

ihn nichts an. In seinem Kopf trieb der Rausch einen winzigen Kreisel an, ein buntes Spielzeug, das sich immer rasender drehte. Er stellte sich Ketten und Ringe an den Hälsen und Fingern der Bräute und Gattinnen vor. Was sie trugen, sah unecht und billig aus, auch die Juwelen der Goldschilds würden ihnen nichts nützen. Er, Pflüger, konnte das Zeug nicht brauchen, Männer tragen keinen Schmuck. Bei Gefallenen hatte er manchmal dünne Halskettchen mit Bildern der Angehörigen oder goldenen Kreuzchen gesehen. Törichter Aberglaube, küß das Bild, schlag das Kreuz ... In den Schmelztiegel mit dem Plunder! Juwelen leben zu lang, sehen zu viel mit ihren Leuchtaugen. Noch nach tausend Jahren kann man sie von den Fingerknochen der Gerippe ziehen. Gut, daß das Geschäft mit Blum nicht geklappt hatte. Er wollte seine Schulden nicht mit Judengeld bezahlen. Die Hände sauber behalten. Wer nichts anrührt, hat nichts getan. Nie etwas anrühren. Für das, was die Augen einheimsen, hat noch keiner je Strafe gezahlt. Fünfunddreißig Jahre, ein alter Mann, zu schnell gelebt, zu viel ausgegeben, zu heiß geworben, zu oft im voraus gestorben. Jetzt geht das Sparen an. Leer, die Schatulle, geplündert, ein erbrochenes Grab. Darin hat der Schmuck der Brüder und Schwestern der Goldschilds gelegen. Was für Gebirge von Zeug tausend Menschen, die nackt vor ihren Schöpfer treten sollen, vorher noch ablegen müssen! Einmal hatte er schnell, aus den Augenwinkeln, solch einen Haufen in der Lagerbaracke gesehen, noch unsortiert. Kleider, Schuhe, Wäsche, das vergeht am schnellsten, kann kaum mehr verwendet werden. Aber das Gold aus den Gebissen und die Juwelen treten die Wanderschaft von neuem an!
Die Männer hatten wirres Haar und schweißglänzende Gesichter wie nach einer Rauferei. Das Geld für die ersteigerten Schmuckstücke lag vor Bolte auf dem Tisch, er machte die Abrechnung, schrieb Summen und Namen auf. An Kellers Ärmel hatte sich etwas Glitzerndes festgehängt, ein unschein-

bares Kettchen mit einem zart getönten Halbedelstein. Die Hand des Chefs war plötzlich lebendig geworden, sie zupfte das Schmuckstück wie ein Fädchen von Kellers Jackenärmel: »Hundert für mich!«

»Aber Sturmführer«, Bolte erhob den Hammer, zögerte jedoch mit dem Zuschlag, »das können Sie in jedem Andenkenladen kaufen, es ist nichts wert, ich kenne mich aus.«

»Soll wohl für die Christa sein«, murmelte Keller, der seinen Uniformärmel rieb.

Der Chef sah ihn an, nur mit Mühe schien es ihm zu gelingen, seine Lider zu einem kalten, blassen Blick zu erheben: »Für Fräulein Christa wollten Sie sagen.« Er ließ das Kettchen achtlos in die Hosentasche gleiten. Gleich darauf erhob er sich, um den Platz zu wechseln, die Auktion war beendet. Er ging zum Bartisch, setzte sich mit angezogenen Knien auf den Hocker und schenkte eine grünliche Flüssigkeit in sein Glas, zu der er Sodawasser hinzufügte. Er blickte auf seine Armbanduhr: »Mitternacht vorbei. Ich will meine eigene Geburtstagsrede halten.«

Er hob sein Glas und trank den anderen zu, die verlegen schwiegen.

In diesem Augenblick ertönte die Sirene. Zwei Stunden früher als gewöhnlich riß sie die Stadt aus ihrem Mitternachtsschlaf. Das Heulen kam aus den östlichen Vorstädten, es näherte sich schnell in anschwellenden und wieder verebbenden Wellen, erst gedämpft, wie verloren im gewaltigen Luftraum, dann befreite es sich aus den Kissen von Wolken und Dunst, die es an der Entfaltung zu hindern schienen. Von allen Seiten zugleich kreiste es die Stadt ein. Eine Sirene gab es der anderen weiter. Sie antworteten sich von den Türmen und Dächern in wütendem Wetteifer. Jetzt waren es ein halbes Dutzend und mehr. Ihr Ton verschmolz, man konnte ihren Standort nicht mehr unterscheiden. Immer wilder, immer atemloser schlugen sie an, die heulenden Wächter der Nacht, immer aufgeregter rissen sie an ihren Ketten: seid auf der Hut, gebt acht, die Jagd kann beginnen. Auf einmal waren die Ferne des Flachlandes und der Horizont der Berge mit hineingerissen in den Luftraum über der Stadt, hineingerissen die Wälder, die schlafenden Dörfer, die Wolken am westlichen Horizont.

Die Sirene öffnete alle Türen, sie stöberte das Gesindel auf seinen Schleichwegen auf, sie ertappte Liebespaare bei der Umarmung, Diebe beim Einbruch in leerstehende Häuser, riß die Kinder aus ihrem Schlaraffenberg von Schlummer. Tausend Träume wurden an Land gezogen, aus den Schächten ans Licht gehoben, schillernde Fische, die in der Trockenheit schnell ihren Glanz verloren, eine ungeheure Beute, die kein Netz dieser Welt bergen kann. Tausend Träume, eben noch grün vom Baum geschüttelt, reife Früchte, wenn sie auf den Boden aufschlagen, in der Sekundenspanne zwischen Sirenenton und Erwachen jäh vollendet. Von ihren Thronen gezerrt, die Traumkönige, aus ihren Verstecken geholt, die heimlichen Mörder, von ihren Ängsten erlöst, die über die Dächer Wandelnden, die Stürzenden und Schwebenden. Und doch gehört das Sirenenheulen zu den Nächten wie das Glockenläuten zum Sonntag. Die Stadt versetzt sich in den Verteidigungszustand, alle gehen auf ihre Posten. In die Keller hinunter, zu den Flakgeschützen hinauf, in die Unterstände, zu den Bereitschaftswagen. Sie sammeln sich und zerstreuen sich über die Stadt. Ihre Bewegungen sind zielstrebig, ihre Schritte eilig und zugleich von tiefer Unlust gehemmt. Tröstlich ist es, etwas zu tun, die Gashähne abzudrehen, die Fenster leicht zu öffnen, damit die Scheiben nicht vom Luftdruck platzen. Noch ein Blick auf die aufgeräumte Wohnung, ein Hausfrauenblick, ob auch alles in Ordnung ist! Im Radio erklärt eine onkelhaft wohlwollende Stimme die Planquadrate, über die sich der Feind der Stadt nähert: Wir sind nicht wehrlos, wir sehen euch, ihr seid gefangen im Netz der Zahlen und Buchstaben, das wir über euch werfen!

Ein stummer Aufbruch in Massen, sie begeben sich in die Luftschutzräume wie am Morgen zur Arbeitsstätte. Waffenlose Heere, die sich in Bewegung setzen, nicht um zu kämpfen, sondern um zu warten. Ein unnatürlicher Tag bricht an um Mitternacht, beim falschen Morgenrot ferner Brände. Noch hat die Sirene, der Mitternachtswolf, nicht ausgeheult, da hat sich die Szenerie verwandelt. Es geht lautlos und schnell wie auf einer Drehbühne, die Requisiten liegen bereit, das Stück ist hundertfach probiert, Text und Gesten beherrscht jeder im Schlaf. Im schwachen Lichtschein sehen wir sie, die sich tagsüber streiten, bekämpfen, suchen oder meiden, die tausend Nachbarn, wie sie sich in der gleichen Minute von ihren Lagern erheben und sich bereit machen zum allnächtlichen Appell. Die Vorstellung geht ein paar Stockwerke tiefer weiter, die Handlung wird von der Oberbühne in die Versenkung verlegt. Zurufe, Seufzer, Schritte, Laufen, Schleichen, Schleppen – und über dem nächtlichen Umzug das verpuppte Schweigen der Sommernacht, die Sicherheit von Träumenden, die sich lächelnd dem Abgrund nähern. Schlaftrunkene Geduld der Kinder, die von ihren Müttern über hohe Stufen mitgezerrt werden. In der Hast des Aufbruchs ein paar schöne und freie Gebärden: rafft nur zusammen, haltet fest, schleppt euch ab, wir haben Zeit, endlich ahnen wir, wieviel Zeit wir haben könnten im Wettlauf der Tage.

Treppen, Spindeln, Spiralen, rundherum oder kantig abgeknickt, Leitern in die Unterwelt, steil, eng oder gewunden in ihren Schneckengehäusen. So viele Füße spüren sie tagsüber nie zugleich, Poltern auf Holzstufen, Scharren und Schleifen auf grauem Stein, Millionen Hufe der aufgescheuchten Menschenherde, erderschütterndes Getrappel: Die Achtelläufe des Kindertrippelns, die Zwei- und Dreistufensprünge halbwüchsiger Jungen, übermütig, als gehe es auf einen Klassenausflug, das

Schlurfen der Alten, langsam, zäh, man glaubt nicht, daß sie es bis zum ersten Bombenwurf schaffen, und doch kommen sie sicher an ihr Ziel. Die Verkleidungen, der Mummenschanz, Schals um Kopf und Schultern, Wolldecken um die Hüften, als herrsche Frost in der Sommernacht. Den Kindern ziehen sie drei Leibchen übereinander und dazu die Sonntagskleider an. Frauen werfen ihre Pelze über und ergreifen ihr Gepäck. Notwendiges und Überflüssiges schleppen sie mit, Katzen, Puppen, Paradiesvögel aus Zelluloid, Klappstühle und Kissen, denn das Zigeunerlager zwischen Heizungsröhren und Obstregalen soll gemütlich sein.

Zwei Stunden zu früh, der Alarm! Die tödlichen Schwärme, die der Feind jede Nacht über den Himmel aussendet, sind ein unerwünschter, aber gewohnter Besuch. Gäste, die zu früh ins Haus fallen, liebt man nicht. Man ist noch nicht vorbereitet, hat den bösen Besuch erst später erwartet. Welch eine Rücksichtslosigkeit, sie zu so ungewohnter Zeit aus dem Bett zu holen. Diese zwei Stunden bringen den Rhythmus der Nacht durcheinander. Karl hat sein Traumsonnenbad noch nicht beendet, Rosa ist nicht bei den Kindern zuhause, Blum muß unterwegs im Bunker Zuflucht suchen, die Kerze in Olgas Zimmer ist noch nicht niedergebrannt, und Pflüger hat seine Geburtstagsrede noch nicht gehalten. Vielleicht sind sie heute nur auf der Durchreise, fliegen hoch über die Stadt hinweg zu anderen Zielen, vielleicht aber brauchen sie länger als sonst, um ihr Zerstörungswerk vorzubereiten. Daß sie ihre Zeit nicht einhalten, ist unheilvoll! Einkalkuliert in die Rechnung der Nächte ist die Willkür der feindlichen Mächte. Die Katastrophe läuft nach festen Regeln ab, Tod und Vernichtung haben behördlich genehmigte Namen. Doch die Verzögerung des Angriffs ruft düstere Vorahnungen wach, die ungewohnt frühe Stunde des Einflugs gibt Anlaß zu besorgten Gesprächen.

Beim Einsatz der Sirene hatte Pflüger die Stirn gerunzelt. Als der Heulton verstummt war, löste er den Blick von seiner Armbanduhr und sagte: »Es ist nichts. Sie haben ein anderes Ziel.«

Durch eine Handbewegung gab er zu verstehen, daß man sich nicht stören lassen solle. Sogleich nahmen die Gesichter der Männer den verhärteten Ausdruck derer an, die nicht hören wollen, was um sie vorgeht. Oben im Garten knirschten die Laufschritte der Posten über den Kiesweg, eine Jalousie fiel geräuschvoll vorm Terrassenfenster herunter. Rosa und Karl hatten einen Wortwechsel bei offener Küchentür, dazwischen ertönte Christas verschlafenes Stimmchen. Der Chef saß in lässiger Haltung auf seinem Hocker, er nahm sich Zeit, umständlich eine Zigarette anzuzünden, entfernte ein Stäubchen von seiner Hose und fuhr dann fort, seine Rede zu halten. Während er sprach, vergaß er seine Zuhörer. Er glaubte allein in seinem Arbeitszimmer zu sein, umgeben von den goldgerahmten Spiegeln des Boudoirs der Madame Goldschild. Er sprach zu seinem Eben- und Spiegelbild in der Einsamkeit der Geburtstagsnacht:

»Was ist das Leben anderes als ein Dreck, ein Bündel von Zufälligkeiten? Hätten wir Grund, den Tag unserer Geburt zu feiern, wenn nicht die große Sache wäre, der wir unser kleines Ich verschrieben haben? Vielleicht gibt es kein Ziel auf dieser verdammten Erde, für das es sich zu sterben lohnt. Dann muß es eben erfunden werden, so wie die Christen ihren lieben Gott erfunden haben, um ihre Schäflein beim geduldigen Grasen zu halten. Zu welchem Los ist der Mensch heutzutage verdammt? Lebenslängliche Langeweile, ein Tageslauf zwischen Morgenzeitung, Gang zum Büro, Aktenstaub und Familiennestwärme. Sogar den Hunden gönnt man mehr Auslauf als freigeborenen Männern dieser Zeit. Auf der Universität wollen sie uns weismachen, der Geist mache frei. Eine Lüge, fast ebenso dumm wie die Sache mit ihrem lieben Gott. Und doch finden sich

immer wieder Leute, die daran glauben. Ich habe mich nie unfreier gefühlt als auf den unbequemen Bänken ihrer Vorlesungssäle. Man blickt durch die Fensterscheiben, und draußen flutet das Leben vorbei, schreit die Not, protzt der Reichtum, brüstet sich die Macht. Die hinter den Fensterscheiben sind ohne Verbindung mit diesem Leben.
Man braucht nur eine Reihe der eifrig kritzelnden Studenten anzuschauen, diese vermanschte Rasse, fliehende Stirnen und Kinne, schlechte Haltung, unterentwickelter Thorax. Wenn der Geist sich auf diese Weise den Körper baut, danke ich für seinen Adel. Immer habe ich gewußt, daß es etwas Höheres, Gewaltigeres, Berauschenderes gibt als die lauwarme Freiheit, die sie zum Ausverkauf anbieten. Wonach streben wir schon als Knaben, wenn wir ein Vorbild suchen, einen Lehrer, einen älteren Kameraden? Nach dem verlorenen Ideal von Dienst und Gehorsam, nach dem Opfer, nach dem Tod! Wir haben ihn nicht nur den Schädlingen, dem Ungeziefer in Menschengestalt, das die Erde bevölkert, zugedacht. Wir selbst sind bereit, ihn auf uns zu nehmen in der Stunde, da das Schicksal es fordert!«
Pflüger hielt inne. Er war unzufrieden, weil seine Rede keinen krönenden Abschluß gefunden hatte. In der Kellerbar entstand eine minutenlange Stille. Man trudelte gemeinsam durch eines jener Luftlöcher, die bei nächtlichen Zechereien immer wieder entstehen. Den Chef schien sein Monolog erschöpft zu haben, er wischte sich mit einem Batisttüchlein den Schweiß von der Stirn. Er wehrte ab, als die Ordonnanz sein Glas füllen wollte. Er war nicht bei der Sache, er lauschte. Mit ihm lauschten die anderen. Die gewohnte Frist zwischen dem Verstummen der Sirene und dem Dröhnen der ersten Flakgeschütze war längst verstrichen. Doch draußen blieb alles still. Kein Motorengeräusch, kein metallisches Summen der Flugzeuge. Waren sie weitergeflogen oder näherten sie sich durch eine neue Schneise, eine Lichtbahn, die der Mond ihnen über den

Nachthimmel warf? Vielleicht war der Angriff bereits im Gange, nur die Männer in der Kellerbar blieben ausgespart aus der Zone des Knatterns, Dröhnens und Berstens, ohne Verbindung mit der Außenwelt, eine auf hoher See treibende Kajüte mit einer wüsten, betrunkenen Fracht. Es gibt Explosionen, die hört man nicht, denn der Luftdruck hat das Trommelfell zerrissen. Das Ende, dachte Pflüger, ist stumm, unwirklich, schattenhaft. Man ist nicht richtig dabei, man spürt nicht einmal Schmerz. Samtpfötig kommt der Tod, er stinkt nicht, ist kein Gerippe, sondern ein Knabe mit Stirnband, Locken, gerader Nase und üppigem Mund, wie ihn die Alten dargestellt haben. Wenn er nur käme und ihn aus diesem Kreis schwitzender grölender Menschentiere entrückte!

Endlich löste sich aus dem Schweigen der Erwartung ein Schuß, ein dumpfes Dröhnen, das sich mit merkwürdiger Langsamkeit in der Luft fortpflanzte und die kleineren flinken und hellen Geschütze aus ihrem Schlummer weckte. Sie gaben Antwort, so wie eine Sirene der anderen von den Türmen der Stadt geantwortet hatte. Wir sind zur Stelle, unserer sind viele, wir schießen Sperrfeuer, gebt acht!

»Die Batterie vom Hauptbahnhof«, rief Keller und hob sein Glas, als trinke er einem Schulfreund zu, den er nach langem Suchen wiedergefunden hatte. Das Luftloch war überwunden, sie fingen sich auf, die Stimmung belebte sich. Sie waren noch immer da, die treuen Freunde, etwas ramponiert, nicht sehr zuverlässig, nicht sehr treffsicher, doch zeigten sie guten Willen. Und als müsse nun alles seinen gewohnten Ablauf nehmen, mit ein paar Brandherden und Schadenstellen, die man im Morgengrauen abgesperrt und eingedämmt haben würde, wandten sie sich ihren unterbrochenen Gesprächen, ihrem nicht zu Ende gebrachten Gelächter zu.

Keller saß abseits vor seinem Glas, in trübe Grübeleien versunken. Daß der Chef spinnt, dachte er, wissen hier alle. Was hilft es ihm, daß er aussieht wie die Statue des Sportlers im Stadion, der die olympische Fackel entzündet, wenn er sich selbst nicht leiden kann. Soll doch an die Front gehen, wenn er Wert darauf legt, zu krepieren. Die paar Bazillen, die er künstlich in seiner Lunge züchtet, gehen im russischen Frost rasch ein. Gaulsgesund kann er dann den Heldentod sterben. Was wir wollen, Mann, ist was anderes. Als die Herren dieser dreckigen Welt leben, das Beste zu fressen und zu saufen und Frauen, soviel man möchte und nebenbei noch eine zu Hause, die das gute Gewissen für zwei gleichzeitig hat. Und Geld, immer frisch von der Druckerei, und Kinder, eine ganze Baumschule mit struppigen Strähnen und Lockenköpfen, immer neue Menschenpflanzen aus eigener Zucht. Das ist die Kette, an der man sich weiterhangelt von einem Leben ins andere, bis in alle Ewigkeit. So viele Kinder, wie wir produzieren, können sie gar nicht totschießen. Schönes Gefühl, Vater werden, Vater sein, wenig Mühe, schaut nach mehr aus, als der Einsatz kostet. Der Chef ahnt nichts von dem Hochgefühl, hat nur seine Christa, von der es heißt, daß er sie nicht selbst zustande gebracht hat, daher die große Liebe. Vater sein, Glückwünsche kassieren, Hände schütteln, immer in Geberlaune, die Spendierhosen an, nur die Frau wird immer weniger dabei, ganz ramponiert sieht sie aus mit ihren fünfunddreißig, müßte mal überholt werden. Beim Alarm gibt es die meisten Kinder, viele Frauen haben während des Angriffs ihre schwere Stunde, das macht die Aufregung.
Schwere Stunde, und ich Untier sitze hier in Pflügers Kellerbar und saufe die liebe alte Witwe Cliquot, mit der wir uns schon in Frankreich die Nächte vertrieben haben. Schwere Stunde, und ich höre mir das Geseiche dieses impotenten Knaben an, der am liebsten alles, was gebären kann, ausrotten möchte, damit die Weltgeschichte, wenn er sich dereinst verabschiedet, stillsteht wie die Uhren an den Handgelenken der Toten. Heulen

könnte ich und die Angst, die auf Nieren und Blase geht, diese schwitzende, kalte, blutunterlaufene Angst, da hilft keine noch so lustige, spritzige Witwe Cliquot.
Keller beugte sich vor, das Gebirge seiner Brust sank in sich zusammen, die Uniformjacke schlug Falten, als fülle sein Körper sie plötzlich nicht mehr aus. Die Leibwächter des Chefs machten sich bereit, das Häufchen heulenden Elends auf einen Wink Pflügers zu entfernen. Da hörten sie das erste Pfeifen, nicht nah und nicht fern, nicht eigentlich laut, aber mauern- und nervendurchdringend. Vielleicht ein gezieltes Geschoß, vielleicht ein Irrgänger, denn nachdem der sich rasch verschärfende Ton vom Splittern und Krachen des Einschlags erstickt worden war, folgte kein zweites Sausen, kein Reihenwurf. Niemand äußerte ein Wort. Nur Keller wimmerte auf, als könnte die Bombe kein anderes Ziel gehabt haben als das Krankenhaus, wo in diesem Augenblick sein Sohn das Licht dieser Welt erblickte.

7

Karl stieg die Kellertreppe hinauf in die Halle, die verödet in festlich hellem Kronleuchterlicht lag. Die beiden Posten vom Haupteingang hatten sich in den Heizungskeller zurückgezogen. Die schwere Eichentür war nur angelehnt, er trat ins Freie hinaus. Er spürte den Kies des Gartenwegs unter den Sohlen, ging die Rabatte entlang zur Toreinfahrt, ein Spießrutenlauf zwischen den hohen schwarzen Bäumen, die hier Spalier bildeten. Vom Gittertor aus hatte er freie Sicht über das Himmelstück zwischen Altstadt und Volkspark. Die schwere Flakbatterie am Wall schien eine Ladehemmung zu haben, sie schwieg hartnäckig. In der Ferne mühten sich einige leichtere Geschütze ab. Ein brenzliger Geruch lag in der Luft, es stank nach den Stabbrandbomben, die sie bei jedem Angriff über die Stadt ausstreuten. Karl fand solch ein zischendes Ding mit einem kleinen Feuerschweif im Garten zwischen den Lebensbäumen. Es drehte sich um sich selbst, biß sich in den Schwanz, schien sich in Schmerzen zu winden. Er machte seinem Dasein ein Ende, indem er es unter feuchter Gartenerde begrub. In der Luft blieb die Spannung, das gewittrige Knistern, das Wetterleuchten ferner Flakbatterien. Der Himmel schien sich in Millionen Leuchtpartikel aufzulösen, das Mondlicht verschleierte mehr, als es enthüllte. Der Feind blieb unsichtbar, an keiner Stelle war er auszumachen, obgleich das Himmelsgewölbe viel dichter als sonst über der Erde zu hängen schien. Überall und nirgends lauerte der Feind. Die Stadt hielt still unter seiner Drohung, ein vielarmiges Ungeheuer, das sich nicht von der Stelle bewegen kann. Mitleid ergriff Karl mit diesem wehrlosen Lebewesen, das geduldig, dunkel und stumm auf seinen Untergang wartete.

Er stand am Gittertor der Villa Goldschild, in diesem ungewissen Licht, hinter sich, in die Schräge verzerrt und vergrößert, entdeckte er seinen Schatten. Daß der Vollmond Schatten wirft, war ihm bis jetzt noch nicht aufgefallen. Gegen die Sonne war es zwar stümperhaft, was er zustande brachte, nur einen formlosen Flecken ohne scharfen Umriß. Schmidt Karl und sein Mondschatten! Beide ganz allein auf der Allee, weithin sichtbar. Und dazu dieses Unbehagen im Rücken, dieses Kitzelgefühl unter der Kopfhaut, so, als hätten die Brummer und Summer da oben nichts besseres zu tun, als ihn unter den tausend lohnenden Zielen, die sich ihnen boten, herauszufischen. Er schob die Hände in die ausgeleierten Hosentaschen und hob den Kopf, Hans-Guck-in-die-Luft, herausfordernd gleichgültig. Blind und blöde ballerte irgendwo eine Batterie, zwischen den einzelnen Feuerstößen dehnte sich Stille aus. Auf ihrem Grund sammelten sich ein paar Geräusche, ein Rollen und Kullern wie von Kegelkugeln, einzelne Hammerschläge, Hundegebell, darüber schwebend halb ersticktes Kindergreinen, so, als habe man einen Säugling in einer Wohnung vergessen.

In diesem Augenblick fielen Karl die Kinder ein, Margaret, Jossi und Nicki, die Rosa allein im Haus gelassen hatte. Er fing an, die Straße hinunterzugehen, sein Schatten lief ihm nach. Hoch oben, vom Scheitelpunkt der Himmelskuppel, löste sich plötzlich ein Sausen, ein hoher, schnell absinkender Ton. Er stand schon an der Wand des nächsten Hauses, hielt den Atem an, als könne die Reglosigkeit ihn schützen. Er zählte, einundzwanzig, zweiundzwanzig, weiter kam er nicht. Das Pfeifen verstummte im Bersten der Explosion, das Splittern des Steines klang merkwürdig stumpf, als habe die Bombe sich in weicheren Grund gebohrt, wo Erde und Rasen fast lautlos zerfetzen. Vielleicht ein Garten, ein Anlagestreifen – zerrissene Wurzeln, ermordete Blumen! Eine leichte Leuchtfracht hatten sie gleichzeitig auf die Reise geschickt, langsam wie an Fallschirmen trudelten grüne Lichtkugeln erdwärts, bildeten geometrische Figuren, Vielecke, Pyramiden, Trapeze. Karl spürte, wie sich der Angriff dichter über seinem Kopf zusammenzog. Da fiel es ihn an, nicht Angst, keine wühlende Schwäche in den Eingeweiden, nur der wilde, alles beherrschende Trieb zu überleben.

Es war wie damals bei seinem kurzen Gastspiel zwischen den Fronten. Um ihn herum wurden viele abgeknickt, niedergemäht, zerdrückt und zertreten, er sah sie fallen in den seltsamsten Stellungen und Verrenkungen. Er aber blieb, in ihm war die Wärme eines dichten Nestes von Leben, das irre, geile Gezwitscher der jungen Brut, sie pickten und pochten, harte Schnäbel, zartes Gefieder. Sie wollten ans Licht, sie waren hungrig, sie schrien. Manchmal stellte er sich tot. Dann war er der Erde nah, wandte das Gesicht zum Boden, biß ins Gras, aber anders als die Dahingegangenen, er spürte den Geschmack des grünen Bluts auf der Zunge, er roch die saure Erde. Später, wenn alles still geworden war und die Verwundeten das Stöhnen aufgegeben hatten, drehte er sich um, nahm den Stahlhelm vom Kopf, wischte sich den Schweiß von der Stirn, verschränkte die Arme im Nacken, zog die Knie an und blickte in den ungeheuer weit aufgerissenen Himmel. Die Sonne schwamm trunken im Abendrot, Wolkenbäume blühten und welkten, der kranke Steppenwald atmete mit der letzten Kraft seiner Laublungen das schwindende Licht ein. Ungeheuer, unbeteiligt, nackt über ihm der Himmel, zu dem das Stöhnen der Sterbenden nicht mehr hinaufdrang! Noch bevor die Dämmerung einbrach, schwor er sich zu, er wollte diesen Himmel noch viele Jahre lang mit diesen seinen Augen sehen, jede Gemeinheit und jedes Verbrechen würde er begehen, um seine Augen vor dem Erblinden des Todes zu schützen. Er wollte weiter auf dieser Erde grasen.

Hier, in der Stadt, wo sie alle zusammengepfercht waren, die Opferlämmer, und die Geier über ihren Köpfen kreisten, fiel ihm sein Schwur wieder ein, und im gleichen Augenblick rückte ihm das Leben bedrängend dicht auf den Leib. Er machte einen Schritt von der Hauswand weg, einen Satz ins Freie, weil er den Überschwang nicht mehr ertragen konnte. Wie einer, der nur eine Minute zu überlegen hat, dachte er mehrere Dinge zugleich. Ich will leben, leben um jeden Preis, wiederholte die Grundstimme, bringe dich in Sicherheit, hieß die Melodie, fünfzig Meter von hier, an der Anlage, ist ein Bunker, dann gab es noch ein paar schwache Obertöne: die Kinder, ich muß nach den Kindern sehen! Er ging über den Platz mit den sich überkreuzenden Doppelrinnen der Straßenbahn. Keine Streife war unterwegs, kein Rettungswagen, die Stadt lag in tiefer Betäubung. Im Osten hatte der Himmel ein wenig Farbe in den bleichen Mondscheinwangen, nur schwach und verschämt rötete er sich wie in Friedenszeiten vom Widerschein des Jahrmarkts auf dem Rummelplatz.

In der stickigen Höhlenluft des Bunkers saßen sie nebeneinander auf ihren angestammten Plätzen. Erloschene Augen, fahle Gesichter, die Hände um Koffer und Taschen geklammert, einer des anderen Feind, weil er ihm die Luft zum Atmen, den Platz und ein paar Strahlen der Notbeleuchtung wegnahm. Einer des anderen Feind, und doch waren sie so nahe verwandt, daß man den Inhalt ihrer Gedanken und Empfindungen hätte austauschen können. Eine einzige Familie mit dem Umgangston von Menschen, die ein Leben lang in einer Hausgemeinschaft zusammenwohnen und sich bis zum Überdruß kennen. Mit jener Mischung von Nachsicht und Gereiztheit, die man Angehörigen entgegenbringt, duldete einer die Unarten und schlechten Angewohnheiten des anderen. Was man sonst vor den Augen der Nachbarschaft verborgen hielt, zeigte sich hier offen und nackt: die Schreikrämpfe der alternden Schwester, die frömmelnden Sprüche und Angstgebete der Tante, die seit langer Zeit nicht mehr die Wohnung verließ, das Lallen des

geistesgestörten Kindes, der böse Husten der jungen Frau. Kaum ein Wort fiel, doch über dem Bunkerraum lag der Dauerton eines dumpfen Gemurmels. Frauen, Kinder und Greise, versammelt wie zu einem Bittgottesdienst in einer unterirdischen Kirche! Einige alte Leute schliefen, ihre Schwäche ließ sie immer wieder wegschwimmen aus dem Bunkerschacht in jenes lichte und wesenlose Land, in dem die Träume der Menschen wohnen, die nur noch ein dünner Faden mit dem Gewebe des Lebens verbindet. Es gab spielende Kinder, die über die Beine der eng Zusammenhockenden stolperten, Mädchen, die sich kichernd in die Seiten stießen aus Vergnügen über den Anblick eines jungen Mannes, der jede Nacht auf die gleiche Seite eines aufgeschlagenen Buches niederstarrte und vergeblich versuchte, beim schwachen Lichtschein zu lesen. In der Ecke die drei dunklen Rücken und breit aufgestellten Gummistiefel der Skatspieler, die sich über den Kistentisch mit den Karten beugten, auf der anderen Seite ein Zigeunerlager aus Decken und Kissen, Figuren in Räuberzivil, die ein Getränk aus Thermosflaschen herumgehen ließen und mit vollen Backen Brot und Äpfel kauten. Manche hatten die Jacken abgelegt und die Hemdsärmel aufgekrempelt wie nach einem Marsch in der Sommerhitze. Zwei Nachbarinnen feierten wortreich Versöhnung, und in der Nähe des Eingangs, zwischen Tür und Gasschleuse, hatte ein junges Paar seinen ersten erbitterten Streit.
Karl blieb auf dem Treppenabsatz stehen. Keinen Schritt weiter würde er tun, er schämte sich, Zuflucht bei den Höhlenbewohnern zu suchen. Im Eingang zum Sanitätsraum stand ein Mann in einer mausgrauen Uniform, die Schirmmütze tief ins Gesicht gedrückt, das bis zur Nasenspitze im Schatten lag, so daß man seine Augen nicht sehen konnte. Ein Mädchen im weißen Kittel erschien, alterslos, mit straff zurückgekämmtem Haar und einem Gesicht, das trotz der Ebenmäßigkeit der Züge ohne eine Spur von Anmut war. Von den beiden kraushaarigen Schwesterschülerinnen, die eine ohnmächtig gewordene Frau

in den Sanitätsraum brachten, wurde sie ›Frau Doktor‹ genannt, auch das andere Hilfspersonal, schnauzbärtige alte Männer mit kapuzenartigen Kopfbedeckungen, folgte ihren Weisungen. Ein Bombeneinschlag in der Nähe des Bunkers, dem kein warnendes Pfeifen vorangegangen war, trieb eine Wolke von Sand und Staub von den Treppenstufen auf. In der Luft hing auf einmal ein rötlicher Schleier, Karl konnte die im Bunkerraum Versammelten kaum mehr erkennen. Über seinem Kopf brachen Lärm und Gepolter los. Eine Meute von Männern, vom Luftdruck über die Schwelle der Bunkertür geweht, stürmte und stolperte an ihm vorbei, staubbedeckte, hustende, blut- und rußverschmierte Gestalten, aus deren Kleidern ein beizender Brandgeruch drang. Vor Aufregung lachten sie und unterhielten sich laut: »Mensch, das war'n Ding, fünfzig Meter mehr links, und wir wären hops gewesen.«
Die alteingesessenen Bunkergäste brachen bei ihrem Erscheinen in Rufe der Entrüstung aus. Es war, als wollten sie jeden Fußbreit Bodens, den sie besetzt hielten, gegen die Eindringlinge verteidigen. Nicht einen Zentimeter rückten sie beiseite, um den neu Hinzudrängenden Platz auf den Holzbänken zu machen. Da erhob sich die Ärztin, die neben Karl auf dem Treppenabsatz stand, auf Zehenspitzen, legte den Kopf in den Nacken und rief mit einer tiefen, glockenhaft ausschwingenden Stimme, die niemand in ihrer flachen Brust vermutet hätte: »Ruhe!« Sogleich verstummte das aufrührerische Brodeln und Murmeln, die Wellen des eben noch drohenden Sturmes glätteten sich. Die gleiche muffige Windstille, die vor dem Einbruch der Männer geherrscht hatte, breitete sich von neuem aus. Die Hinzugekommenen paßten sich dem dumpfen Klima der Bunkerluft an, sie waren nicht mehr rot und gesprächig und atemlos, sie drückten sich gegen die Wände und klopften den Staub aus Hosen und Jacken. Die Ärztin im weißen Kittel machte sich an die Arbeit, sie löste einem der Arbeiter das blutverklebte Haar von der Stirn und betupfte seine Wunde. »Das

haben Sie gut gemacht, Fräulein«, sagte Karl gedehnt. Sie widmete ihm einen ärgerlichen Blick: so mustert die Hausfrau müßig herumstehendes Gesinde, das gafft und schwätzt, statt ihr zur Hand zu gehen. Im gleichen Augenblick sagte der Arbeiter, dem die Ärztin die Stirn betupfte, laut und deutlich: »Es brennt in der Brunnenstraße.« Die im Bunkerraum Versammelten horchten auf, alle Gesichter wandten sich ihm zu.

»Sie können jetzt nicht hinaus, Mann, es ist verboten!«

Der Bunkerwart hielt Karl am Ärmel fest, er hob den Kopf mit dem Mützenschirm, die Augen wurden sichtbar, klein, verdrossen, mausgrau. Karl wartete, bis der Mann im Sanitätsraum verschwand, um etwas mit der Ärztin zu verhandeln, dann öffnete er die Bunkertür auf einen Spalt, hob den Vorhang der Lichtschleuse und stand im Freien. Der Himmel über den Baumkronen des Parks hatte sich heftig gerötet. Der Widerschein des Feuers überstrahlte das kalte Gleißen des Mondes. Karl ging mit schnellen Schritten über den Platz. Die Nähe eines Brandherdes regte seine Lebensgeister an, er liebte das Feuer mehr als das Todeslicht von Mond und Sternen. Immer hungrig, solch eine Flamme, frißt, atmet, lebt. Man hilft gern, wenn es irgendwo brennt! Bei dem Wort Brunnenstraße hatte er das Bild der drei Kinder im Dachgeschoß vor sich gesehen und sogleich beschlossen, den Bunker zu verlassen. Aber erst das züngelnde, von Mund zu Mund gezischte ›es brennt‹ setzte in ihm jenen unbekannten Prozeß der Körperchemie in Bewegung, der aus einem Feigling und Drückeberger in Sekundenfrist einen tollkühnen Retter macht. Es war nicht Mut, was ihn über den Platz, an Streifenkontrollen vorbei, um eine Absperrung herum, immer weiter trieb, es war die taumelnde, tränentreibende Lust, dem Tod eine Chance zu geben, ihm die ungeschützte Flanke zu bieten: stich zu, wenn du kannst, aber du wirst es nicht tun, du bist feige, kommst hinterrücks geschlichen, wenn man dich nicht erwartet, bist ein Meuchelmörder. Reißt einer das Hemd auf und bietet dir die nackte Brust, so schlägst du, verschämt wie ein Mädchen, die Augen nieder, suchst das Weite, läßt die sichere Beute zurück. Er kam an den Anfang der Brunnenstraße, dort versperrte eine Barriere den Weg. Er zählte die Häuser ab bis zu der dunklen Lücke, aus der die Rauchwolken hervorquollen. Er wich den Polizisten aus und wechselte kein Wort mit den Bewohnern der Nachbarhäuser, die sich vor der Barriere zusammendrängten. Er kletterte über einen schadhaften Zaun und ging durch die stillen, dunklen Gärten auf den Feuerschein zu.

Auf dem Ball im Schloß, im verschneiten Winterwald, ertönte ein Heulen, das Margaret von fern an die Sirene zu Hause erinnerte. Höchste Zeit für die Rückfahrt! Aber während die Kufen des Schlittens über den Boden gleiten, schmilzt der Schnee, von den Bäumen tropft das Wasser, das Eis bricht knackend entzwei, Wasserfälle rauschen von den Felsen herab. Margaret muß ihren Pelz ausziehen, der Kutscher auf dem Bock knöpft das Hemd auf, sein Nacken färbt sich flammend rot, Schweißtropfen perlen ihm über die Haut. Heiß brennt die Sonne vom Himmel, sie versengt Haut und Haar, sie tut weh, man braucht einen Schutz gegen sie, sonst wird man unter ihren Strahlen schmelzen wie der Schnee. Doch schon schmilzt die Sonne selbst vom Himmel herunter, die heißen Tropfen fallen Margaret ins Gesicht, hier einer und hier. Hab Erbarmen, Sonne, komm nicht näher, du bist zu hell, zu heiß!
Sie fuhr hoch, sie klammerte die Hände um die Kante des Bettes. Sie hustete, die Dunkelheit war doppelt so dicht wie sonst, jemand mußte die Atemluft aus dem Zimmer gepumpt haben. Ihr war schwindlig, sie sprang auf, taumelte zum Fenster, fand den Griff, öffnete. Da schlug ihr ein unerklärlicher Wind entgegen, die Tür zum Nachbarzimmer öffnete sich, sie stand in einer Wolke von Staub und Rauch. Die Kleinen nebenan hatten schon wieder Licht, nicht verdunkelt wie vorhin. Ein sonder-

bar lebendiges Licht, das sich schnell ausbreitete und von einer Seite des Fensters auf die andere übersprang. Es fuhr in die Gardinen, jetzt waren sie gelb statt weiß, fransten aus, bekamen Zackenränder, blähten sich, wurden länger und breiter. Nun reichten sie schon bis zum Fußboden, hatten leuchtende Schleppen. Margaret rührte sich nicht von der Stelle, sie öffnete den Mund zum Schreien, hörte jedoch ihre Stimme nicht. Die Flammenvorhänge fingen zu knattern an. Sie war nicht mehr schwindlig, sondern gelähmt, ihre Beine und Arme bewegten sich nicht, obgleich sie es ihnen befahl. Sie konnte keinen Schritt tun, und doch sah sie sich selbst an den Betten der Kleinen stehen, die seltsam ruhig und tief schlummerten, sah sich zu, wie sie Jossi und Nicki an den Schultern rüttelte, sah zu und bewegte sich dennoch nicht von der Stelle. Sie weinte, weil die Jungen sich nicht rührten, sie taten es ihr zuleide, es war die alte Zwergentücke, sie hatten sich gegen sie verschworen wie morgens, wenn sie aufstehen sollten und sich totstellten.
Statt zu den Kleinen hinüberzugehen, tat Margaret etwas, das ihr später vollkommen unsinnig erschien. Sie riß Laken, Decken und Kissen aus ihrem Bett und warf sie zum Fenster hinaus. Jetzt war ihr leichter zumute. Sie hatte etwas getan, sie konnte sich bewegen, war also nicht gelähmt! Schnell hintereinander warf sie noch einige Gegenstände, die ihr zwischen die Finger kamen, hinunter, Jossis Bären, ein paar Bücher und einen Stuhl, der krachend auf dem Straßenpflaster aufschlug. Das Geräusch des Aufpralls gab ihr ein Gefühl für die Höhe, in der sie sich befand. Der Stuhl hatte sich die Beine gebrochen, sie konnte also nicht selbst hinausspringen. Ich werde hinuntergehen, dachte sie, es gibt ja die Treppe. Sie fand die Tür zum Flur und öffnete sie. Dort, wo der Schacht, das Innere der Treppenspirale, gewesen war, wand sich eine kunstvoll gedrehte Lichtsäule empor, die ständig ihre Form veränderte, eine Flammensäule, die noch einmal die Gestalt der sich windenden Treppe nachzuahmen schien; ein glühender Riesenkreisel, den

die Peitsche des Windes immer von neuem antrieb, wenn er in sich zusammenzusinken drohte. Das Schauspiel wurde begleitet von einem brausenden Geräusch, wie wenn Wassermassen in einen Strudel eingesogen werden. Doch der Wirbel der Flammen füllte nur den Raum im Innern des Schachtes bis zum Eisengeländer, die Treppe selbst war heil und unberührt, sogar der rote Läufer lag noch auf den Stufen.
Ich werde die Kleinen hierherholen, dachte sie, die Stufen der Treppe sind aus Stein, das Geländer ist aus Eisen, das wird halten. Noch immer tat sie, als seien sie und die Kleinen in ihrer verzweifelten Lage allein. Der Gedanke, um Hilfe zu rufen, kam ihr nicht. Sie sind doch alle fort, dachte sie, immer sind alle fort, auf keinen Menschen kann man sich verlassen. Vor dem Fenster, im Garten, war alles still geblieben, als sie die Sachen nach draußen geworfen hatte. Jetzt aber drangen Stimmen und Schreie irgendwoher aus dem Abgrund, in dem die Flammensäule entsprang. Zu spät, dachte sie, und sie merkte nicht, daß sie schwach lächelte, immer kommt ihr zu spät. Es geschieht euch recht, wenn ihr hier alles in diesem Zustand vorfindet. Sie konnte keine Antwort mehr geben, ihre Kehle war ausgedörrt, sie hatte ihre Stimme verloren. Sie wurde jetzt mit jedem Atemzug schwächer, doch das Gefühl der heimlichen Rache blieb. Sie spürte im Nacken und Rücken einen Druck, so als schleppe sie eine Last mit: Jossi und Nicki, sie klammerten sich um ihren Hals, schnürten ihr die Luft ab, sie trug sie Huckepack. Langsam sackte sie an der Wand zusammen. Ob man mich finden wird, dachte sie.

Sie lag auf einer Wolldecke, deren Mäanderornament sie wiedererkannte, unter einem festlich illuminierten Himmel von einer Farbe, für die es keinen Namen gibt. Der weit aufgerissene Himmel atmete und zuckte in einzelnen Lichtstößen. Merkwürdig, dachte sie, man wird nicht einmal blind, alles

geht weiter, in einer neuen Beleuchtung. Sogar die Wolldecke hatte sie mitnehmen dürfen, auf der sie im Sommer im Garten lagen, sie war hart, an ihrer rauhen Oberfläche hatten sich kleine Erdklumpen festgesetzt. Sie lag im Garten, auf der Erde, im Freien, allein, niemand kümmerte sich um sie. Dabei waren plötzlich viele Menschen da, sie hörte sie sprechen, die Stimme des Hausmeisters war dabei, vor dem sie immer Angst gehabt hatte. Er würde sie bestrafen wegen der fehlenden Verdunkelung. Das Licht im Fenster war der Anfang gewesen, es hatte die Flammen angelockt, das Feuer aus seinem Versteck geholt.
Ein fremder Garten. War es der hinter dem Nachbarhaus? Wer hatte sie ausgesetzt in die helle Nacht, in den verfinsterten Tag? Die Menschen drehten ihr den Rücken, in einer Gruppe standen sie um etwas herum, das sie nicht erkennen konnte, sie hätte den Kopf heben und die Augen drehen müssen, dazu reichte ihre Kraft nicht aus. Auch ohne die Augen zur Seite zu wenden, wußte sie, wie dies schreckliche Etwas aussah, das die Rücken der Menschen vor ihr verbargen. Wußte es seit langem, denn das Bild war immer schon in ihrem Gedächtnis gewesen, immer, immer war es da gewesen, sie hatte sich abgewendet, um es nicht sehen zu müssen: die beiden Wolldecken mit dem Muster, das sie kannte, schlugen sonderbare Falten über zwei kleinen Hügeln. Decke über den Kopf, ein altes Spiel! Herumhüpfen, Sackhüpfen, Blindekuh. Aber die beiden Häufchen unter den alten Pferdewolldecken bewegten sich nicht. Wenn man sie nicht fortschaffte, würden sie liegen bleiben, bis in alle Ewigkeit so liegen bleiben, wie Margaret sie immer gesehen hatte.
Jetzt erst begriff sie: über ihr war nicht der neue lichtverzehrte Himmel, in den die Seelen der Toten eingehen, es war der alte, der Wolken atmete und Regen sprühte, der zwischen Sonne und Mond ausgespannte Himmel über der Stadt. Sie war nicht erlöst. Decke überm Kopf, altes Spiel, aber ihr Gesicht war unverhüllt, sie stak nicht im wollenen Sack. Hinter ihr, hinter der Menschenwand, lagen die beiden Häuflein, die man nie

wegschaufeln, nie aus der Welt schaffen konnte. Sie wollte weinen, aber die Tränen waren in der Hitze des Feuers vertrocknet. Da drehte sich einer um, einer aus der Gruppe der Menschen, die auf die beiden Hügel unter den Wolldecken niederstarrten. Kam zu ihr, beugte sich über sie: ein rußverschmiertes, wildes Gesicht, mit von Ascheresten ergrautem Haar, das sie nur an den Augen wiedererkannte. Es war Karl. Also hatte er doch auf dem Bock des Schlittens gesessen, als sie vom Schloß zurückfuhr und der Schnee plötzlich schmolz, es war sein Rücken gewesen, den sie vor sich gesehen hatte. Warum hatte er sich nicht umgedreht, es wäre gut gewesen zu wissen, daß er es war, der den Schlitten lenkte und sie sicher heimbringen würde.

»Lassen Sie mich durch, ich muß hier durch, ich gehöre ins Haus.«
Der Offizier des Sperrkommandos – es war der alte Leutnant, der Führer der berittenen Hilfspolizisten – der Leutnant sah die Frau über die Barriere hinweg an. Sie war jung, rundgesichtig, blond. Mit einer hohen, schwachen Stimme, die nicht zu ihr zu gehören schien, schrie sie besinnungslos immer das Gleiche. Dabei trommelte sie mit blinden Fäusten auf die Barriere: »Laßt mich herein, macht auf, ich bin es, Rosa«, als stehe sie vor einer verschlossenen Tür. Unermüdlich quollen Tränen über ihre Lider, sie schienen die Augensterne, diese kleinen blaßblauen, törichten Kreise um die Pupillen, mit sich hinwegzuschwemmen. Der alte Leutnant trat auf sie zu, er hob ein faltiges Lid vom rechten Auge – das linke blieb geschlossen –, maß sie mit einem gelassenen, unbeteiligten Blick und fragte: »Sind Sie die Mutter?«
Die Fäuste gaben das Trommeln auf, die Tränen quollen weiter unter den Lidern hervor: »Die Mutter, nein, wie soll ich die Mutter sein. Ich bin die Rosa, das Kindermädchen.«

Plötzlich fing sie in leierndem Tonfall zu beten an. »Heilige Mutter Gottes, bitt für uns« und »Gegrüßet seist du Maria.«
»Lassen Sie die Frau durch«, sagte der alte Leutnant zu einem Hilfspolizisten. Sein Auge unter dem faltigen Lid folgte ihr, wie sie watend, als durchschreite sie eine Furt, mit angehobenem Rock zwischen verkohlten Balken und Wasserlachen bis vor das Gittertor des zerstörten Hauses ging. Dort blieb sie stehen, schwankte und strich sich über die Stirn, als träume sie.
Der Brand war schon beinah gelöscht. Im Garten, wo die beiden Häuflein unter den Wolldecken auf ihren Abtransport warteten, breitete sich Friedhofsstille aus. Das Haus mit der vom Feuer aufgerissenen Flanke ragte in seinem dunklen Umriß in den Mondhimmel auf, als stehe seine Ruine schon Jahre hindurch am Straßenrand. Bewegung und Leben zogen sich jetzt um die Nachbarhäuser zusammen, gegen deren Flammenwand man eine Wassermauer aus dicht nebeneinander aufgestellten Schläuchen richtete. Im ständig wechselnden Formenspiel der auflodernden Flammen und der sprühenden Fontänen glichen Wasser und Feuer sich einander an: unerschöpfliche Elemente, die sich verzehren im Hunger nach neuer Gestalt. Am gegenüberliegenden Straßenrand standen die Hausbewohner wie am Ufer eines reißenden Stromes, in dem ihr Schiff unterging. Die meisten waren starr und gelähmt, in ihren Augen spiegelte sich der Feuerschein, nur wenige liefen hin und her, klagten und riefen den Rettungsmannschaften die Namen der Dinge zu, die diese aus den oberen Stockwerken holen sollten.
Der alte Leutnant kannte die Verheerungen, die das Entsetzen in den Gesichtern und in den Bewegungen der Menschen anrichtet. Es war, als alterten die vom Unglück Betroffenen in Sekundenfrist um viele Jahre. Während die einen versteinerten und vereisten, wurden die anderen formlos und weich. Stelzbeinig, mit versteiften Gelenken und unsicheren Bewegungen hatte er junge Männer von der Stätte des Unterganges weg-

gehen sehen. Kinder bekamen im Krampf des Schreckens zugespitzte Altweibergesichter. Mädchen wurden zu schwerfälligen Matronen, die sich mühsam keuchend vorwärtsbewegten. Der Leutnant wußte aus der Erfahrung vieler Nächte, daß den Schiffbrüchigen das nackte Leben, das sie ans Ufer gerettet haben, in den ersten Stunden nicht viel wert zu sein scheint. Doch er kannte auch den jähen Stimmungsumschwung, die aus tiefer Erschöpfung aufbrechende Redesucht und falsche Betriebsamkeit. Auf den Lagerwiesen des ehemaligen Jahrmarktgeländes zwischen Baracken und Zelten herrschte ein fast festliches Treiben. Man unterhielt sich angeregt, mit dem Eifer von Kolonisten machten sich die Obdachlosen daran, ihr Quartier herzurichten. Sie rammten Pfähle ein, schleppten Stroh herbei und drängten sich um die Kessel der Notküchen.

Auf dem Grundstück einer Nachbarvilla hatte sich ein Kreis von Leidensgenossen in jener ungesunden Fröhlichkeit und Feststimmung zusammengefunden, die das zweite Stadium des Unglücks ankündigt. In lockeren, vom Widerschein der Flammen bewegten Gruppen lagerten sie auf dem niedergetretenen Rasen, zigeunerhaft gekleidet, mit schmutzigen Gesichtern und wirrem Haar. Sie warteten auf einen Lastwagen, der sie zum Lager am Stadtrand bringen sollte. Sie saßen unter den Zweigen der alten Eichen, die von der Nähe des Feuers vergilbt zu sein schienen. In den eben noch sommerlich blühenden Garten war plötzlich der Herbst eingebrochen, er ließ die Blumen welken, das Gras verdorren und rötete die Blätter der Sträucher. Beschriebene Papierfetzen und Briefe, vom Luftdruck aus ihren Schubladen gerissen, hingen aufgespießt im toten Geäst eines vom Blitz gespaltenen Baumes. Von den Brandstätten wehte ein Glutregen herüber, die Luft war erfüllt von Ruß und Rauch. Auf Haaren und Augenbrauen ließ sich Aschenschnee nieder.

Auf einmal fing die Erde nach dem Laub vom Vorjahr zu riechen an, das der Gärtner längst zusammengekehrt und wegge-

schafft hatte. Unter den Blicken der Heimatlosen verwandelte der städtische Garten sich in eine Einöde zwischen ausgedehnten Wäldern. Auf der Wiese, jenseits der Buchsbaumhecke, graste unbeteiligt, durch Scheuklappen geschützt, das Pferd des Leutnants. Nur ein einziges Mal erhob es den Kopf, entdeckte den Flammenschein und stieß ein Wiehern aus. Die Nähe des Feuers zog allerlei Nachtgetier an. Unter den Ästen der Eichen taumelten Fledermäuse, die man hier sonst nur selten fand, Wildtauben gurrten im Gebüsch. Zwei umherstreunende Katzen drängten sich durch das Gitter des Nachbargartens und schlossen Freundschaft mit den auf dem Rasen Lagernden. Die Hunde, die mit den Menschen aus den brennenden Häusern geflüchtet waren, gehorchten dem Befehl ihrer Herren nicht mehr. Sie witterten den Geruch der Wildnis zwischen den rußgeschwärzten Mauern der Stadt. Irgendwann hatten einige der Lagernden mit leerer Verwunderung das Heulen der Entwarnungssirene gehört. Mit Hilfe seiner Leute spannte der alte Leutnant sein Pferd vor einen Wagen, den er im Hinterhof einer Bierbrauerei beschlagnahmt hatte. Er ließ ein Dutzend Frauen und Kinder einsteigen und setzte sich auf den Kutschbock. Zusammengekrümmt hockte er da, die Zügel hingen schlaff herunter, das Pferd kannte seinen Weg.
Sie fuhren an den ärmlichen Häuserfassaden eines Vorstadtviertels vorbei, die Fenster waren blind, die Läden verschlossen. Sie kamen durch eine fremde Stadt, die nicht teilgenommen hatte an Aufruhr, Zerstörung und Feuer. Feindlich schloß sie sich gegen die Eindringlinge mit ihrem Brandgeruch ab. Nicht bei uns, so schien sie zu sagen, sind Bomben gefallen, sondern im Villenviertel des Westends. Hier ist noch kein Haus zerstört, kein Dachstuhl in Brand gesetzt worden. Nach den leuchtenden Farben der Flammen wirkte das Mondlicht kraftlos und blaß. Der Wind trieb Blätter vom Pflaster auf, die sich von weit her in die baumlosen Vorstadtstraßen verirrt hatten. Der Lärm des vorüberrollenden Wagens weckte die Bewohner nicht aus

ihrem Schlaf. Kein Fenster öffnete sich, keine Gardine wurde zurückgeschoben.
Der Leutnant vertiefte sich in das Hufgeklapper. Keinen Laut dieser Erde liebte er so sehr wie das etwas widerwillige Geräusch der auf das Straßenpflaster aufschlagenden Hufe. Flora, zwölf Jahre alt, die braune Stute mit der hellen Blesse auf der Stirn, von guter Rasse, aber alt, schlecht ernährt, mitgenommen von den Strapazen der Zeit. Frisch beschlagen, Flora, aber kein Hafer im Bauch, zu mager, schwach in den Fesseln, unruhig um Nüstern und Maul. Nie war sie dahergesprengt im Galopp des Siegers, nur selten lief sie im Trab, fast immer ging sie mit gesenktem Kopf im Schritt der Geschlagenen einher. Das rechte Auge des Leutnants stand weit offen, es starrte mit ausdruckslosem Blick in die Nacht. Hinter den Brandmauern und Bretterzäunen der Vorstadtstraße, jenseits des Bahnübergangs, wo die verwahrlosten Bauplätze sich bis zum Waldrand ausdehnten, entdeckte er die Lehmkaten am Rande der Steppe, das Dorf ohne Bewohner, in dem er als Ulan vor langer Zeit seine Lanze verloren hatte. Jetzt steckte sie nicht mehr in der Brust des toten Feindes, der an der Hauswand lehnte. Zwei Kinder in Bauernkitteln mit kleinen Kosakenstiefeln hatten sie herausgezogen und stritten sich um ihren Besitz. Um das Dorf herum wucherte der kranke Steppenwald. Nie würde er den Weg durch die Schneise, den sie damals geritten waren, wiederfinden.

8

Immer tiefer hinunter in den Brunnenschacht, in dem es nach Feuchtigkeit und Verwesung riecht, in die Finsternis, die sich immer dichter zusammenschließt. Kalkstaub auf den Lippen, in den Nasenlöchern, im ausgetrockneten Schlund. Und dazu die Angst, die sich jedesmal, wenn man Luft holen will, wie ein Alp auf die Brust setzt. Das Herz wehrt sich, ehe es schlappmacht, stößt gegen die Wand, will aus dem Gefängnis ins Freie, hinauf ans Licht, doch niemand hört seine Schläge. Schon wieder nähert sich eine Hand und umklammert das wehrlose, zappelnde Ding, die Finger schließen sich zur Faust zusammen, drücken zu.
Von oben schütten sie immer mehr Erde in den Schacht hinunter. Sie schaufeln das Grab zu, sie wissen nicht, daß sie einen Scheintoten beerdigt haben. Kann nicht sehen, nicht schreien, keine Bewegung machen. Speiübel ist mir wie nach einer Nacht, in der man billigen Fusel, Bier und Wein durcheinandergetrunken und zum Schluß das Gedächtnis verloren hat, übel und schwindlig vom Sturz in die Tiefe. Sie haben mich in den Brunnen geworfen, schütten mir Erde und Dreck in Augen und Mund.

»Hans, erkennst du mich nicht? Ich bin's, Maria!«
»Er ist noch immer bewußtlos.«
»Sag ein Wort, Hans, ich flehe dich an!«
»Haben Sie noch Verbandszeug, Schwester?«
»Warum stehen Sie hier herum. Gehen Sie zurück an Ihre Plätze!«

»Innere Verletzungen. Starker Blutverlust.«
»Mein Mann braucht eine Spritze.«
»Das entscheidet die Schwester, nicht Sie.«

Sich totstellen, die Augen geschlossen halten, keine Antwort geben, und wenn sie noch so lange rufen. Hans, Herr Kranz! Meinen sie wirklich mich? Werft eure Angeln aus, mich werdet ihr nicht fangen. Nicht noch einmal beiße ich an eure Köder an. Ich bin's, Maria, aber ich bin nicht mehr dein Hans. Du hast mich in den Brunnen geworfen und mir den Mund mit Erdbrocken verstopft. Daß man die dünne weinerliche Stimme nicht mal hier unten im Brunnenschacht los wird: gib auf dich acht, Hans, trink nicht zu viel, schließ die Tür ab, mach die Läden zu, geh ins Bett, es ist Sperrstunde, Zeit zu schlafen.

»Ich hab solchen Durst.«
»Still, Kind!«
»Gib mir zu trinken!«
»Die Thermosflasche ist im Koffer. Ich kann ihn im Dunkeln nicht finden.«
»Wo bist du, Fanni?«
»Ich bin bei dir. Du brauchst keine Angst zu haben.«
»Die Luft hier ist zum Ersticken.«
»Sind keine Gasmasken da?«
»Es riecht angesengt.«
»Dort hinten, in der Ecke, hat jemand geraucht.«
»Zigarette ausmachen, sofort!«
»Sie stehlen uns den Lebensatem, die Luft!«
»Wenn wir wenigstens wieder Licht hätten!«
»Gib mir die Taschenlampe, Kind. Ich will den Koffer suchen.«
»Es wird zu viel geredet. Sie verbrauchen den Sauerstoff.«
»Ein Wunder, daß man uns nicht noch das Atmen verbietet.«

Wie kommen ihre Stimmen in den Brunnenschacht? Nicht einmal hier unten hat man vor ihnen Ruhe. Es sind die gleichen, die man am Tag im Haus und in der Nacht im Keller hört, das heisere Geschrei des Luftschutzwarts, das Geflüster der beiden Fräulein aus der Mansarde, Frau Schmidt, die ihren Koffer sucht, das Jammern des Kindes, das Gemurmel von Molders, der in der Dunkelheit betet – immer die gleichen, nur klingen sie heute entstellt und verzerrt, als kämen sie aus weiter Ferne.

»Alle mal herhören. Ich stelle jetzt fest, ob jemand fehlt. Ich rufe die Namen auf, nach der Liste.«
»Ein Appell wie auf dem Kasernenhof!«
»Kann man uns nicht endlich in Ruhe lassen.«
»Es geht der Reihe nach. Frau Schmidt?«
»Was ist denn?«
»Sie soll sich melden.«
»Weshalb denn? Ich bin ja hier.«
»Sind Sie unverletzt?«
»Ja. Aber der Koffer mit meinem Notgepäck ...«
»Was macht das Kind?«
»Es hat einen Schock.«
»Geben Sie ihm ein Beruhigungsmittel, Schwester.«
»Weiter. Herr Molders!«
»Melde mich zur Stelle.«
»Alles in Ordnung?«
»Ich bin ganz ruhig, ich bin vorbereitet. Jeden Morgen, wenn ich das Haus verlasse, sage ich mir, dieser Tag kann dein letzter sein.«
»Notieren Sie, Schwester. Molders einsatzfähig.«
»Fräulein Carstens und Fräulein Grau.«
»Wir sind noch da. Uns ist nichts passiert.«

»Hier ist solch ein Lärm, Fanni, alle reden durcheinander. Ich kann nichts verstehen.«
»Studienrat Kerner!«
»Außer Schürfwunden im Gesicht unverletzt.«
»Desinfizieren, Schwester, verbinden!«
»Sind Sie einsatzbereit?«
»Voll und ganz. Stehe zur Verfügung.«
»Frau Walter!«
»Niemand meldet sich.«
»Hat jemand Frau Walter gesehen?«
»In letzter Zeit ist sie manchmal oben geblieben. Seitdem sie krank ist, kommt sie nicht mehr die steile Kellertreppe hinunter.«
»Wenn sie oben geblieben ist, brauchen wir nicht mehr nach ihr zu suchen.«
»Schreiben Sie auf, Schwester: Walter, Eleonore, fehlt.«
»Hat sich unerlaubt von der Truppe entfernt. Schwänzt ohne Entschuldigung die Schule.«
»Dies ist nicht der rechte Ort, um dumme Witze zu machen, Herr Wolfram!«
»Frau Walter ist seit ein paar Tagen verreist. Sie wollte ihre Tochter besuchen.«
»Bei mir hat sie sich nicht abgemeldet. Wer fehlt noch, Schwester?«
»Herr Kranz.«
»Notieren Sie: Xaver Kranz, Wirt vom ›Goldenen Stern‹. Verletzt beim Einsturz der Decke im Vorratskeller.«
»Sie können Ihre Meldung fertig machen, Herr Luftschutzwart. Fragt sich nur, wo sie die noch abliefern wollen.«

Wie sie durcheinanderreden! Eine knarrende Mühle, durch die immer das gleiche gedreht wird: Worte, Geflüster, Weinen, Geschrei, Glasscherben, Trümmerschutt . . . Wenn man schwächer wird, schärft sich das Gedächtnis. So klar und nüchtern war ich noch nie. Muß die Zeit ausnutzen, ehe die Schmerzen einsetzen. Fühle mich wohl, viel zu leicht für mein Zweizentnergewicht. Kann auf einmal schwimmen, der Strom trägt mich, weder Arme noch Beine muß ich bewegen. Mein Leben lang hab' ich mir immer gewünscht, schwimmen zu können. Nie hab' ich gewußt, wie gut es tut, das eigene Gewicht nicht mehr zu spüren. Werde nicht gefragt, muß mich nicht zur Stelle melden, gehöre nicht mehr dazu. Will zählen, etwas rechnen zur Probe, ob der Verstand noch in Ordnung ist. Kopfrechnen ist schon immer meine Stärke gewesen. Zählen beruhigt, hab' es ausprobiert, wenn ich nicht einschlafen kann. Muß Maria noch Bescheid sagen, daß die Buchhaltung nicht auf dem laufenden ist. Da ist das Sonderkonto für die Sendungen aus Frankreich, die nicht im Hauptbuch erscheinen dürfen. Die letzte Versicherungsprämie ist noch nicht bezahlt, die Miete muß einkassiert werden. Wie das Gedächtnis funktioniert! Hell beleuchtet ist das Oberstübchen, und eben noch konnte sich kaum ein klarer Gedanke durch die Wolken von Alkoholdunst hindurchpflügen. Auch der Geruch verfeinert sich in der Dunkelheit. Er liegt auf der Lauer, schnüffelt am Boden herum, spürt die üblen Düfte aus den Ecken auf: Rattengift, Karbol, Schweiß, versengtes Holz, faulende Kartoffeln. Wittert wie ein Hund, die Schnauze im Dreck, bis er was Angenehmes aufstöbert. Der ausgelaufene Wein muß der gute Burgunder sein, von dem noch zehn Flaschen hinterm Bretterverschlag stehen. Nuits St. Georges, Appellation controllée, Jahrgang 33. Damals war bei uns schon der Teufel los, aber dort unten im Süden reifte der Wein in Sonne und Frieden. Nacht des Sankt Georg. Rotviolette Kellernacht, deren Dunst sich mischt mit Ruß und Staub. Petersilie, Suppengrün. Weiß auf einmal wieder, wie das schmeckt, kann's auf der Zunge spüren. Abschmecken ist immer meine Stärke gewesen. Den Weibern bringt man's nie bei. Noch etwas Salz, Maria, Paprika, Salbei ans Fleisch. Die Suppe kocht viel zu lange. Stell' die Flamme klein. Wir müssen sparen. Auf den Regalen hinterm Bretterverschlag, zu dem nur ich den Schlüssel besitze, stehen die Vorräte, Fett und Fleisch, schwarz gekauft, Gemüse und Kartoffeln, gehamstert, Sülze, Wurst, Eingemachtes. Der teuere Burgunder vermischt sich mit Schutt und Dreck. Niemand wird ihn mehr trinken.

»Hierher, Molders!«
»Wo sind Sie?«
»An der Tür.«
»Wir müssen das Mauerwerk untersuchen.«
»Wo ist die Lampe. Leuchten Sie!«
»Schön einbetoniert haben sie uns hier.«
»Schweißbrenner müßte man haben.«
»Über Spezialgeräte verfügen wir nicht. Müssen uns mit Spaten und Spitzhacken behelfen.«
»Wenn Sie 'ne Freizeitbeschäftigung suchen, zur Beruhigung der Nerven . . .«
»Ich habe Sie nicht nach Ihrer Meinung gefragt, Herr Wolfram. Wir fangen an. Alles einsatzbereit?«
»Möchte um anderweitige Verwendung bitten, Herr Luftschutzwart. Habe wenig Übung mit der Spitzhacke.«
»Der Studienrat kann den Dreck wegschaufeln, den wir von den Wänden herunterschlagen.«
»Nimm das Tuch vors Gesicht, Kind. Es gibt Staub.«
»Die Frauen verhalten sich ruhig. Von jetzt an wird kein Wort mehr gesprochen. Sie sorgen hier für Ordnung, Schwester.«

Ausräuchern das Haus von dem Ungeziefer, das sich in den letzten Jahren eingenistet hat, Mieter, Zwangsmieter, Untermieter! Will nicht länger mit euch zusammengesperrt sein.

Lieber noch einmal allein im Brunnen hocken, wo man nichts hört von eurem Gerede. Jetzt sind sie auf einmal still, wagen kaum zu atmen im Dunkeln. Die Spaten schurren auf dem Stein herum, eintönig fallen die Schläge der Spitzhacken. Gleich werden die ersten anfangen zu husten. Daß man solch eine Qualität von Luft überhaupt noch atmen kann! Ein Bissen Dreck gefällig, eine Schaufel Schutt? Macht euch nicht so viel Mühe. Die dicken Kellerwände haben Leute gebaut, die noch etwas vom Mauern verstanden. Tut etwas anderes, meinetwegen sauft die letzte heilgebliebene Flasche Burgunder aus. Trinkt sie auf mein Wohl, statt uns hier in Staub und Schutt zu ersticken.

»Schwester. Kommen Sie schnell!«
»Was ist denn?«
»Mein Mann. Er kommt zu sich. Er hat sich bewegt.«
»Beruhigen Sie sich, Frau Kranz. Wir können im Augenblick nichts tun.«
»Vielleicht ein Schluck Wasser!«
»Keine Flüssigkeit bei inneren Verletzungen.«
»Hörst du mich, Hans. Ich bin's, Maria. Ich bin bei dir. Du brauchst keine Angst zu haben.«
»Fanni. Die Tropfen, um Himmelswillen schnell!«
»Schwester, meine Freundin bekommt wieder ihren Anfall.«
»Sie sind in der Nachttischschublade links. Ich kann sie nicht finden. Wo ist denn das Licht?«
»Weshalb schreien denn auf einmal alle?«
»Still, Kind!«
»Mach das Fenster auf, Fanni. Ich bekomme keine Luft. Wieviel Uhr ist es, Fanni? Ich wollte, die Nacht wäre vorbei.«

Jetzt husten sie in verschiedenen Tonlagen übereinander hinweg. Bellen wie Hunde. Gleich werden sie den Männern mit den Spitzhacken an die Gurgel springen. Eine Meute geifernder Weiber. Die Schwester hüstelt hinter der hohlen Hand. Marias Stimme klingt heiser, bald wird sie keinen Ton mehr hervorbringen.

»Schluß, Feierabend. Spähtrupp zurück.«
»Was soll das heißen?«
»Unternehmen abgebrochen, ohne Ergebnis.«
»Sie nehmen sofort die Spitzhacke wieder zur Hand.«
»Wenn die anderen weitermachen wollen. Ohne mich.«
»Sie weigern sich, meinen Anweisungen Folge zu leisten?«
»Ich streike.«
»Ich stelle unter Zeugen fest, daß Herr Wolfram ...«
»Stellen Sie nur fest, notieren Sie, merken Sie sich den Fall zur Meldung an höherer Stelle.«
»Sie sabotieren die Bemühungen der Hausgemeinschaft!«
»Aktionen, Arbeitsgruppen, Sondereinsatz, mit dem Unsinn sollen wir nur beschäftigt werden, damit wir nicht auf den naheliegenden Gedanken kommen, daß es hier nichts weiter zu tun gibt als auf den Bänken zu hocken und zu warten.«
»Ihre Worte werden Sie teuer zu stehen kommen, Wolfram!«
»Jetzt ist's aber genug. Hören Sie gut zu, Mann. Wir sind hier unter uns. Hier ist kein Parteibüro, hier kommt Ihnen keiner zur Hilfe. Die Tür nach draußen ist verrammelt, die Wände sind abgedichtet, die Mauern schweigen wie das Grab.«
»Laut Anweisung 104 habe ich das Recht, in Ausnahmefällen ...«
»Lange genug haben Sie uns mit Ihren Paragraphen und Anweisungen schikaniert, mit Ihrem Herumschnüffeln und Spionieren. Meinen Sie, wir wüßten nicht, daß Sie sämtliche Hausschlüssel nachgemacht haben? Man fühlt sich nie mehr allein in

seinen vier Wänden. Da ist immer ein Auge am Schlüsselloch, und wenn man im Dunkeln über den Flur geht, steht plötzlich einer da und sagt: ich habe hier eine Liste. Wenn Sie sich das mal durchsehen wollen, ich komme nachher noch mal vorbei.«

»Ich muß die Schlüssel zu den Wohnungen haben für Notfälle bei Alarm ...«

»Was haben Sie bei uns in der Küche getrieben, als ich auf dem Markt war und Kätta allein in der Wohnung. Das Kind ist zu Tode erschrocken. Sie hat gedacht, ein Einbrecher sei im Haus. Später sagte sie mir: es war nur der Luftschutzwart. Was hat er bei uns zu suchen?«

»Jetzt fangen Sie auch noch an, Frau Schmidt.«

»Ich rate Ihnen, den Mund zu halten. Eins zwei drei steht heute einer auf der Verlustliste. In Ausübung seiner Pflicht ...«

»Ich werde beweisen, daß ich alles versucht habe. Die Schwester ist Zeuge.«

»Was ist denn, Fanni? Weshalb hämmern sie nicht weiter?«

»Sie streiten sich.«

»Das wird noch Mord und Totschlag geben.«

»Was soll denn aus uns werden, Herr Luftschutzwart?«

»Fragen Sie diesen Herrn, Frau Schmidt!«

»Vielleicht ist das ganze ein Strafgericht. Keiner von uns ist ohne Sünde.«

»Bevor ich unter Protest mein Amt niederlege, will ich die anderen Mitglieder der Hausgemeinschaft fragen, ob auch sie mir ihr Vertrauen entziehen. Es wird namentlich abgestimmt.«

»Meinetwegen. Bin gespannt, was wir zu hören bekommen.«

»Herr Studienrat!«

»Wenn Sie mich fragen, ich meine, dies ist nicht der rechte Ort ... Der Ernst der Stunde ... In der Not sollten alle zusammenhalten.«

»Machen Sie's kurz: ja oder nein.«

»Man müßte erst gewisse Vorfragen klären.«

»Sie sind also für den Luftschutzwart.«

»Ich habe diesem Herrn nie viel Sympathie entgegengebracht.«
»Sie sind also gegen ihn?«
»Unter gewissen Umständen.«
»Diese Umstände sind da.«
»Dann bin ich für Absetzung.«
»Wie steht es mit Ihnen, Herr Molders?«
»Ich bin neutral.«
»Hab ich mir gedacht.«
»Aus den Streitereien im Haus habe ich mich immer herausgehalten. Mir geht es um höhere Dinge. In der Stunde der Prüfung sollte sich jeder von uns still zurückziehen, um zu beten und Einkehr zu halten.«
»Ihre Predigten will hier niemand hören. Sie sollen Ihre Stimme abgeben.«
»Der Luftschutzwart soll sein Amt behalten.«
»Das ist auch meine Meinung.«
»Von Ihnen, Schwester, haben wir nichts anderes erwartet. Was ist mit den beiden alten Damen!«
»Was will man von uns, weshalb stört man uns, Fanni?«
»Du sollst deine Stimme abgeben, ob der Luftschutzwart abgesetzt wird oder nicht.«
»Absetzen, sofort absetzen! Ich habe ihn nie leiden können. Er hat einen stechenden Blick und eine unangenehm kreischende Stimme. Er liest heimlich die Post, die der Briefträger unten abgibt. Neulich hat er ein Paket unterschlagen, das mir meine Nichte aus der Schweiz . . .«
»Es steht also drei zu drei.«
»Wie lange wollen sich die Herren noch mit diesem Gesellschaftsspiel unterhalten. Gibt es nicht Wichtigeres zu tun?«
»Wohl Ihnen, wenn Sie noch etwas zu tun wissen, Herr Studienrat.«
»Es fehlt noch Frau Kranz.«
»Nehmen Sie doch Rücksicht. Wir haben hier einen Schwerverletzten.«

»Sind Sie für oder gegen ...«
»Mir ist's gleich.«
»Die Frau ist unzurechnungsfähig.«
»Unzurechnungsfähig? Das könnte Ihnen so passen. Wir wohnen hier am längsten im Haus. Wir kennen die Vergangenheit dieses sauberen Herrn. Wir wissen, was er getrieben hat, bevor er den Posten bei der Partei bekam.«
»Ich erhebe Einspruch.«
»Ich weiß, was ich sage, habe meine Sinne beisammen. Wenn mein Mann reden könnte ...«
»Ich ziehe mich zurück. Bin für nichts mehr verantwortlich, was hier geschieht. Halten Sie sich an Herrn Wolfram.«
»Ich habe nicht die Absicht, Weisungen zu erteilen.«
»Sollen wir denn gar nichts mehr tun?«
»Es muß etwas geschehen. Wir können doch nicht einfach herumsitzen.«
»Zwei Uhr dreißig. Der Alarm muß längst vorüber sein. Man wird versuchen, uns zu Hilfe zu kommen. Wir müssen warten.«
»Warten, im Dunkeln, hocken, vor sich hinstarren, die Hände im Schoß.«
»Warten, bis einem die Luft ausgeht.«
»Das hält ja kein Mensch aus.«
»Machen Sie die Augen zu. Vielleicht können Sie schlafen.«
»Wachet und betet!«
»Beten Sie für die anderen mit, Molders, aber, wenn's möglich ist, stumm.«
»Schwester!«
»Was gibt es?«
»Kommen Sie bitte. Mein Mann ...«
»Gehen Sie zur Seite.«
»Er atmet so sonderbar.«
»Ich werde ihm eine Spritze geben.«
»Man muß den Arm abbinden.«

»Es tut nicht weh, Hans, ist gleich vorbei.«
»Sie werden jetzt ruhig schlafen, Herr Kranz!«

Nennt man das Schlaf bei euch, Schwester, dies Zentnergewicht, das ihr mir angehängt habt, um mich zu ersäufen. Kann nicht länger schwimmen mit diesen Armen und Beinen aus Blei, bekomme keine Luft mehr, ertrinke! Das gemeine Ding mit der weißen Haube und dem Kräuselhaar will mich umbringen. Ist von Maria angestiftet. Es tut nicht weh, Hans, ist gleich vorbei! Gift habt ihr mir ins Blut gemischt. Weshalb ist es auf einmal so still? Keine Stimmen, keine Hammerschläge, kein Scharren der Schaufel im Schutt? Nicht einmal der Tropfen fällt mehr von der feuchten Wand in die Pfütze, die sich auf dem Boden gebildet hat. Stockfinstere Nacht im Brunnenschacht. In der Lunge giftiger Staub statt der Luft, Sauerstoff müßte man haben. In der Werkstatt steht noch eine verstaubte Flasche. Habe mal Sauerstoff eingeatmet durch einen Schlauch. Roch nach nichts, schmeckte abgestanden und fade. Luft ist mir lieber, frostklare Winterluft. Ist's da oben Tag oder Nacht, Sommer oder Winter? Die Hundstage sind noch nicht lange vorbei. Bei der Hitze kommt man um vor Durst. Der Schweiß läuft einem in Bächen übers Gesicht beim Kochen auf dem Kohlenherd. Das Fleisch ist schon wieder verdorben. Sie liefern schon lange kein Eis mehr. Bald kommt der Winter, dann holen es die Kinder in Blöcken vom zugefrorenen Fluß. Solch eine furchtbare Kälte wie in diesem Jahr haben wir hier noch niemals gehabt. Sie haben mir die Kleider ausgezogen und mich nackt in den Schnee gelegt. Wo ist mein Mantel, Maria, gib mir eine Decke, ich friere, hab' Schüttelfrost. Den Eisklumpen, der sich festgesetzt hat, in meiner Brust, taut auch die Hundstagssonne nicht auf.

»Schwester, um Himmels willen, was ist mit ihm?«
»Seien Sie still.«
»Ist er bewußtlos?«
»Hat der Puls ausgesetzt?«
»Atmet er nicht mehr?«
»Er hat ausgelitten.«
»Exitus.«
»Keiner kann ihm mehr helfen.«
»Laß mich nicht allein, Hans, verlaß mich nicht!«
»Beruhigen Sie sich, Frau Kranz!«
»Ist wieder jemand gestorben im Haus, Fanni?«
»Der Wirt vom ›Goldenen Stern‹!«
»Ich will ihm eine Kerze stiften. Sie liegen links hinten in der Nachttischschublade! Jedesmal, wenn es im Hause einen Trauerfall gibt, zünde ich eine Kerze an. Mein Vorrat geht noch lange nicht aus!«

Sehr fern, aber eindringlich, eigensinnig wie das Brummen einer Fliege, die sich in langsam enger werdenden Kreisen dem Ohr nähert, klang das Stackern des Steinbohrers, der sich durch die Berge von Trümmerschutt allmählich tiefer fraß. Ein Geräusch, wie man es von jeder Baustelle her kennt, doch den im Keller Eingeschlossenen waren die Signale der Außenwelt fremd geworden. Sie zogen die Schultern hoch und schlugen die Hände vors Gesicht, als erwarteten sie einen neuen Bombeneinschlag. Erst als das Geräusch sich wieder entfernte, entstand Unruhe im Raum. Die Männer erhoben sich von ihren Plätzen, die Frauen richteten den Blick zur Decke. Später konnte keiner von ihnen mehr sagen, aus welchem Grund sie ihren Befreiern nicht durch Rufe und Klopfzeichen bei ihrer Suche halfen. Als sich das Bohrgeräusch in der hallenden Kuppel, die sich über ihren Köpfen zu wölben schien, verloren hatte, hob Herr Wolfram den Kopf und murmelte »Idioten«, als beschimpfe er

einen Handwerker, der sich als Nichtskönner herausgestellt hat. Der Luftschutzwart schreckte aus seiner Erstarrung auf, trommelte mit den Fäusten gegen die Wand und stieß mit den Füßen gegen die verklemmte Stahltür.
»Aufmachen«, schrie er, »sofort aufmachen!«
Nach diesem Ausbruch, dem kein Echo folgte, wurde es wieder still im Keller, bis aus einer höheren Sphäre der Kuppel über ihnen ein Zischen von einem Luftgebläse oder einem Feuerstrahl drang.
»Schweißbrenner«, bemerkte Herr Wolfram.
Das Zischen erstarb. Als sie ein paar Minuten später das Geräusch der ersten Spatenstiche hörten, fingen alle Frauen wie auf ein Zeichen im gleichen Augenblick zu schreien an. Ein Regen von Steinstaub und kleinen Mauersteinen ging auf sie nieder. Das Licht flammte auf. Sie starrten sich verstört in die schmutzigen, schweißverschmierten Gesichter. Von oben rief eine Stimme: »Ist da jemand?«
Der Luftschutzwart setzte seinen Helm auf, ging mit steifen Knien zur Tür und nahm vor den noch unsichtbaren Männern des Rettungstrupps Haltung an. Mit überlauter Stimme meldete er:
»Hausgemeinschaft Finsterbachstraße sieben im Luftschutzkeller verschüttet. Zehn Personen unverletzt. Ein Toter.«

9

»Ist hier niemand?«
»Dumme Frage!«
»Man kann läuten und klopfen, solange man will.«
»Sie schlafen den Schlummer der Gerechten.«
»Ein schönes Unfallkrankenhaus!«
»Du bist wohl neu hier, kennst den Betrieb nicht.«
»Es kommt auf jede Minute an!«
»Das denkt man, solange man neu ist. Sei erst mal zwanzig Jahre im Dienst wie ich.«
»Es muß doch eine Nachtwache geben und einen Arzt vom Dienst. Drüben, in der Chirurgischen . . .«
»Drüben ist nicht hüben. Merke dir: dies ist der älteste, klapprigste Kasten im Klinikviertel.«
»Jetzt machen sie Licht auf dem Flur.«
»Die Nachtwache holt den Hausschlüssel.«
»Gibt es keinen Pförtner?«
»Eingezogen, eingespart.«
»Sie öffnen das Fenster auf dem Flur.«
»Was gibt's denn schon wieder?«
»Zwei Zugänge.«
»Ich werfe den Schlüssel hinunter. Bringen Sie die Bahren ins Haus.«
»Also ran, mein Junge. Hast du den Schlüssel gefunden? Er liegt immer an der gleichen Stelle, an der Mauer, zwischen den Glyzinien.«
»Da sind Sie ja, Schwester!«
»Was sind das für Zugänge?«
»Eine Frau aus der Finsterbachstraße. Innere Verletzungen. Bombensplitter.«

»Da müssen Sie in die Chirurgische. Unser Doktor operiert nur in Ausnahmefällen.«
»Ist wohl noch ein halber Famulus, so ein Kriegsdoktorchen, etwas schwach auf der Brust.«
»Schaffen Sie die Frau ins Untersuchungszimmer. Was ist mit dem zweiten Zugang?«
»Ein Mädchen, zwölf Jahre alt. Brandverletzungen am Arm.«
»Abteilung III. Damit haben wir nichts zu tun.«
»Wer ist denn jetzt auf der III?«
»Eine Freiwillige, eine Dame. Hat im ersten Krieg Lazarettdienst gemacht. Keine Ahnung von Krankenpflege.«
»Die Kleine braucht eine Beruhigungsspritze.«
»Das entscheidet der Doktor, nicht Sie.«
In der Mitte des Treppenhauses, in einem Käfiggitter, hing ein altmodischer Aufzug. Aber der Strom war ausgefallen, die Männer mußten die Bahre über die ausgetretenen Stufen ins zweite Stockwerk tragen. Ein Arm der bewußtlosen Frau fiel von der Bahre, pendelte hin und her, die Schwester hob ihn gleichgültig auf wie einen zu Boden gefallenen Gegenstand und legte ihn an seinen Platz zurück. Margaret wollte allein, ohne Hilfe und Stütze, die Treppe hinaufgehen, sie zog sich am Geländer hoch, niemand durfte sie anfassen. Als sie in den Schacht mit dem Aufzug hinunterblickte, schoß vor ihren Augen noch einmal die Flammensäule aus dem Treppenhaus der Brunnenstraße empor. Sie blieb stehen, zitterte, schloß die Lider und schluchzte.
»Es läutet auf Abteilung II. Eine Entbindung. Ich muß nachsehen. Du, Kind, setze dich auf diese Bank und warte, bis ich wiederkomme.«
Die Tür gegenüber der Bank hatte die Aufschrift »Wartezimmer«. An der weißen Wand des Flurs, dicht über Margarets Augen, hing ein Bild, auf dem die Berge brannten. Der Schnee auf ihren Gipfeln schmolz im Feuer der Sonne, die Glut floß ins Wasser des Bergsees, vermischte sich mit den Wellen. Unter

dem Bild stand ›Alpenglühen am Wolfgangssee‹. Wenn nicht die Berge lichterloh gebrannt hätten, wäre das kleine Bild Margaret nicht aufgefallen. Neben dem Wartezimmer stand ein Ding, halb Stuhl, halb Wagen, mit weißem Stoff bespannt, bei dessen Anblick sich ihr vor Grauen die Härchen auf den Armen sträubten. Hinter der halb offenstehenden Tür entdeckte sie einen Glastisch mit Ampullen, Spritzen, Instrumenten. Über der Tür blinkte in regelmäßigen Abständen eine Lampe mit der Nummer 49 auf. Niemand erschien, um das Licht auszumachen, es flackerte weiter, rief um Hilfe.
War sie, Margaret, gemeint? Ihr verbundener Arm mit der Brandwunde schmerzte, aus ihrem Haar fielen Aschenflocken. Als sie ihr rußverschmiertes Gesicht in der spiegelnden Scheibe der Tür erkannte, fing sie zu weinen an. So schmutzig sahen nicht einmal Jossi und Nicki aus, wenn sie von einer Rauferei auf der Straße heimkamen. Margaret liebte die Sauberkeit, zu Hause machten sie sich darüber lustig, wie oft sie sich wusch, man nannte sie Seifenbaby. Sie ekelte sich, wenn sie die blutverkrusteten Knie der Jungen sah, ihr wurde übel vor den verschimmelten Speiseresten, die Rosa in den Abfalleimer warf. Sie ekelte sich vor den Behältern, Tuben und Flaschen mit den Salben und Schönheitswässern, die ihre Stiefmutter benutzte. Wo sie sich wohl jetzt herumtrieb, die Frau Doktor, auf ihrer Geschäftsreise, auf der Margarets Vater sie begleiten mußte?
»Es geschieht ihr recht«, sagte Margaret plötzlich laut auf dem stillen weißen Flur, über dem das Lämpchen mit der Nummer 49 zuckte. Wenn sie morgen wiederkam, war das Haus mit Jossi und Nicki weggewischt, spurlos verschwunden wie das Schloß, das Margaret im Traum mit dem Schlitten besuchte. Sie hörte zu weinen auf, sie fand es nicht mehr so schlimm. Menschen sind nicht anders als Dinge. Eines Tages verliert sie einer, läßt sie draußen im Regen liegen, wo sie verderben. Das Haus der Frau Doktor war abgebrannt. Jossi und Nicki vom Erdboden verschwunden. Margaret vermied es, an die Häuflein auf den

Bahren unter den Wolldecken zu denken. Nichts war übriggeblieben, kein Rest, den man beseitigen mußte. Weg waren sie, ausgepustet wie die Lebenslichter auf den Geburtstagskuchen. Ihre Mutter, die bei ihrer Geburt gestorben war, hatte sie auch nie gesehen. Die Welt bestand aus solchen, die man sah, und solchen, die unsichtbar blieben. Dazu gehörten die Mutter, Jossi und Nicki. Wer weiß, vielleicht trafen sie jetzt irgendwo zusammen, wo die Lebenden nicht hinschauen konnten, und Margarets Mutter nahm sich der kleinen Stiefbrüder an. Vielleicht hatten Jossi und Nicki es besser als sie, die verlassen auf der Bank im übelriechenden Flur des Krankenhauses hockte.
Margaret stand auf. Das immer noch zuckende Lichtauge mit der Zahl 49 trieb sie über den schwach erleuchteten Flur. In diesem Stockwerk lagen die Zimmer mit den Nummern 19–33, sie mußte die Treppe hinaufsteigen, niemand sah ihr zu, wie sie sich am Geländer hochzog. Der Ruf galt ihr, jetzt wußte sie es, jemand brauchte ihre Hilfe. Hinter der Tür mit der Nummer 49, die sie finden mußte, war das Geheimnis verborgen, nach dem sie immer vergeblich gesucht hatte. Das dritte Stockwerk glich dem zweiten genau bis auf eine gläserne Schwingtür, die einen Teil des Flurs abtrennte. Hinter dieser Tür lag die Nummer 49, man konnte es sich an den Zahlen der anderen Zimmer ausrechnen. Sie schlüpfte durch die Glastür, blieb stehen, fuhr zurück.
Auf einer ebenso harten, weißgestrichenen Bank wie der im zweiten Stock, auf der sie gewartet hatte, saß ein Mann in einer Uniform, die Mütze lag, mit der Innenseite nach oben, auf seinen Knien, so, als wolle er Geld einsammeln. Er war so dick, daß er den Platz der halben Bank einnahm, er schwitzte, sein Gesicht war tomatenrot, er glotzte nach der Tür mit der Nummer 49, aus der in diesem Augenblick eine Schwester mit einem verhüllten Becken trat. Der Mann sprang auf, sie schüttelte den Kopf und sagte: »Noch nicht, noch immer nicht.« Sie ging ins

Nebenzimmer, wo die gleichen Glastische mit Ampullen und Instrumenten standen wie ein Stockwerk tiefer, sie kam wieder, Margaret hatte sich hinter der Schwingtür versteckt.

»Gehen Sie zu Bett, Herr Keller«, sagte die Schwester, »Sie erhalten Nachricht, wir haben Ihre Adresse.«

Aber der Mann schien taub zu sein, er blieb hocken, die Mütze fiel auf den Boden, Margaret wäre gern zu ihm gelaufen, um sie aufzuheben.

Auf einmal wußte sie, was hinter der Tür von Nummer 49 vorging. Ein Kind wurde geboren. In einem Zimmer, schmal wie ein Schlauch, lag eine Frau auf einem eisernen Bettgestell und wand sich in Krämpfen. Margaret wußte, daß die Kinder aus dem Mutterschoß kommen, Rosa hatte es ihr erzählt. Sie mußte sich an die Wand lehnen, weil ihr plötzlich schwindlig geworden war. Sie hatte einen wunderbaren Gedanken. Die Frau, die sich auf dem Bettgestell von Nr. 49 wand, war ihre eigene Mutter. Sie hatte sie gefunden, endlich zu ihr zurückgefunden. Nur um sie herzulocken, hatten die Lichtsignale von Nummer 49 gezuckt. Doch wenn die Frau auf dem Bettgestell ihre Mutter war, mußte das Kind, das sie zur Welt brachte, sie selber, Margaret, sein. Erlebte sie hier ihre eigene Geburt? Sie war schon wieder dem Weinen nahe, sie schloß die Augen, sah einen roten Fluß vor sich, der sich in zahllosen Äderchen über das Land verteilte. Der Fluß strömte träge dahin, an seinem Ufer standen Weiden. Statt des Saftes, der die Blätter und Zweige grün färbte, stieg Blut in ihren Stämmen hoch.

Auf dem Flur, hinter der Schwingtür, entstand Bewegung. Sie rollten einen Wagen über das Linoleum vor die Tür von Nummer 49. Margaret war noch nicht aus ihrem Traum erwacht, als ein Schrei die dumpfe Stille des Korridors zerriß. Er schien von weither zu kommen, vom anderen Ufer des roten Flusses. Wild und tierisch klang er, und der ganze Flur roch plötzlich nach Blut. Der Mann fuhr von seiner Bank auf, er schwankte, hob die Uniformmütze vom Boden auf und setzte sie auf den Kopf, weil er keinen anderen Platz für sie fand. Er hämmerte mit Fäusten gegen die Tür von Nummer 49. Von innen öffnete man. Die Stimme einer alten Schwester, die wie ein Mann sprach, sagte: »Ein Sohn.« Der Arzt, der die ganze Zeit über im Zimmer gewesen sein mußte, rief leise, aber überdeutlich: »Sauerstoff!« Hierauf ertönten Trippelschritte, wieder rollten sie einen Wagen mit einem verhüllten Gerät aus dem Nebenraum.

»Was machst du denn hier, Kind, wo kommst du her?«

Es war die alte Schwester, die Margaret an der Glastür entdeckt hatte. Sie sah furchterregend aus, wie der Wolf unter der Haube von Rotkäppchens Großmutter, mit einer Riesennase und tief eingekerbten Mundwinkeln.

»Ich sollte unten warten.«

Der scharfe, farblose Blick der Schwester streifte den verbundenen Arm und das ruß- und blutverschmierte Gesicht. »Du kommst mit. Wir gehen zu den anderen Kindern.« Sie führte Margaret eine Hintertreppe hinunter, auf der es nach Essen roch.

»Ich will nicht zu den anderen Kindern, ich gehöre nicht zu ihnen.«

Die alte Schwester hatte es längst verlernt, auf das zu hören, was die Patienten sagen. Ihre ausgefransten Pilzohren, die unter der Haube hervorschauten, waren für alles taub, was nicht von den Ärzten kam. Hinten war sie ebenso breit wie Rosa, und doch zweifelte Margaret, ob diese Schwester nicht in Wirklichkeit ein Mann war, der sich als Frau mit Haube und Kittelschürze verkleidet hat.

»Lebt das Kind?« fragte Margaret. Sie erhielt keine Antwort. Ihre Hand streifte die harten Blätter einer Pflanze, die in einem zugigen Durchgang aufgestellt war.

»Aber die Mutter wird sterben«, sagte sie leise.

Schon längst wußte sie nicht mehr, in welchem Teil des ausgedehnten Gebäudes sie sich befanden. Weit war sie herumgeführt worden im Irrgarten des Krankenhauses, nie würde sie

die Nummer 49 wiederfinden, keine Lichtsignale und Hilferufe erreichten sie mehr. Als die alte Schwester die Personalien auf einem Formular aufnehmen wollte, sagte Margaret nicht, wie sie hieß. Von heute an würde sie sich einen anderen Namen zulegen, aber es war schwer, in der Eile einen zu finden. Und die Wohnung? Was ging es die alte Schwester mit den ausgefransten Ohren und der Wolfstimme an, daß das Haus in der Blumenstraße abgebrannt war. »Keine!« sagte Margaret.
Die Schwester schüttelte den Kopf.

Die Pistole am Koppel im Lederfutteral drückt im Kreuz: er hat sie zu weit nach hinten geschoben, niemand soll sie sehen in diesem Haus mit den weißen Schwesternengeln! Der harte Druck im Rücken tut gut, sogar im Halbschlaf wird man daran erinnert, daß sie noch da ist, die treue Begleiterin. Sie ist die dritte, ab und zu muß man wechseln, wenn es auch schwerfällt. Von seiner ersten hat er sich nur ungern getrennt. Man ist anhänglich und läßt die Gefährtin so vieler wilder Nächte nicht ohne Notwendigkeit im Stich. Die jetzige ist kleiner, aber sicherer, ein neues Modell, Spezialanfertigung für Leute, die das Zielen gut und genau gelernt haben. Wenn auch die Hand in letzter Zeit manchmal etwas zittert, auf das Auge kann er sich noch immer verlassen.
Kleiner Liebling im Futteral, ist noch jungfräulich, hat noch keine tödliche Tuchfühlung gehabt. Den vierschrötigen braven Dienstrevolver, den sie beim Sturm verteilten, nannten sie früher immer ›meine Braut‹. Der Braut gab man einen Namen, seine erste hieß Klara, die zweite Thusnelda, ein übermütiges Ding, das nie lange ruhig an seinem Platz blieb. Wollte benutzt, ausgenutzt sein, nicht lagern, nicht rosten! Kann sich nicht beklagen, die Thusnelda, hat manchen Streich mitgemacht, manchen zur Strecke gebracht, ein guter Kamerad, mit ihr konnte man Pferde stehlen!

Für die dritte, die kleinere schärfere Schwester, die er jetzt am Koppel trägt, hat er noch keinen Namen, sie soll so heißen wie sein Sohn, wird zugleich mit ihm getauft werden. Unsinn, das Getue mit der Braut, wo es doch nichts Männlicheres gibt als eine Pistole. Nachher, wenn das blutige, schmerzhafte Zwischenspiel da drinnen vorbei ist und Mathilde in ihren Erschöpfungsschlummer versinkt, wird er auf der Straße vorm Krankenhaus dreimal Salut in den Mondhimmel schießen, dreimal Salut mit der frischgetauften Pistole. Friedrich Wilhelm soll sie heißen, diesmal ist's keine Braut, man kommt in die Jahre. Diesmal trägt er das Söhnlein selbst mit sich in der Ledertasche. Wird ein ebenso prächtiger Kamerad wie die Thusnelda, ist ihr Bruder, eine hübsche Familie aus blankem Stahl, die noch weiter anwachsen wird. Mit Friedrich Wilhelm wird er auf Jagd gehen, durch die graugrünen Menschenwälder, sie beide werden sich einen Platz an der Sonne schaffen.
Der Kaffee bei Rosa vorhin hat nichts genützt. Er ist immer noch blau, kann kaum die Zahl über der Zimmertür lesen. Die harte Bank unterm Hintern fängt immer wieder zu schaukeln an, eine Planke im offenen Meer, an die er sich wie ein Schiffbrüchiger anklammern muß. Dabei steht es da drinnen noch immer nicht gut. So still wie diesmal war es noch nie, haben auch ein Gerät hineingeschafft, das ihm unbekannt ist. Die alte Schwester, der Dragoner, hat vorhin ohne Worte mit ihren stechenden grauen Augen gesagt, daß es nicht zum Besten stehe mit Mathilde. Alte Weiber haben oft einen abschätzigen Blick für die Väter, die draußen auf der Bank sitzen und ab und zu sogar ein Nickerchen machen. Was ist nur los? Wenn nicht gleich eine herauskommt, wird er die Tür einrennen, schließlich hat er ein Recht ... Niemand wird ihn abweisen, und wenn er sich den Weg mit der Pistole bahnen müßte. Hätte Lust, diesen hochnäsigen Jungarzt da drinnen, der nichts von seinem Handwerk versteht, mal etwas Händehoch, Liegestütz und Freiübungen machen zu lassen. Endlich läßt sich wieder mal

jemand von Nummer 49 blicken, auch eine Weißschürze, eine Junge mit Christkindllocken, die hat er noch nie gesehen. Sie geht langsam, schwebt wie ein Englein, scheint es nicht eben eilig zu haben. Kommt auf ihn zu, lächelt nicht, hat diese unerträgliche, lammsgeduldige Sanftmut im Blick, ein Lämmchen mit Locken, Opferlamm. Er wird ihr Beine machen, sie soll sich tummeln. Weg da, zum Telefon, und endlich den Chefarzt aus den Federn geholt, es geht um die Mutter seiner Söhne, um sein eignes Mütterlein, dick, gutmütig, geduldig und voller Nachsicht mit den Unarten ihres Sprößlings.
Tummle dich, mein Lämmchen. Aber sie wird immer langsamer, die Schürze blendet, kein Flecken, frisch gestärkt, am Kragen glitzert die Brosche, auch an der Haube glänzt etwas, Lametta im Engelshaar. Erst jetzt springt er auf, fährt zusammen. Er ist's, den sie sucht, zu ihm ist sie ausgesandt, die sanfte, lockige Botin. Sie bleibt vor ihm stehen, sieht ihn an mit ihren leeren Sternaugen und sagt: »Der Herr Doktor möchte Sie sprechen.«
Kein Wort mehr, oder ich schieße. Wenn dieser Doktor jetzt die Tür aufmacht und mir mit seiner widerlichen feuchten Pfote die Hand zum Beileid drückt, ziehe ich die Pistole und drücke ab. Niemand soll es wagen, mir nahezukommen. Keiner soll es mir beibringen, ich weiß Bescheid. Vorsicht, bissiger Hund, tollwütiger Hund, toll vor Schmerz, der nicht weh tut, nur so ein Ring um das Herz ist, ein Krampf. Sie sollen es nur wagen, die Tür zu öffnen und mich anzusprechen, dann wird dies stille Haus ein Feuerwerk erleben, das die Bewußtlosen in ihren Sterbebadezimmern aufweckt. Mit der Waffe halte ich mir euch alle vom Leib, das Geschmeiß, die Mörder, Muttermörder. Von jetzt an wird sie meine einzige Begleitung sein, die letzte Liebe. Ich weiß Bescheid, habe schon lange die Wahrheit gewußt, seitdem ich hier sitze und warte. Ist nichts als ein lausiger Zufall, ein verdammter Kunstfehler von diesem Doktorjüngelchen, werde ihn verklagen. Bleibt mir vom Leib,

auch du, Engel im lockigen Haar, schafft den Doktor fort, raus mit dem ganzen Gesindel, ich will allein mit meiner Mathilde sein.

Er schoß wirklich, aber erst später, draußen vor der Pforte, im verwilderten Garten, den die Krankenhausluft allmählich verdorren ließ, in die Glyzinien, die tränenden Herzen, schoß Salut für seinen Sohn und für die tote Mutter, nicht in den Mondhimmel, sondern zwischen die Ranken in die blühenden Dolden. Laub zerriß, ein Regen blaßvioletter Blüten fiel auf ihn nieder, grauer Putz bröckelte von der Wand, eine Fensterscheibe zerbrach. Das Geschoß blieb in der Mauer stecken. Da kamen sie schon von der Pforte her, der Arzt und die Nachtwache. Es gelang ihnen, ihn zu entwaffnen, auf der Bank am Rondell brach er nieder und schluchzte. Sie hatten ihm die Pistole genommen, er hatte die letzte Gefährtin, die von jetzt an sein Leben teilen sollte, verloren.

Eine Unruhe wie vor einem Gewitter. Rascheln von Papier, Geflüster, Trippeln und Kichern auf der Veranda, wo die kleineren Kinder liegen. Wenn die Katze weg ist, tanzen die Mäuse auf dem Tisch. Doch sie tanzen nicht aus Übermut, sie haben Angst, sie sind aufgewacht. Was für eine Schleppe schleift da über den Fliesenboden, was für ein Wind bewegt den Verdunkelungsvorhang? Hat da nicht eben eine Fensterscheibe geklirrt, flog ein Stein gegen die Mauer, zerbrach das Glas? Kein Stein, es klang schärfer, schneidender, heller, und gleich darauf grölte einer vorm Haus, und man hörte die Schwester in ihrem Watschelschritt die Treppen hinunterlaufen. Der Club in der Ecke hinter der Blattfächerpflanze steckt im Dunkeln die Köpfe zusammen, flüstert, lacht. Andere Kinder, die schlafen möchten, rufen »still«! Zwergengewisper, Koboldgekicher, und dazwischen die wilde Jagd der nackten Füße auf dem Steinboden von einem Bett zum anderen! Sie möchten das alte Haus verlassen, das Schiff, das untergeht in der Nacht, durch die Fenster ins Freie springen, an den Ranken der Glyzinien hinunterklettern. Bald wissen es alle, was sich die Älteren in der Ecke hinter den Blattpflanzen zuflüstern: jemand hat geschossen, draußen fiel ein Schuß. Wären es mehrere Schüsse hintereinander gewesen, die Salve eines Maschinengewehrs, das Geknatter eines leichten Flakgeschützes, keines der Kinder hätte darauf geachtet. Doch die Stille, die dem Schuß folgte, ließ sie aufhorchen. Hatte der Schütze draußen vor der Pforte sein Ziel getroffen? Solch ein Schuß ist etwas Rundes und Glattes, etwas Lustiges: Schuß aus dem Luftgewehr nach den Spatzen auf den Dächern, Schuß aus der Kinderkanone. Auf der Veranda spielten sie jeden Nachmittag, wenn die Schwester nicht aufpaßte, Krieg. Kissenschlacht, Papierkugelschlacht, manchmal flogen auch Kieselsteine aus dem Vorgarten des Krankenhauses hin und her. Ein Schuß ist vor der Pforte gefallen. Wer liegt jetzt unten im Garten, mit dem Blei im Bauch?

Schnell unter die Decke, gleichmäßig tief Atem holen! Es kommt die Katz', die alte Kätzin mit dem Schnurrbart, der sie die Schwesternhaube aufgesetzt haben. Sie schleicht, hat Samtpfoten, Gummisohlen. Leichtfüßig geht sie, obgleich sie so dick ist, als hätte sie drei Junge im Bauch. Hat eine schöne Stimme, ist warm und weich, als hätte sie den ganzen Tag in der Sonne gelegen. Ist alt, hundert Jahre, sagen die Kleinen, spricht eine verzauberte Sprache mit singenden a, o und u und scharfen Zischlauten, Spielsprache, Märchensprache, die sie für sich und die Kinder erfunden hat, damit die Erwachsenen sie nicht verstehen. Die Kinder vom Club in der Blattpflanzenecke wissen es längst: sie ist keine richtige Schwester, abends oder morgens früh faltet sie die Schürze zusammen und wird, was sie immer war, die Prinzessin.

Da kommt sie durch den Mittelgang zwischen den Betten mit ihrem Licht, macht ›pst‹, zieht die Decken zurecht, legt den Finger auf den Mund. Sie kommt schnell vorwärts, trägt nicht schwer an ihrem Gewicht.

»Ihr sollt doch schlafen!«

Aber die Kinder sind jetzt hellwach, munter und aufgeregt, man kann sie kaum mehr in den Betten halten.

»Draußen hat es geschossen.«

»Das habt ihr geträumt.«

»Jemand hat um Hilfe gerufen an der Pforte.«

»Ein Fenster ist zerbrochen.«

»Das war der Wind.«

»Mir ist heiß, Schwester!«

»Wasser bitte, nur einen Schluck!«

»Mach den Vorhang auf, Schwester. Wir wollen den Mond sehen.«

»Eine Geschichte, Schwester, eine halbe, eine viertel Geschichte!«

»Ihr weckt die anderen auf!«

»Hier schläft niemand außer der Neuen. Die haben sie vorhin erst gebracht. Sie mußten sie ausziehen wie eine Puppe.«

»Eben hat sie gestöhnt. Vielleicht ist ihr schlecht, vielleicht braucht sie die Schüssel.«

»Ihre Kleider riechen nach Rauch, angebrannt. Sie hat schmutzige Füße. Man müßte sie baden.«

»Sie soll weg, Schwester, wir mögen keine Neuen.«

»Eine Ausgebombte.«

»Durchs Feuer gelaufen, den Rock über den Kopf geschlagen gegen den Funkenflug. Das nützt, sagt meine Tante.«

»Unser Haus ist schon lange abgebrannt.«

»Unseres noch länger.« – »Unseres steht noch.«

»In unserem Viertel ist noch nie eine Bombe gefallen.«

»Wir wohnen am Ostbahnhof. Jede Nacht gehen da welche runter. Mein Vater ist Bahnbeamter.«

»Wir wohnen jetzt in einer Baracke am Wald. Wir haben sogar einen Garten.«

»Eine Geschichte, Schwester, eine halbe, eine viertel Geschichte. Dann schlafen wir wieder ein.«

Der Mond hinterm vielfach geteilten Verandagitter, umrahmt vom eisernen Rankengeflecht der Lilien und Rosen, ist hinter den Scheiben gefangen, kann nicht zu ihnen herein. Sie sitzt am Mittelfenster des Glashauses, die alte Prinzessin, die Kinder sehen ihr Profil gegen den aufgelichteten Himmel; wenn sie sich bewegt, bekommt ihr Auge ein wenig Glanz, sie hat nur eines, denn sie sehen sie von der Seite. Vielleicht ist sie einäugig, Prinzessin Einauge! Ihre Stimme ist Musik, man braucht nicht hinzuhören auf das, was sie sagt. Was sie hier tun, ist verboten, die Stationsschwester darf es nicht wissen. Die Prinzessin spricht leise, sie singt ein einschläferndes Lied, die Kinder horchen auf die aufsteigende und absinkende Melodie, nur ab und zu verstehen sie die Worte.

Der Mondgärtner

»Es war einmal ein Gärtner, der pflegte den Park eines der Lustschlösser des großen Kalifen. Den ganzen Tag über pflanzte er Rosen, begoß die Blumen, zog schattenspendende Bäume groß. Eines Tages hielt er es nicht länger hinter der hohen Mauer des Gartens aus. Heimlich schlüpfte er durch das Gittertor ins Freie. Er lief die staubige Straße hinunter bis zu den letzten Hütten der Stadt. Er war entsetzt von der Öde und Hitze, vom Lärm und Gedränge, vom Staub und der Armut, die ihn umgab. Bis zu den Hütten aus gebackenem Lehm schob sich mit seinen schorfigen Buckeln, Auswüchsen und Tatzen das Ungeheuer der Wüste. Die Sonne brannte auf den glühenden Sand nieder, der Gärtner drückte seinen Strohhut tiefer in die Stirn. Er hatte auch seine Gießkanne mitgenommen wie immer, wenn er durch den Garten ging. Er bestieg einen der

Sandberge, ein trockener Wind blies ihm den Wüstenstaub ins Gesicht, er mußte husten, seine Kehle brannte vor Durst. Man müßte hier Gräben ziehen und das Wasser in ein weitverzweigtes System von Kanälen leiten, dachte er. In seiner Gießkanne war nur noch wenig Wasser, in der Schürze fand er eine Tüte mit allerlei Samen und Knollen. Einige Samen ließ er in den Sand fallen und begoß sie mit ein paar Wassertropfen. Sogleich wuchs aus dem Boden eine Pflanze hervor mit zwei grünen Keimblättern, schoß in die Höhe, so schnell, daß er dabei zuschauen konnte. Vor seinen Augen rankte sie sich in den Himmel empor. Ihre Blätter und Zweige verstrickten sich zu Sprossen einer Leiter, sie bekam immer neue Knospen und blaue Blütenkelche, es war eine Windensorte, wie er sie im Garten des Kalifen an der Glaswand eines der Gewächshäuser zog. Der Abend kam. Über den gefleckten, räudigen Wüstenhügeln stieg übergroß und fiebrig rot die Scheibe des Mondes hoch. Mit dem Einbruch der Dunkelheit war es kalt geworden, der Wind trieb den Sand von den Kämmen der Hügel auf, in der Ferne schrien Raubtiere. Der Gärtner grub sich in den Sand ein und legte sich auf den Rücken. Er blickte in den mit Sternensplittern besäten Nachthimmel auf. Die Pflanze war jetzt so hoch gewachsen, daß ihre Ranken und Blüten den Mond umkränzten. Er glich einem riesigen Ei in einem locker zusammengefügten Nest. Der Gärtner bekam Lust, an den Zweigen des Himmelsbaumes emporzuklettern. Die ersten Sprossen gaben ein wenig nach, doch je höher er stieg, desto fester wurde das Geflecht der Ranken. Er hangelte sich von einer Sprosse zur anderen, der Baum nahm jedoch kein Ende, verzweigte sich über den ganzen Himmel. Plötzlich begann der Himmelsbaum zu schwanken, ein Sturm hatte sich aufgemacht und zerrte an seinen Ästen. Der Gärtner hörte unter sich ein Brechen und Knacken. In seiner Angst wagte er einen gewaltigen Sprung, wobei er die Arme nach dem Mond ausstreckte. Und wie ein Akrobat das Trapez, das ihm entgegenfliegt, im letzten Augenblick vor dem Absturz ergreift, so erreichte der Gärtner sein Ziel. Er hing am Zacken eines Mondgebirges. Der Himmelsbaum unter ihm wankte, die Sternenblätter fielen ab, der Stamm brach in der Mitte entzwei. Der Gärtner war ausgesetzt auf dem Mond. Den Rückweg zur Erde würde er nie mehr finden.«

Den ersten Teil der Geschichte hatte sie in einem etwas unlustigen Leierton berichtet, so als lese sie den Text aus einem Buche ab, das sie halb auswendig kannte. Jetzt zog sie die Schultern hoch und sackte ein Stück in sich zusammen. Plötzlich sah sie uralt aus, das Auge versank in seiner Schattenhöhle. Von nun an sprach sie in Bruchstücken, in halben Sätzen, verlor den Faden, wiederholte sich. Sie war wohl sehr müde, zwischendurch versank sie in Schweigen, schien einzuschlafen. Die Stimme war heiser geworden, Raubvogelgekrächz aus einer rauhen Kehle.

»An seinem Himmel die Erde, ein Riesenrad, das den Horizont entlangläuft. Der Gärtner friert, schlägt mit den Armen um sich, atmet schwer, der Vorrat an Luft ist klein, in einen Sack hineinzupressen. Holt die Samen aus seiner Schürze, sät sie aus, jedes Samenkorn bekommt einen Wassertropfen aus der Gießkanne. Wie die Pflanzen hochschießen, viel Unkraut, ein Wald! Da oben ist eine andere Zeit, ein Monat gleicht einer Minute. Der Gärtner ist bald ein alter Mann mit einem wilden Bart, wird immer älter, aber nicht schwächer, kann nicht sterben, nie! Legt Mondbeete an, Radieschen, Tomaten, Kohl. Sät weiter, will wogende Felder und Wälder um sich sehen, braucht endlich Schatten. Der Vorrat in der Tüte nimmt nicht ab, das Wasser in der Gießkanne füllt sich von selber auf. Hat Feuer mit zwei Mondsteinen gemacht, die er aneinanderreibt, schläft ein am Herd mit offenem Mund, hat so viel Atem in der Brust, bläst die Luft um sich her, in der die Pflanzen gedeihen.
Während er schläft, wachsen die Mondbäume noch einmal so

schnell. Erwachen im Wind, Wipfelrauschen, alle Sorten von Bäumen, Akazien, Eukalyptus, Pinien, Tannen, Eichen. Von ihren Blättern tropft Feuchtigkeit nieder. Wolken über dem Mondhimmel, er hat sie gemacht. Es regnet, der erste Regen rauscht auf die Mondwälder nieder, unermüdlich, eintönig. Der Gärtner gähnt, er ist faul, der Regen nimmt ihm die Arbeit ab. Er liegt, Arme hinterm Kopf verschränkt, im Schatten einer Palme. Aber nicht lang, da muß er schon wieder ernten. Mondernte, Früchte groß wie Wagenräder, Kornlasten, seine Schultern sind nicht breit genug, um sie zu tragen, er wird immer stärker, älter und stärker. Findet auf den Blättern das erste Ungeziefer, rote Käfer, Insekten, sie leben nur eine Sekunde lang, so viel Zeit, wie man braucht für einen Atemzug. Kaulquappen aus den Regentümpeln, glitschige Schwänze, komische Kämme, sie hüpfen, werfen die Schwänze ab, werden Frösche, Kröten, Bären, Füchse, Rehe, Hirsche und ab und zu ein Löwe. Zahme Tiere, fressen nur das Futter, das der Gärtner hinstreut, leben in Frieden.
Aber der Gärtner hat Hunger nach Fleisch, seine Zähne wollen etwas zerreißen, Blut will er sehen, nicht nur den grünen Pflanzensaft! Macht sich einen Bogen, schnitzt einen Pfeil. Aus dem Gärtner wird der Jäger. Verblutend liegt das Wild am Waldrand, das er zur Strecke bringt. Er weidet es aus, jubelt, entzündet ein Freudenfeuer, brät Fleischstücke, ißt sie, das macht ihn wild, er fängt zu brüllen an wie ein Löwe. Reißt die Pflanzen aus den Beeten, schlägt Äpfel und Birnen von den Bäumen. Schnell ist der Garten verwildert, rückt der Wald vor, wächst die Wildnis. Die Tiere beschnüffeln sich, schleichen gierig umeinander herum, bis der Habicht die Maus, der Löwe die Antilope schlägt. Krieg unter den Tieren, der Mond ist rot von Blut. Eine Flamme vom offenen Herdfeuer schlägt in die Zweige, ein Waldbrand breitet sich aus.
Auch Wein hat der Gärtner gebaut an den Hängen eines Kratersees. Er erntet viele Zentner von Trauben, die er mit seinen

bloßen Füßen zerstampft. Liegt im Schatten der Reben, blickt auf das Riesenrad der Erde, ist betrunken, Sternschnuppen fallen nieder, auf den Feldern verfault das Korn. Er erntet nicht mehr, er trinkt und trinkt, sein Bauch wird dick, manchmal, wenn er aufstehen kann und seine Hand nicht zu sehr zittert, tötet er ein Tier, nährt sich von Wein und Blut. Er hat alles, was er will, ist ein Riese, kann säen und ernten, Wasser und Wolken machen. Weiß schon lange nicht mehr, daß es andere seinesgleichen gibt, hat das Sprechen verlernt, bellt wie ein Hund. In einem der Kraterseen entdeckt er sein Spiegelbild, will es austrinken, streckt die Zunge ins Wasser, leckt den See bis zum letzten Tropfen aus. Das Wasser mit dem Spiegelbild ist in seinem Bauch. Er bleibt am Ufer sitzen, um es zu verdauen, er wartet, daß einer kommt und ihn erlöst. Manchmal lallt er Worte, lächelt blöde vor sich hin, seine Augen, die vom Gestrüpp der Brauen fast zugewachsen sind, starren ins Leere.«

Aus der Tiefe des Straßenschachtes drang ein feines Summen, das schnell anwuchs zu Motorengeknatter. Bremsen, Türenschlagen und Schritte über den Kiesweg. Schon schnarrte die Nachtglocke, klopfte es gegen die Tür. Auf dem Eisen wurden die Füße in den schweren Stiefeln abgetreten.
»Ist hier niemand?«
»Dumme Frage.«
»Man kann läuten und klopfen, solange man will.«
»Sie schlafen den Schlummer der Gerechten.«
»Ich denke, dies ist ein Unfallkrankenhaus.«
»Du bist wohl neu hier, kennst den Betrieb nicht. Der, den du abgelöst hast, war auch ein Neuer.«
»Jetzt machen sie Licht im Treppenhaus.« – »Wer da?«
»Ein Zugang. Schwerer Unfall.« – »Achtung, der Schlüssel!«
»Bück dich, mein Lieber. Dort, wo die Glyzinien am Boden entlang wuchern, liegt der Schlüssel zum Haus.«

10

»Diese Brücke ist gesperrt. Gehen Sie weiter am Ufer entlang. Irgendwo werden Sie über den Fluß kommen.«
Über den Fluß, irgendwo, irgendwann! An das andere Ufer. Von der Schattenseite, der toten Mondseite, wo die Häuser flach und dünn wie aus Papier geschnitten in ihren Gärten stehen, auf die Seite des Lichts, wo sich das Leben schnell in den Flammen verzehrt. Von der Seite der abgeschiedenen Seelen an das Ufer der Lebenden, die aus der Zone des Feuers entfliehen. Von der Seite der ewigen Zuschauer und Zaungäste auf die Seite derer, die in Furcht und Hoffnung erbeben. Über den Fluß, wer das könnte! Alle Brücken gesperrt, kein Weg, kein Steg, keine Möglichkeit, den Zauberring zu durchbrechen. Auf dem Schattenufer, wo Irene wohnte, starb man auch heute noch im abgeblendeten Licht der Nachttischlampe, hinter verschlossenen Fensterläden. Starb nun schon eine Woche lang, nahm sich Zeit, tat so, als gehe alles noch nach den alten Regeln. Vielleicht würde es heute endlich gelingen, mit dem Mut der Verzweiflung, heute nacht über den Fluß! Zu den weißgrauen Häuserfassaden hinüber, die schon zweihundert Jahre lang an ihrem Platz stehen und hinter ihren blassen Gesichtern das Leben ihrer Bewohner verbergen: Tod und Geburt, Wahnsinn und Niedergang, neuen Reichtum und verschleierte Not.
Außer Atem, Stiche in der Seite, zu schnell gegangen, in einem schwebenden Geisterschritt, unbeachtet am toten Kai entlang, den Blick auf das Schauspiel am anderen Flußufer gerichtet. Zwei benachbarte Häuser brannten, das kleinere war schon fast ausgeglüht, das Skelett der noch aufrechtstehenden Mauerteile stand als schwarzer Umriß vor den vom Feuer erleuchteten Fensterhöhlen. Aus dem Dachstuhl des Nachbargebäudes

schossen, vom Winde genährt, in einem ungleichmäßigen Rhythmus Flammengarben in die Luft. Der Rauch, seitlich abgedrängt, hing als gelblicher Qualmpilz über den Kaminen der Altstadtgassen. An der Ufermauer vor der Brücke blieb Irene stehen, um die Feuerzauber-Szenerie wie ein unbeteiligter Zuschauer aus der verdunkelten Loge zu betrachten. Der Anblick der ungehindert in den Nachthimmel aufsteigenden Flammen in ihrem königlichen Rot und Gelb versetzte sie zugleich in Entzücken und Entsetzen. Hingerissen in Bewunderung vergaß sie Ziel und Zweck ihres nächtlichen Weges. Sie war dem Herd des Unheils jetzt ganz nahe. Zwischen ihr und den Flammen war nichts als der Fluß, in dem sich der Feuerschein spiegelte. Aus der schon wieder verdunkelten Höhe des Luftraums fiel ein Glutregen herab. Sie verfolgte den Flug einzelner Funken, die sich ohne Hast, fast behutsam auf Dächern und Mauervorsprüngen niederließen oder im Wasser verlöschten. Mitten im Fluß war auf einmal ein Miniaturfeuer ausgebrochen, das sein großes Ebenbild am Ufer nachzuahmen schien. Reglos, im Spiel der flackernden Lichter, stand über den Dächern der Altstadthäuser der Domturm, greisenhaft grau, so, als könne er nicht mehr den Flammentod sterben.
Am Brückengeländer drängte sich eine Gruppe von Zuschauern zusammen. Irene war plötzlich eingekeilt in der Menge, sie spürte den dumpfen, dünstenden Widerstand, stieß an Ellbogen, Schultern, Hüften. Vom Brandherd am Ufer sah sie nur noch den rosenrot wabernden Widerschein am Himmel. Von den ausgebrannten Dachstühlen wehte ein scharfer Wind in einzelnen Stößen bis zum Brückengeländer. Mühsam, fast unlustig fraß sich das Feuer durch den aufgehäuften Schutt. Eisenteile, Fenstereinfassungen, gekachelte Wände und Treppengeländer ließ es stehen, nachdem es eine Weile mit seinen Flammenzungen vergeblich an ihnen geleckt hatte. Andere unverdauliche Reste wurden mit den Wolken des Qualms ausgespien. Holzstücke, angesengtes Papier, Stoffetzen und Tapetenreste wir-

belten in der Luft umher, trieben im Wasser des Flusses. Die Menge am Brückengeländer verhielt sich so still, daß Irene das Knattern der Flammen zu hören glaubte.

Das Schattenufer mit seinen unversehrten Häuserfassaden und Fensterreihen lag merkwürdig weit entrückt und abweisend im Mondlicht. Ein wilder Fluchttrieb ergriff sie: fort, nur fort von all dem, was vertraut bis zum Überdruß war. Sie würde den Blick nicht noch einmal nach dem Haus in der Blumenstraße zurückwenden. Brandnächte sind Schaltnächte, freie Nächte. Sie zählen nicht mit im Kalender des Alltags. Eine Überschrift fiel ihr ein, die sie neulich auf einem Zeitungsblatt mit der Fotografie eines jugendlichen Brandstifters gelesen hatte: ›Sein eigenes Vaterhaus angezündet!‹ Für dies Verbrechen forderte der Staatsanwalt die höchste gesetzliche Strafe. Der junge Mann habe, so hieß es in dem Bericht, keine Reue gezeigt, es fehle jedes Tatmotiv, der kleine Kramladen, in dessen Hinterzimmer er seine Kindheit zwischen Säcken, Regalen und Kisten verbracht hatte, sei nicht einmal versichert gewesen. Vielleicht hatte der Junge Feuer gelegt, um den Dingen, die niemals von selber vergehen, zum Sterben zu verhelfen.

»Gehen Sie weiter. Weitergehen. Hier wird abgesperrt. Wir müssen ein Mauerstück sprengen.«

Endlich war ein Hüter der Ordnung da, ein Mann in kurzen Hosen, der ein verblichenes Wanderhemd und einen Feuerwehrhelm trug. Mit ein paar Handbewegungen und Ordnungsrufen brachte er Bewegung in die Menge, die sich am Ausgang der Brücke staute. Er trieb die Zuschauer am Geländer auseinander und ließ die Fahrstraße räumen.

»Weitergehen. Hier gibt es nichts zu sehen. Nicht stehenbleiben«, wiederholte er gewohnheitsmäßig wie ein Polizist, der neugierige Gaffer von einer Unfallstelle vertreibt. Sein Gesicht war von Ruß geschwärzt, doch sein beschwingter Wanderschritt und die knabenhaft helle Stimme riefen den Eindruck morgendlicher Geschäftigkeit und Tatkraft hervor. In wenigen

Minuten wurde die Menge von den dunklen Kanälen der Altstadtgassen aufgesogen. Irene blieb unter der Toreinfahrt eines der Uferhäuser stehen: »Entschuldigen Sie, können Sie mir vielleicht sagen, ob ich hier zur Eichenallee komme?«
Der Mann, der wie ein Wandervogel aussah, streifte sie mit flüchtigem Blick, als wolle er seine Zeit nicht mit Leuten verlieren, die so viele Worte für eine einfache Frage brauchen. Sie glaubte zu sehen, wie er ihr zunickte, ihr mit der Hand ein Zeichen gab. An einem Bauzaun öffnete er eine Brettertür. Sie folgte ihm, die Tür hinter ihr wurde zugeschlagen. Sie befand sich auf einem schwach erleuchteten Platz zwischen den Brandmauern einiger Altstadthäuser. Auf dem leergeräumten Trümmergrundstück stand eine schwarzgeteerte Baracke. Sanitäter und Bahrenträger gingen an ihr vorbei, eine Notlampe, die im Luftzug schwankte, beleuchtete ein rotes Kreuz über der Tür zur Rettungsstation, am Barackeneingang schimmerten weiße Schwesternschürzen. Den Uniformen der Sanitäter entströmte scharfer Karbolgeruch. Ein Arzt, der wie bei der morgendlichen Visite im Krankenhaus von mehreren Assistenten und Schwestern umgeben war, leuchtete mit einer Dienstlampe die Bahren ab, die im Schatten des Bauzauns standen. Flüchtig beugte er sich zu den reglosen Körpern unter den Wolldecken nieder, stellte einige Untersuchungen an, hielt Nachlese unter den Opfern der Katastrophe. Mit einigen Handbewegungen schied er die Guten von den Schlechten, die Lebendigen von den Toten. Jedesmal, wenn er mit seiner Untersuchung am Ende war, erhob er sich steif, rückte seine Brille zurecht und setzte seinen Rundgang mit seinem Gefolge fort. Hinter ihm kamen zwei Sanitäter, die einen Teil der Bahren mit Zeltplanen bedeckten. Das Zeremoniell der ärztlichen Kontrolle, der Transport der Verletzten zur Baracke und das Bedecken der Toten vollzog sich in Schweigen, nur ab und zu hörte man die kurzen Anweisungen des Arztes. Ein Sanitäter war gerade dabei, eine Zeltplane über eine Leiche zu ziehen, als einer der

Bahrenträger ihn zur Hilfe rief. Er unterbrach seine Tätigkeit, doch bevor er zur Baracke ging, bückte er sich, hob etwas vom Boden auf und legte es auf den Rand der Bahre zurück. Im Lichtschein seiner Lampe erkannte Irene deutlich eine Hand, eine säuberlich vom Arm getrennte Mädchenhand, die nicht viel größer war als die eines Kindes.

Gut, daß der Sanitäter in seinem Ordnungssinn die abgerissene Hand aus dem Staub aufgelesen und an ihren Platz zurückgelegt hatte. Auf diese Weise wußte man wenigstens, wer unter der Zeltplane lag. Der Körper der Toten unter der Decke nahm nur wenig Platz ein. Ein Knie schien ein wenig angewinkelt zu sein, ein Fuß ragte über den Rand der Bahre hinaus. Man konnte ein Stück der staubigen Sohle und die nackten Zehen erkennen. Der Schuh, der zu diesem Fuß gehört hatte, fehlte, ihn würde kein Sanitäter mehr vom Boden aufheben. Doch etwas höher, neben der abgerissenen Hand, lag eine weiße Tasche aus Kunststoff, deren Metallverschluß aufgesprungen war. Das leere Innere der aufklaffenden Tasche, in der weder Geld noch Ausweis, weder Taschentuch noch Puderdose zurückgeblieben waren, entsetzte Irene mehr als die unnatürlich heile Hand mit der nicht mehr blutenden Schnittfläche, bei deren Anblick sie wider Willen an eine jener künstlichen Geistergliedmaßen aus einem Zauberkasten denken mußte, den man ihr als Kind geschenkt hatte.

Die Brettertür des Bauzauns öffnete sich. Mit einer Gruppe aufgeregt durcheinanderredender Männer und Frauen, die ihre Angehörigen unter den Verletzten suchten, drang Unruhe von der Straße in den stillen Bezirk um die Sanitätsbaracke. Hinter Irene blieben zwei Frauen mit Kopftüchern und vollgestopften Einkaufstaschen stehen, eine Alte, die am Stock ging, und eine Junge, die sie stützte.

Die Junge kam von der Sanitätsbaracke zurück, wo sie von einer Krankenschwester die Geschichte des Mädchens mit der abgerissenen Hand gehört hatte.

»In den Anlagen unten am Fluß«, sagte sie, »hat man sie gefunden. Nicht allein. Es war ein Liebespaar.«
»Das ist schon das dritte«, sagte die Alte, »für die ist der Weg zum Bunker zu weit.«
»Dort unten ist's dunkel, auch wenn der Vollmond scheint«, sagte die Junge, »nur selten kommt eine Streife vorbei. Sie fühlen sich sicher.«
»Sicher«, wiederholte die Alte, »da hast du recht. Todsicher.«
»Dem Mädel sieht keiner mehr an, ob es hübsch oder häßlich war«, sagte die Junge, »ein Bombensplitter hat ihr das Gesicht zerrissen.«
»Schade drum«, sagte die Alte, als handle es sich um einen verdorbenen Gegenstand, den man zum Abfall werfen muß.
»Dem Mann hat's das Bein zerquetscht. Er liegt drüben in der Baracke. Muß amputiert werden«, sagte die Junge.
»Bein zerquetscht«, wiederholte die Alte und schüttelte den Kopf.
»Sie haben ihn nach dem Namen des Mädchens gefragt«, sagte die Junge, »aber er wußte ihn nicht.«
»Wußte ihn nicht«, kam das heisere Echo der Alten, die plötzlich husten und ausspucken mußte.
»Hatte sie gerade erst kennengelernt«, sagte die Junge, »vor zwei Stunden am Bahnhof. Sie war auf der Durchreise.«
»Komm weiter«, sagte die Alte.
Irene hatte den Ausgang ins Freie gefunden, ihre Hand lag auf der Klinke der Brettertür, als jemand sie hart am Arm packte. Neben ihr stand eine schwarzverhüllte Gestalt, von der man nur die Augen zwischen dem Kopftuch und dem um Hals, Schultern und Untergesicht geschlungenen Wollschal sah, eine nach Schweiß riechende, verschleierte Beduinenfrau, die spitze, fremdartige Schreie ausstieß, während ihr Klammergriff härter und schmerzhafter wurde. Sie zwang Irene, die vergeblich versuchte, sich loszureißen, mit ihr am Bauzaun entlang zu einer Bahre zu gehen, von der sich ein Bogen Packpapier gelöst hatte.

Zwischen versengten Kleiderresten lagen da, merkwürdig verkrümmt, mit angezogenen, schrumpligen Greisenbeinen und zum Kopf erhobenen Armen, zwei Gestalten von Affengröße, von deren Schädeln kleine Haarbüschel abstanden. Irene spürte den trockenen Atem der Frau, die zu schreien aufgehört hatte, im Nacken. Der Klammergriff um ihren Arm lockerte sich, sie machte keinen Versuch mehr zu fliehen. Ungerührt starrte sie auf die beiden einander zugewandten Zwillingsgestalten nieder. Das war nichts Menschenähnliches mehr, wovor man Grauen oder Mitleid hätte empfinden können wie vor dem nackten Fuß des Mädchens oder vor der abgerissenen Hand, die sich nach der Kunststofftasche auf dem Rand der Bahre auszustrecken schien. Das war uralt, vertrocknet, ausgedörrt. Zwei- oder dreitausend Jahre lang hatten die beiden in der Erde gelegen. Mumien waren es, man hatte sie ausgegraben, man würde sie ins Museum bringen. Schon damals, in grauer Vorzeit, als sie im Augenblick der Katastrophe die Arme schützend zum Kopf erhoben hatten, waren sie alt gewesen, steinalt, die beiden Leutchen, das treue Greisenpaar. Philemon streckte die Arme nach seiner Baucis aus, doch die war inzwischen wieder klein geworden, ein Embryo, das in den Mutterleib zurückkriechen möchte.
Irene wandte sich ab, sie ging an der schwarzverhüllten Frau vorbei zur Tür, trat auf die Straße hinaus. Vor dem Bauzaun traf sie den Mann mit dem Wandervogelhemd und dem Feuerwehrhelm wieder. Er blickte sie aufmerksam an und deutete auf ein Plakat an der Bretterwand: Unbefugten ist der Zutritt verboten! Diesmal war sie es, die ihm aufmunternd zunickte. Keine Sorge, mein Lieber, alte Mädchen wie ich haben nicht immer die schwächsten Nerven. Eine gewisse Erziehung ist da im Spiel, jahrzehntelange Übung, die Dinge so zu betrachten, wie sie sind, nichts wegzulassen und nichts hinzuzufügen. Die wissenschaftliche Ausbildung hat sich gelohnt, man ist ruhig, kühl, fast empfindungslos geworden und besteht alle Feuerproben.

Durch einen Torbogen kam sie in eine fensterlose Gasse, der schwach erleuchtete Himmelskanal über den Dachrinnen wies ihr den Weg. Sie überquerte einen mondbeschienenen Platz, ihre Schritte hallten auf dem Asphalt, niemand begegnete ihr in den Straßen. Hatte man das Stadtviertel geräumt, befand sie sich in einer Sperrzone? Eine ferne Detonation, die in den Schluchten der Seitengassen rollende Echos aufweckte, ließ die Fensterscheiben erzittern. Die Druckwelle einer zweiten Explosion erreichte sie, als sie in die Eichenallee einbog. Sprengte man das Mauerstück neben den beiden brennenden Häusern am Ufer, von dem der Mann mit dem Wandervogelhemd geredet hatte? Im Mondschatten der alten Bäume ging sie die Allee hinunter. Vor dem Gittertor der Villa Goldschild blieb sie stehen. Die Szenerie kam ihr bekannt vor, ihr war, als erlebe sie dies nicht zum ersten Mal. Sie empfand auch deutlich ein Vorgefühl dessen, was sich in den nächsten Minuten ereignen würde: peinliche Leere und Zugluft, mißtrauisches Gegenüberstehen in einem hallenartigen Raum mit Marmorfliesen. Das alles lag schon lange bereit, sie brauchte nur über den Kiesweg zwischen den Lebensbäumen zum Eingang der Villa zu gehen. Sie machte die Schritte und Bewegungen, die zu ihrem Auftritt gehörten, sie spielte eine Rolle, sie kannte ihren Text. Sie legte die Hand auf den Messinggriff, sie wunderte sich nicht, die schwere Eichentür nur angelehnt zu finden. Diese Nächte sind gastfrei, man hält die Häuser für hilfesuchende Nachbarn offen. Sie erschrak nicht einmal, als sie im Treppenhaus einen Wächter fand, einen Posten mit Helm und Pistolentasche. Erst einen Augenblick später entdeckte sie auf dem Spiegel der Uniform den doppelten Silberblitz. Sie spürte einen stechenden Schmerz in der Brust, ihr wurde schwindlig, sie mußte sich gegen die Wand lehnen.

»Sie haben sich wohl in der Haustür geirrt, meine Dame«, sagte der Mann, und sein formloses Gesicht unter dem Helm fing zu lächeln an, ein schläfriges Knabenlächeln.

»Ist hier vielleicht ein Fahrer Schmidt?« fragte sie. »Ich habe vorhin schon einmal versucht anzurufen.«
»Also Sie waren am Telefon?«
Die Stimme kam von oben, aus der Höhe des ersten Treppenabsatzes, sie schien auf ihr Stichwort gewartet zu haben.
»Sie haben angerufen und mich bei der Arbeit gestört. Woher wußten Sie die Nummer, wer gab Ihnen die Adresse?«
Der Besitzer der Stimme stieg langsam, mit Betonung, die Treppe hinunter. Das erste, was sie von ihm sah, waren die Spitzen seiner Halbschuhe und die Hosenkanten. Er setzte die Füße etwas geziert nach auswärts. Sie merkte, wie er sich vor ihr in Szene zu setzen versuchte. Auf einmal glaubte sie ihre Gestalt mit den Augen des Mannes, der ihr entgegenkam, zu sehen, wie sie da blaß und schmächtig als Bittstellerin im kalkigen Kronleuchterlicht der Halle stand.
Der Mann, der die Treppe inzwischen hinuntergestiegen war, blieb dicht vor ihr stehen. Der Schatten seiner Gestalt fiel auf ihr Gesicht, sie senkte krampfhaft die Lider, die Luft vor ihren Augen fing zu flimmern an.
»Ist Ihnen nicht gut. Wollen Sie sich setzen?«
Er sprach in etwas singendem Tonfall und zog jedes Wort in die Länge: »Vielleicht ein Glas Wasser?«
»Danke, es geht schon wieder.«
Er zündete sich umständlich eine Zigarette an. Durch den Schleier des Rauchs, den er aus vorgewölbten Lippen in die Luft blies, blickte sie ihm zum ersten Mal ins Gesicht. Es war ebenmäßig, mattschimmernd und glatt wie aus Gips. Erst als der Zigarettenrauch sich verflüchtigt hatte, entdeckte sie ein paar feine Falten um Augen und Mundwinkel.
»Ein Glas Wasser oder einen Cognac?«
Der junge Mann, der die gleiche Uniform wie der Posten mit den Rangabzeichen eines Offiziers trug, zerrte ein Lächeln hervor, während er sie aus unnatürlich hellen und leuchtenden Augen spöttisch musterte.

Er öffnete die Tür zu einem kleinen Salon, bot ihr einen Sessel mit zerschlissenem Seidenbezug an und holte aus einem eingebauten Wandschrank zwei Gläser. Für ein paar Minuten gefiel es ihm, die Rolle des liebenswürdigen Hausherrn zu spielen, der auch ungeladene Gäste willkommen heißt.

»Einen Cognac«, fragte er, »oder einen Likör?«

»Danke«, sagte sie, »ich möchte nichts trinken.«

Er stellte die Gläser in den Wandschrank zurück. Sein Lächeln gefror zu einer Grimasse, sein Blick verhärtete sich. Zum zweiten Mal wies er mit kurz ausfahrender Handbewegung auf den Sessel: »Bitte Platz zu nehmen!«

Das klang wie ein Befehl.

»Danke«, sie blieb im Türrahmen stehen, »ich muß gleich wieder gehen.«

Noch einmal versuchte er es mit einem halben Lächeln, aber die Augen blieben unbeteiligt dabei. Er blickte zur Decke, wo ein Nachtfalter um die Milchglaskugel der Lampe kreiste.

»Was kann ich für Sie tun?« fragte er. »Bitte über mich zu verfügen.«

Er ging zur Tür und schloß sie lautlos. Sie zuckte zusammen, als sei eine Falle hinter ihr zugeschnappt. Auf einmal verbeugte er sich wie ein junger Mann, der erst vor kurzem die Tanzstunde besucht hat, und sagte: »Darf ich mich vorstellen. Pflüger ist mein Name. Heinz Pflüger.«

»Harden«, sagte Irene förmlich. Es war, als stellten sich zwei Kollegen gegenseitig vor.

Auf Pflügers jugendlich glatter Stirn entstand eine Falte, ein Sprung, als Irene den Namen aussprach. Seine Mundwinkel senkten sich, er schien über etwas nachzugrübeln, auf einmal sah er ein wenig vergrämt, fast altjüngferlich aus.

»Verwandt mit Professor Harden?«

Seine Stimme schnellte hoch bei dieser Frage, er verfiel wider Willen in den ihm vertrauten Verhörston.

»Sie können ruhig antworten«, sagte er leise, als sie einen

Schritt gegen die Tür zurückwich, »es ist eine ganz persönliche Frage.«
Persönlich, sie hätte es sich denken können. Nach Mitternacht begann auch in diesem Haus der zwanglose Teil der Abendunterhaltung. Die Herren in Uniform waren nicht mehr im Dienst. Man merkte es am Zigarettenrauch und am Alkoholdunst, der im Treppenhaus hing, und am glasigen Schimmer in den Augen des Hausherrn. Woher kannten sie den Namen des Vaters? Stand er auf ihren Listen, wurde er gesucht? Doch die Sterbenden können sie streichen aus ihrer Kartei, sie lassen sich nicht fassen, sie sind endlich frei. An der Stelle des Vaters stand sie hier, ausgeliefert dem Verhör des Schergen, der die Maske des wohlerzogenen jungen Mannes mit den Tanzstundenmanieren bald genug abstreifen würde.
»Es ist mein Vater«, sagte sie unnötig laut.
Pflüger ließ sich auf den für sie bestimmten Sessel nieder. Er schlug die Beine übereinander und zupfte die Hosenfalte überm Knie zurecht.
»Ein bedeutender Gelehrter«, sagte er, »sein Name hat einen guten Klang.«
»Sie kennen ihn?«
Pflüger war es nicht gewöhnt, daß in diesem Haus ein anderer als er Fragen stellte. Ein eisiger Blick traf sie, doch sogleich senkte er wieder die Lider.
»Professor Harden«, sagte er, »wer kennt ihn nicht. Auch ich hatte einmal Gelegenheit, seine Vorlesungen zu hören. Es ist allerdings eine Weile her.«
»Sie haben studiert?«
Das kam noch falscher heraus, klang noch verletzender als ihr erster Ausruf der Überraschung. Diesmal verlor er für einen Augenblick seine Selbstbeherrschung. Er sprang vom Sessel auf, trat ans Fenster. Während er weitersprach, kehrte er ihr den Rücken und starrte den Vorhang an.
»Man hat auch einmal Akademikerluft gerochen. Ein paar

Semester die Kollegbank gedrückt, bei den Herren Professoren herumgehört. Leider war es mir damals nicht möglich, mein Studium fortzusetzen. Unerwartete Umstände kamen dazwischen.«

Nun, da sie seinen Blick nicht mehr auf sich gerichtet fühlte, ließ sie sich auf den Sessel nieder, um das Schwindelgefühl und die zerrende Schwäche in den Kniekehlen zu überwinden.

»Auch ich habe einmal geglaubt«, fuhr er in seinem Selbstgespräch am Fenster fort, »daß sich hinter den Mauern der Alma Mater das wahre Leben verbirgt. Doch die Herren Professoren lieben es nicht, vom Sitz ihrer Würde herabzusteigen und sich mit armen Studikern, die sich ihr Geld zur Ausbildung selbst verdienen, zu unterhalten.«

Er schien bei seinem Lieblingsthema angelangt zu sein, er sprach ohne Betonung, so als läse er seinen Text aus einem der Aktenordner mit den Verfügungen ab, die auf dem Regal neben dem Wandschrank standen: »Ich habe mich niemals unfreier gefühlt als auf den unbequemen Bänken ihrer Vorlesungssäle. Man blickt durch die Fensterscheiben und draußen flutet das Leben vorbei, schreit die Not, protzt der Reichtum, brüstet sich die Macht. Die Herren auf dem Katheder sind ohne Verbindung mit denen draußen. Das Leben ist ihnen vollkommen fremd. Keine Ahnung haben sie, was in der Seele des Volkes vorgeht . . .«

Mitten im Satz brach er sein Selbstgespräch ab und drehte sich nach ihr um. Sein Gesicht sah jetzt übernächtig und grau aus, die maskenhafte Starre des Hochmuts war aus seinen Zügen gewichen.

»Vielleicht«, fuhr er fort, »kommt alles nur daher, weil man nie richtig satt geworden ist. Weil jedes Gericht, das sie einem vorgesetzt haben, einen schlechten Geschmack hinterlassen hat. Vielleicht muß man es deshalb tun.«

Als er ihre Unruhe bemerkte, fügte er rasch hinzu: »Was man so tun muß, allerlei Ärgerliches, den Kram jeden Tages, Ordnungsarbeiten. Man ist im Dienst, man kann nicht immer, wie man möchte. Aber manchmal«, er raffte sich auf zu einem Blick von strahlender Bläue, »manchmal kann man auch, wie man möchte. Da ist man frei von den Fesseln, da atmet man Höhenluft. In solchen Minuten spürt man, das Leben hat sich gelohnt.«

Er trat auf sie zu und stellte sich vor den Sessel, so daß sie nicht aufstehen konnte.

»Es gibt nur eines«, sagte er mit einer Stimme, die vor Erregung zitterte, »was den Hunger stillt in diesem verdammten Leben – die Macht. Die Macht über Leben und Tod, die sie uns durch die Machenschaften von Moral und Religion entrissen haben. Unterbrechen Sie mich nicht«, rief er, als sie eine Bewegung der Ungeduld machte, »jetzt rede ich. Dies ist meine Stunde.«

Sie erhob sich vom Sessel, er trat einen Schritt zurück, sie strich sich das Haar aus der Stirn.

»Ich muß leider gehen«, sagte sie, »mein Vater ist krank. Es geht ihm sehr schlecht. Das Herz . . .«

»Kann ich etwas helfen?« sagte er, offenbar froh, das Thema wechseln zu können.

Sie erklärte ihren Fall. Er war nicht recht bei der Sache, blickte auf seine Schuhspitzen nieder, schob mit dem Fuß eine Glasscherbe beiseite. Als der Name Schmidt fiel, runzelte er die Stirn: »Der Mann hat hier nichts zu sagen.«

Noch während sie sprach, ging er zur Tür, öffnete sie weit und rief durch das hallende Treppenhaus: »Ordonnanz, ich brauche den Wagen!«

Schwarz wie der wilde Mann, rußverschmiert, staubbedeckt, Haarspitzen und Augenbrauen versengt, aber gerettet die Haut! Karl drehte die Dusche weit auf, das Wasser rann in kalten Güssen den Rücken hinunter und über die Brust. Wenn nur die

Kernseife besser gerochen hätte! Weiß der Himmel, wo sie herstammte, so etwas machten sie heuzutage aus Menschenknochen. Sie löste Schmutz, Fett und Schweiß nur allmählich auf. Die Tropfen blieben im Brusthaar hängen. Doch aus dem schwarzen Mann mit dem Kaminfegergesicht wurde ein weißer, der unter dem Wasserstrahl herumhüpfte, den Kopf zurückwarf und die Arme ausbreitete. Sauber gewaschen, die gerettete Haut, heruntergespült Ruß und Aschenreste. Die kalten Güsse weckten das Blut aus seiner Betäubung auf. Wie es prickelte und strömte: ich bin da, bin rot, noch immer da, noch immer rot! Das gleiche hatte er schon einmal erlebt, die Verwandlung des schwarzen in den weißen Mann. Lange war es her, in der Erinnerung weggerutscht, das kurze Gastspiel auf Zeche Königin Luise, die Fahrten im Förderkorb, das Kriechen, Hämmern und Karrenschieben im Stollen beim giftigen Licht der Grubenlampe. Vergangen und vergessen die Zeit unter Tage, das Leben im Berg. Man war damals noch jung gewesen, grün, kaum Flaum im Gesicht, ein paar Jahre erst aus der Schule entlassen und aus dem Kirchenchor. Nach der Schicht fuhren wir aufwärts, der Sonne entgegen, die man fast nie zu sehen bekam, nur als bleiche Scheibe hinter der Dunstschicht aus Rauch und Abgasen. Schwarze Männer in einer Schattenwelt. Am hellsten leuchteten die Körper der nackten Kumpels unter der Dusche, wenn der Dreck erst einmal heruntergespült war. Weißhäutig wie Hühnerfleisch waren die meisten von ihnen, hohlbrüstig, mager, die Rippen traten hervor, kein schöner Anblick, und doch war es der einzige Augenblick des Tages, der sich lohnte, wenn das Blut unter den kalten Güssen schneller zu fließen anfing, Kopf und Augen klar wurden und die Lunge frei für ein paar tiefe Atemzüge.

Das Wasser aus der Leitung strömte nicht mehr, wahrscheinlich hatte es jemand abgestellt, nur noch ein paar Tropfen rannen aus den Löchern der Brause. Karl fröstelte, ein Schauer

lief ihm über den Rücken. In diesem Augenblick spürte er wieder die mageren Ärmchen um seinen Hals, den zusammengeklappten Körper, wie er ihn trug, ein Griff um die Schultern und unter den Kniekehlen, die nackten Beine mit den eckigen Knien, die herunterbaumelten, man hätte kaum sagen können, ob sie einem Jungen oder einem Mädchen gehörten. Nur eine Handvoll strohiges Haar, es hatte am Kinn gekitzelt, jetzt spürte er es wieder. Wie sie dann später unten im Garten die Augen aufschlug, ganz hell und flach. Wie das Leben zu ihm die Augen aufschlug, vertrauensvoll, kindlich und zugleich schon erwachsen, furchtbar verletzt. Sie wußte es im voraus, man brauchte es ihr nicht mehr beizubringen, daß die beiden Kleinen unter ihren Wolldecken die Augen nicht mehr aufschlagen würden. Karl drehte die Dusche ab und ergriff das Handtuch. Jemand klopfte an die Tür, mit spitzem Fingerknöchel und gleich darauf mit der geballten Faust. Es war Otto, den der Chef schickte. Er sagte »pardon« und schlug die Augen nieder, verlegen wie ein Mädchen.
»Ein Sondereinsatz«, meldete er, »in fünf Minuten muß der Wagen fahrbereit sein.«
Pflüger begleitete seinen Gast bis zur Gartentür, er öffnete den Wagen und ließ Irene einsteigen. Karl saß schon am Steuer. Ehe er den Motor anspringen ließ, drehte er sich flüchtig um und begrüßte die Dame, die er vom ›Goldenen Stern‹ wiedererkannte, mit einem Grinsen. Der Chef stand am Gartentor, verbeugte sich und lächelte förmlich. Was für ungewohnte Ehren für eine so schlichte Bittstellerin! Sie kauerte in einer Ecke des Wagenfonds, ein Häuflein Zittern und Angst, und sagte mit ihrer dünnen Stimme: »Fahren Sie bitte in die Blumenstraße, Professor Harden, das ist Nummer 7.«
Mit dem Motor stimmte etwas nicht, er spuckte und stotterte. Bei dem Ersatzgemisch, das sie jetzt tankten, würde er es nicht mehr lange schaffen. Doch noch immer war es eine Lust, die

Gänge zu schalten, das Gaspedal durchzutreten und zu sehen, was der Wagen hergab. Durch die verödeten Straßen ging es zum Wall hinunter, an den Anlagen entlang, in die Brückenstraße hinein. Immer schneller, immer rücksichtsloser über Steine und Schlaglöcher, und dazu dies Machtgefühl: mir gehört die Stadt mit all ihren Straßen und Plätzen, ihren Häusern und Bäumen. Das war etwas anderes als das lautlose Gleiten und Kurvendrehen auf dem Fahrrad, man spürte, daß man einige Pferdestärken hinter sich hatte, mehr Kraft und mehr Macht, als ein kümmerlicher Radler sie besaß. Hinten, im Wagenfond, war es still. Vielleicht hatte sie Angst, weil er immer schneller fuhr, doch glaubte er ihren flehenden Blick im Rücken zu spüren, der ihn zur Eile trieb. Unter der Doppelreihe der Linden fuhr er durch die Brunnenstraße, hielt an vor dem Haus, in dem der Professor wohnte. Als er sich nach ihr umdrehte, war sie schon ausgestiegen, hatte das Gittertor des Vorgartens geöffnet und lief zur Haustür. Er hörte, wie der Schlüssel sich drehte, dann wurde es still. Er hockte im Wagen und wartete. Sein Kopf sank aufs Steuerrad, er schlief ein.

Wieder knarrte die Tür. Über den Kiesweg näherten sich Schritte. Das war nicht ihr leichter, federnder Gang. Er erhob den Kopf. Am Gittertor stand eine unförmige Gestalt, eine Riesin mit einem knospenhaft kleinen Kopf und Säulenbeinen unter dem Schürzenrock. Ein altes Mädchen, eine Magd! Sie rührte sich nicht von der Stelle, trat nicht an den Wagen heran. Auf dem Grund und Boden, auf dem das Haus ihrer Herrschaft stand, blieb sie stehen, und sie sagte verdrossen, als habe sie einen Auftrag an einen Boten auszurichten, der draußen gewartet hat:

»Sie werden nicht mehr gebraucht, Sie können gehen. Der Herr Professor ist tot.«

II

Sie saßen unter dem Kuppeldach der großen Kiefer vorm Haus, die im Mondlicht den Umriß einer Pinie zu haben schien, und blickten in die Flußniederung hinunter. Am Horizont, dort wo die Stadt anfing mit ihren Fabriken, Schuppen und Schrebergärten, atmete ein neu entzündetes Licht, ein rosenroter, unruhig wabernder Schein, von dem sich die Umrisse der Gasometer und Dächer am Stadtrand abhoben. Ein paar Minuten lang zuckte das Licht wie im Todeskampf, aber es starb nicht, es schöpfte Luft in immer stärkeren Atemzügen. Schnell, in einzelnen krampfartigen Stößen, lief es über den Himmel, säumte den Horizont, entriß die schlafenden Felder am Stadtrand der Dunkelheit. Nach einer Weile verdichtete sich der Schein über einer bestimmten Stelle, jetzt bewegte das Licht sich nicht mehr.

»Von hier aus sieht es immer schlimmer aus, als es ist«, sagte Jessica. »Neulich dachte ich, die halbe Stadt brennt, und dann waren es nur ein paar Lagerschuppen im Hafen.«

Clemens legte seine Hand auf das Holzgeländer der Terrasse: »Weit weg«, sagte er, »ein Blockhaus irgendwo im Märchenwald. Wie lange wohnst du schon hier?«

»Erst ein paar Wochen. Was ist mit dir, Clemens, friert dich?«

»Mir ist etwas kühl. Der Mond wärmt wenig, und das Feuer ist weit weg von hier. Es muß irgendwo in der Stadtmitte brennen.«

»Laß uns hineingehen. Es ist spät.«

Das Holzhaus bestand aus einem einzigen großen Raum mit zwei Fenstern über Eck, die auf die Terrasse hinausgingen. Das Panorama mit den Kulissen der Kiefern und dem erleuchteten Stadthorizont hatte nun einen Rahmen erhalten.

»Gibt's hier keine Vorhänge«, fragte Clemens, »der Mond sieht uns zu. Ich kann seinen Anblick nicht mehr ertragen.«
Jessica schloß die Läden und ließ das Verdunkelungsrouleau herunter. Sie kannte sich nicht gut mit der Vorrichtung aus, man merkte, daß sie noch nicht lange in diesem Hause wohnte. Zur Beleuchtung diente ein lächerlicher Papierlampion, hängengeblieben von einem Kinderfest, der ein billiges rötliches Licht verbreitete. Kein trauter blumengemusterter Lampenschirm wie bei den Vincentius daheim. Weit weg von zu Hause, am Ende der Welt, in der Arche, in der man gerettete Möbel und Gerätschaften wahllos zusammengestellt hatte. Mit ihr allein in der Arche, die aus den Stämmen des Stadtwaldes gezimmert war. Alle Luken dicht, alle Ritzen verstopft gegen die große Flut. Wenn Clemens die Augen halb schloß und zum Lampion aufblickte, der an seinem losen Draht leise im Luftzug schwankte, glaubte er zu spüren, wie das Haus sanft auf den Wellen schaukelte. Die Arche schwamm in Mondglast und Nebeldunst, der Widerschein des fernen Brandes am Horizont verlöschte.
In der Arche allein, ohne Vorräte, ohne Werkzeug und Hilfsmittel. Allein mit ihr, die vor ihm war, immer schon da, sich selbst genügend, in der Fülle, im Licht. Er allein mit ihr in einer anderen Zeit, gemessen nach Sternenuhren, Zeit, die sich nicht verbraucht, die zunimmt, wenn man ihren Vorrat plündert, die wächst, statt sich zu vermindern. Zeit, wie es sie vor dem schrecklichen Morgen des ersten Schultages gab, vor dem Einmaleins und dem ABC, aufgestaut im Rücken, unerschöpflich, ohne Verrinnen, denn noch ist das Gefäß, das sie hält, unversehrt, noch hat keiner das unauffindbare Loch gebohrt, durch das Tropfen um Tropfen ins Nichts fällt. Er selbst ist nichts vor ihr, die schon immer war, wird wieder winzig klein. Nichts getan, nichts erlebt, nur ein paar Mal um das Häuserquadrat der Blumenstraße und bis zur Brücke gelaufen, in der Schule nachgesessen, am Sonntagnachmittag aus dem Fenster

gestarrt, in den großen Ferien im Kurort mit der Mutter in einem Zimmer geschlafen, ihr bei der abendlichen Toilette zugeschaut – wie sonderbar sie die Arme hielt, wenn sie den Knoten des Haares im Nacken löste! Mit dem Vater am Morgen durch die Wälder spaziert: das Aufstoßen des Wanderstocks auf den Feldsteinen und das Knirschen der alten Militärstiefel, die grünen Wickelgamaschen, die er mit peinlicher Sorgfalt befestigte ... An den Dienstabenden Marschlieder, im Konfirmandenunterricht Choräle gesungen. Auf die Seite der Mädchen geschielt, nach den verstoßenen Knien der Rothaarigen, die häßlicher als alle anderen war, aber ihr Blick versengte. Nach der Konfirmation die Feier des Abendmahles, nach dem Abendmahl das Abitur mit dem ersten Rausch und der Rede des Direktors, der sie mit tapfer krähender Stimme und tränenerfüllten Augen aus der Aula des Gymnasiums in die Hölle entließ. In den Kasernennächten wie ein Sack ins Stroh gefallen, stumpf und taub, kaum zum Leben erwacht, schon zum Ding erniedrigt. In die Wüste geschickt, dorthin, wo es nur noch Trümmer und Splitter gibt, ein paar tote Äste, einen Erdhaufen, Stacheldraht. Nicht gedacht, nichts gefühlt, nur noch Hunger und Kälte gespürt. Unbehagen und Schmerz und den ständigen Trommelwirbel der Angst im Hintergrund der Tage und Nächte. Alles fremd, entliehen, von den Kleiderbügeln der Kammer geholt, die Stiefel zu groß, die Ärmel zu lang, der Kragen drückte. Nicht einmal das Gesicht, das man im Spiegel sah, war das eigene. Aufgewachsen bei fremden Leuten, ein Pflegekind ohne Namen, Kaspar Hauser, immer nur den Kopf geschüttelt, wenn jemand etwas wissen wollte, gebellt, die Sprache der Menschen nicht richtig erlernt. Ohne Namen, ehe sie ihn taufte, ohne Leben, ehe sie ihn zu sich in die Arche rief! Einmal, es war schon eine Weile her, hatte er einen Lebenslauf für eine Dienststelle schreiben müssen, Vita stand auf dem Papier, er malte in kindisch ungeschickten Buchstaben ›nicht betreffend‹ quer über die Seite.

Weshalb wunderte sie sich nicht, daß er so lange schwieg, warum stellte sie keine Frage? Wußte sie, daß es nichts zu erzählen gab aus einem Leben, das sie ihm erst schenken sollte. Sie war die Mutter, die Schwester, die Lehrerin, die er in der Schule vergeblich gesucht hatte. Unermüdlich lief sie zwischen den Bänken des Klassenzimmers hin und her, strich den Abschreibenden das Haar aus der Stirn, belohnte die Lügner mit einem Lächeln, küßte die Faulen und schlug die Fleißigen mit der Rute.

Mit ihr in der Arche, während draußen die Flammen am Himmelsrand züngelten, über die Schwelle gezogen im letzten Augenblick von ihrer Hand: sei kein Dummkopf, wir werden die Luken abdichten, die Fugen verstopfen und überleben. Jetzt saß sie auf einem altmodischen Schaukelstuhl, die Arme hinterm Kopf verschränkt, den Blick zur Decke mit dem Lampion gerichtet.

Auf der Terrasse hatten bläuliche Mondschatten auf ihren Lippen und Lidern gelegen. Jetzt belebte das Lampenlicht ihre Haut und hauchte zarte Röte auf ihre Wangen. Er sah das kindlich mütterliche Gesicht mit dem immer etwas geöffneten Mund, die Oberlippe war zu kurz geraten, sie schloß die Lippen nur, wenn sie ärgerlich war oder über etwas angestrengt nachdachte. Auch ihre Augen hatten einen Schönheitsfehler, sie waren verschieden gefärbt, das rechte bernsteingelb, das linke zwischen blau und grün. »Etwas Farbe ist ausgelaufen«, erklärte sie, »ein paar Pinselspritzer.« Jessicas Haare und Gesicht schien ein Maler entworfen zu haben. Alles lag hier am Kolorit, am genau ausgewogenen Wechsel von kalten und warmen Tönen, am schwebenden Ungefähr der hingetupften Wimpern und Augenbrauen. Hier war nichts vom klassischen Ebenmaß der Formen, die das Gesicht der Frau Vincentius bestimmten. Die kleine, kindlich stumpfe Nase verschwand fast völlig im Oval des Gesichts, wenn Jessica lachte, wobei sie den Mund weit öffnete und die Augen zu schmalen Schlitzen

zusammenzog. In ihrem dichten Haar brach sich das Licht zu goldbraunen Reflexen.
So tief war er in ihr Wesen versunken, daß es ihn fast störte, nun ihre Stimme zu hören. Sie weckte ihn auf, sie klang etwas vorwurfsvoll, sie schien zu fragen: was ist mit dir, mein Junge, meine Gegenwart ist dir wohl zu viel, ich störe dich dabei, wie du an meinem Bilde herumdichtest und dir eine Jessica zurechtmachst, wie du sie brauchst. Für solche Künste der Phantasie ist jetzt nicht der richtige Augenblick, damit kannst du dich später abgeben. Wir sind zu zweit, weißt du, was das heißt? Zu zweit übriggeblieben, die letzten Überlebenden, miteinander eingesperrt, aufeinander angewiesen, da gibt's keine Flucht in Träume, keine Hände, die sich in Unschuld waschen. Tu etwas, rede, verstricke, versündige dich! Das ist kein Kinderspiel, und du wirst dabei leiden! Diesen Zauber haben Millionen vor uns zusammengebraut und sich daran zu Tode getrunken. Wach auf, laß dies dumme Kreiselspiel, immer um dich selbst herum. Es ist lächerlich, das Spiegelbild zu betrachten. Hier bin ich, mein Lieber, ganz nah, hier gibt es keine nächtlichen Spaziergänge am Flußufer, kein Hocken auf Stufen und Bänken mit artiger Konversation und mit billigen Beteuerungen. Hier bin ich, und ich fordere dich ganz. Du wirst nicht ungeschoren bleiben, das verspreche ich dir.
Sie fragte ihn, ob er etwas essen wolle oder durstig sei. Sie wollte in die Küche gehen, um die Reste aus dem Speiseschrank, die letzte Flasche Wein vom Regal zu holen. Aber es war zu spät. Sie hatten ihren Vorrat an Worten in den letzten Tagen zu heftig geplündert, er war aufgebraucht. Mitten im Satz brach sie ab, hob die Schultern, öffnete die Hände: alles leer, am Ende, es gibt keinen Aufschub mehr. Sie schloß ihn in die Arme mit einer Gebärde, die ihm noch ein wenig Atem, eine Spur von Freiheit ließ, denn sie hatte Erbarmen mit seiner Schwäche. Aber schon keimte das Verlangen in ihm auf. Später wollte er ihr sagen, daß es weh getan hatte, später wollte er

sich beklagen bei ihr, die ihm zum Leben verholfen hatte. Aber es kam nicht mehr dazu. Er sah ihren Kopf auf dem lächerlichen Schonbezug des Sofas, Nessel oder Leinen, er sah das Muster des Kissens, das ihre Hand wie zur Stütze umklammert hielt, er nahm das alles wahr und war doch weit entrückt in ein überall und nirgendwo, im Rauschen der Blätter, im Zerren des Windes, im Schaukeln der Lampe, im Züngeln der Flammen am Horizont. Im stillen Zentrum des Aufruhrs ein kleiner kindlich erstaunter Gedanke: so also ist es, so wird es wieder und wieder sein, so einfach und schwierig, so leicht und vertrackt! Zu müde, um weiter darüber nachzusinnen. Aufgestaut ein Leben lang, dieser See von Erschöpfung, in den er kopfüber stürzte. Nie richtig geschlafen, nie ausgeschlafen! Muß es nachholen, gleich, jetzt, mitten im Glück wegschwimmen.

»Nicht geschlafen, Liebste, glaub mir, es war etwas anderes. Ich war weit weg, nicht ich, nicht du. Aber jetzt bin ich wieder da, am Ufer gelandet. Und wie ich da bin! So gegenwärtig war ich noch nie. Aber du, was ist? Weshalb schaust du mich an und lächelst? Bist bei dir geblieben, bei dir zu Hause, bist die gleiche geblieben, schön und gelassen, aber ich will dich fassungslos sehen.« Diesmal war es anders, eine gerade, sich jäh verengende Straße und an ihrem Ende das rasend sich nähernde Ziel, Zwang und Besessenheit, und nun auch sie mitten im Sturm, atemlos, mit wirrem Haar, feuchter Stirn und zusammengepreßten Lippen, als laufe sie gegen den Wind an und dürfe kein einziges Mal Luft schöpfen, ehe es vollendet, ehe der Stein über den Berg gewälzt war. Über den Berg. Sie lachten. Sie sahen sich an, ohne Scham, sie schauten zu, wie der Stein auf der anderen Seite des Hanges hinunterrollte. Es war verrückt, wie sie die Dinge aus ihrem Gleichgewicht gebracht hatten. Sie sahen sich an, sie lachten. Es war selbstverständlich, auf diese Weise zusammenzusein, weshalb nur hatten sie so lange gezögert, so viele Tage versäumt, sie konnten das nicht

mehr nachholen. Endlich waren sie aufgewacht, um sie sengender Tag, kein Körnchen Schlafsand in den Augenwinkeln, keine Schlacke im Herd, die Flamme hatte alles säuberlich aufgezehrt.
Und wieder wälzen sie den Stein über irgendeinen Berg, der im Wege steht, sie müssen ihre Kraft voreinander zeigen, es ist ein Wettbewerb, es geht spielend leicht. Läßt er aus Spaß einmal los, so hält sie allein stand. Sie hat Muskeln wie ein Mann. Eine Riesin ist sie; die aus dem Gedicht im Lesebuch, das sie als Kinder auswendig lernen mußten. ›Burg Niedeck liegt im Elsaß‹, so fing es an. Sie also war es, er hatte sie lange gesucht, immer gefürchtet, bei einem Gang durch den Wald auf eines ihrer Riesenglieder zu stoßen, in den See ihres Auges blicken zu müssen. Aber auch er war nun kein Zwerg mehr, sie hatte die Einsamkeit, das Hocken und Brüten über den Behausungen der Menschen leid und ihn verwandelt in einen Gefährten. Auch er war riesengroß, durch das Tor seiner gespreizten Beine würde er, wenn er sich hinunterbeugte, die ganze Welt überblicken. Aber mit solchen knabenhaften Scherzen war es vorbei. Sie mußten mit Siebenmeilenstiefeln um den Erdball laufen, Hand in Hand, und keiner dem anderen um einen halben Schritt voraus. Doch sie machten einen Fehler, sie liefen zu schnell, der Erdball drehte sich weg unter ihren Füßen, es wurde dunkel, der Mond stieg überm Horizont auf und zeigte sein verdrossenes Junggesellengesicht. Sie wandten sich voneinander ab und kehrten in das Gefängnis der Erinnerung zurück. Es war Nacht, noch ein paar Stunden bis zum Morgengrauen. Um sieben Uhr zwanzig fuhr der Urlauberzug vom Bahnsteig drei des Lokalbahnhofs. Keine Macht der Welt würde die Zeit zum Stehen und den Zug zum Halten bringen. Sie fingen an, sich mit zerstreuten Bewegungen ungeschickt anzuziehen. Jetzt hätten sie gern das Licht ausgemacht, um sich nicht ansehen zu müssen. Doch der Absturz dauerte nur ein paar Minuten lang. Dann ging Clemens zur Tür, knipste die

Lampe aus, wobei ihm einfiel, daß er dies vor unendlicher Zeit hatte tun wollen, zog die Jalousie auf und öffnete die Tür zur Terrasse.

Wie Zuschauer bei einer sich lange hinziehenden Vorstellung, die für eine Weile die Loge verlassen haben, um sich im Foyer zu erfrischen, nahmen sie wieder ihre Plätze am Holzgeländer auf den Gartenstühlen ein. Der Lichtstreifen über der schlafenden Stadt war inzwischen schwächer geworden, schwarz stand das Kuppeldach der Kiefer vor dem lichteren Himmelsgrund.

»Ich habe keine Angst mehr«, sagte Clemens nach langem Schweigen, »jetzt wird es leichter sein.«

»Was wird leichter sein?«

»Jetzt bin ich erwachsen.«

»Willst du mir nicht antworten?«

»Nein.«

»Und wenn ich dir sage, du kommst zurück, wenn du nur willst. Du weißt nicht, wie wichtig der Wille ist, das weiß ich besser als du.«

»Da hast du recht.«

»Ich will, daß du wiederkommst, hörst du?«

»Ich höre.«

»Ich glaube, daß du es überstehst. Denke daran!«

»Ich werde daran denken.«

»Ich liebe dich, Clemens.«

»Ich liebe dich auch. Aber vielleicht sind wir dadurch nur noch ungeschützter geworden.«

»Es trifft immer die Ungeliebten.«

»Was für ein schreckliches Wort, Jessica! Wenn du es aussprichst, siehst du wieder wie die Riesin aus. Du bist so mächtig, so eigenmächtig, das ist unmenschlich. So sind die Frauen.«

»Du wirst nicht sterben, ich weiß es.«

»Jessica. Ich möchte dir eine Frage stellen. Sie ist etwas ungewöhnlich. Vielleicht wirst du darüber erschrecken.«

»Frage nur, Lieber.«
»Was würdest du tun, wenn du wüßtest, daß du nur noch eine Minute zu leben hättest?«
Sie wandte sich ihm zu, sie sah ihn an, aber er spürte, wie sie ihm zugleich ferner rückte. »Das Gleiche wie jetzt, vermute ich«, sagte sie nach einem kurzen Zögern, »nichts Besonderes.«
»Das ist nicht wahr. Du würdest unendlich viel übereinander hinweg empfinden und denken. Nicht für die Dauer eines Wimpernschlags könntest du ruhig weiteratmen wie jetzt.«
Nun rückte sie ein wenig von ihm ab, sie legte sogar den Kopf zurück, um ihn aus einem gewissen Abstand zu betrachten.
»Ich will dir sagen, Jessica, wie es ist, denn ich weiß es. Zuerst denkst du: das muß ein Irrtum sein. Es fing doch gerade erst an, man war noch gar nicht richtig aufgewacht, hatte kaum den Schlaf abgeschüttelt. Dann kommt ein anderer Gedanke dazwischen. Aufgepaßt, es wird ernst, es geht ums Ganze. Zugleich überkommt dich etwas wie namenlose Wut, unsäglicher Ingrimm, Erbitterung ohnegleichen. Ich will nicht, will nicht! Auf diese Wut hast du ein Leben lang vergeblich gewartet, an ihr spürst du zum ersten Mal mit allen Fasern, daß du bist, etwas anderes bist als der Baum dir gegenüber, der Himmel über dir, der Mensch neben dir. Erbitterung: weshalb denn ich, um den sich das Leben bisher wenig genug gekümmert hat, den es beiseite schob, als lohne es sich nicht, Kraft und Leidenschaft an ihn zu verschwenden. Warum nicht ein anderer, mein Nebenmann, der fette, grinsende Kamerad, der vor dem Einschlafen immer die schweinischen Witze erzählt, der hat länger gelebt und mehr eingeheimst als ich. Weshalb ich, der ich immer vor der Tür gestanden und mich gefragt habe, ob ich anklopfen soll. Jetzt weiß ich, ich hätte klopfen sollen, es hätte die Mühe gelohnt. Zu spät, so früh noch am Tag und schon zu spät, ausgestrichen, von der Tafel gewischt ...
Aber die Wut verläßt dich ebenso rasch, wie sie kam, in der

kurzen Spanne, die dir noch bleibt, folgen sich die Empfindungen mit unnatürlicher Schnelligkeit. Du mußt sie alle erproben, schmecken, auskosten. Die Wut wird bezwungen von dem hoffnungslosen Verlangen, das kaum erst Begonnene abzuschließen, den Bogen zu runden, zu vollenden. Es muß so etwas im Menschen sein, eine Kraft, die das zertrümmerte Bild, die zerstörte Form ergänzen will. Woher kommt dieser Drang nach Vollendung des Unvollendbaren, nach einem Sinn des ganz und gar Unsinnigen? Mach deine Rechnung, schnell, ehe es zu spät ist, zähle die Posten zusammen, addieren, addieren, den Übertrag auf die nächste Seite und weiter! Nichts vergessen, Ausgaben und Einnahmen in zwei Kolonnen aufschreiben und die Endsumme ziehen, die Summe fürs Ende, die nicht verloren geht, die den schrecklichen Seins- und Gedächtnisverlust überdauert. Du bringst sie mit, bringst sie ein, wirst sie nennen, wenn man dich danach fragt. Es ist nur eine Zahl, zwei- oder dreistellig, ein mageres Ergebnis, aber sie beweist, daß da etwas ist, ein Widerstand, ein Wille, der zusammenprallt mit der Gewalt, die schon unterwegs ist, um dich zu vernichten. So glühend wie in der Minute der Todesgefahr habe ich nie gespürt, daß ich lebe, daß ich bin, bis zu dem Augenblick vorhin, als ich dich liebte. Ich muß es sagen, Jessica, obgleich ich mich umbringen könnte für meine Schwatzhaftigkeit, mit der ich alles erniedrige und herabziehe. Hilf mir, es zu verstehen! Es muß etwas Verwandtes sein in der nackten Herausforderung von Liebe und Tod. Schau mich nicht so an! Ich bin jetzt still, nichts sollst du mehr von mir hören. Ich habe auch alles gesagt, alles preisgegeben. Mehr habe ich nicht, mehr besitze ich nicht.«

Sie erhob sich von ihrem Gartenstuhl und ging, von Zorn und Unruhe getrieben, auf der Terrasse auf und ab.

»Ich habe dir zugehört, ich habe mir Mühe gegeben, dich zu begreifen. Du hast viel durchgemacht, mein Junge, aber glaub' mir, nicht mehr als andere Leute. Man übertreibt da gern ein wenig in der Erinnerung. Ich habe nicht viel zu deiner Minute zu sagen, die du so festlich herausgeputzt hast. Wenn man älter wird, büßt der Tod seine Anziehungskraft ein. Er ist abgeschminkt, häßlich und jämmerlich. Man vermeidet es, an ihn zu denken, und ist doch, wenn es so weit ist, bereit zur Übergabe, ganz ohne Abschlußrechnung, Endsumme und Vollendung, so wie man geht und steht. Der andere Pol aber, die Gegenmacht, die du so leichtsinnig im selben Atemzug nennst« – sie lächelte, die Unruhe fiel von ihr ab, sie setzte sich neben ihn auf das Terrassengeländer – »ach wie töricht wir sind, wie kindisch, wie dumm!« Ohne Übergang war sie wieder heiter und frisch wie nach einer ausgedehnten Nachtruhe. »Man soll nicht mehr von der Stunde verlangen als das, was sie hergeben kann«, sagte sie, »das ist nicht weise. Wir wollen nicht klüger und weitblickender sein, als in unserer Lage natürlich ist. Wir haben heut die soundsovielte Julinacht im Jahre soundsoviel des Heils. In der wollen wir leben. In keiner davor und keiner danach. Man muß, wenn man nicht zu kurz kommen will, die Reihenfolge einhalten.«

Sie blickten in die Flußniederung, der helle Himmelsrand über den Dächern der Stadt war erloschen. Die Häuser lagen zusammengeduckt unter dem Schutz ihrer Türme und Fabrikschlote. Die Sterne über dem Stadtwald fingen zu blinzeln an, so als habe das leere Leuchten sie überanstrengt. Vom Waldboden her drang Feuchtigkeit, die welken Rosen der Hecke strömten einen bitteren Geruch aus. Clemens und Jessica gingen ins Haus, machten die Läden zu und verriegelten hinter sich die Türen der Arche.

Vorübergebraust am Himmel, die Boten des Gerichts, ein paar Feuerblitze verschleudert, ein paar Lanzenstiche, hoch vom Wolkenroß herunter, nicht gefährlich, nicht tödlich, und schon wieder verklungen das Hornsignal, erstickt der Posaunenstoß, der die himmlischen Scharen zum Angriff sammelte. Noch einmal davongekommen! Immer wieder kam die Welt davon, blieb liegen wie der Drache vor seiner Höhle. Ein wenig Blut sickerte durch die Schuppenhaut, aber der Atem ging ruhig, das Monstrum da unten lebte weiter, blinzelte träge ins Licht des Mondes. Auch er, Benjamin, war geblieben. Man hatte ihn nicht heruntergeholt von seinem Auslug auf der Turmgalerie. Türme halten dem Luftdruck besser als Häusermauern stand! Er war nicht dabei gewesen, hatte seinen Posten verlassen, den Beobachtungsstand im Stich gelassen, sich feige in den dunkelsten Winkel des Turmverlieses verkrochen und die Hände gegen die Ohren gepreßt wie ein Kind, das sich vorm Gewitter fürchtet. Erst viel später, als es draußen still geworden war bis auf ein Geräusch wie von Fahnen, die im Winde knattern, war er hervorgekommen aus seinem Versteck, hatte sich bis zum Geländer der Galerie vorgetastet, um das Schauspiel der brennenden Häuser aus der Höhe zu betrachten.
Der Wind stand nach der anderen Richtung, der Rauch zog ab, der Glutregen würde den Turm nicht erreichen. Er war in Sicherheit, er konnte sich ohne Gefahr weit über das Geländer beugen. Er hörte zwei miteinander streitende Geräusche, ein Knattern und ein Zischen, ein wildes und ein sanftes Brausen. Feuer und Wasser miteinander vermählt, emporzüngelnd und niederflutend. Die Säule der aufgestauten Hitze drang bis zu ihm herauf, doch spürte er nichts von dem Sturm, der dort unten Flammen und Rauch miteinander vermischte. Ausgespart, unversehrt, unsichtbar in der toten Mitte des Aufruhrs, aufgehoben zu neuen Qualen.
Immer wieder geht das Gericht vorbei. Wie eine Wetterwand zieht es am Horizont auf, aber die Wolken verteilen sich, die

Hilfstruppen werden entlassen, nachdem sie sich zum Appell gemeldet haben. Immer steht das Gericht bevor. Man sieht es kommen, man ist bereit, man wartet in Hoffnung und Furcht. Aber dann findet man sich wieder, ausgesetzt am öden Strand, ein Überlebender, der die Augen aufschlägt und sich wundert. Noch immer ist er da, obgleich niemand ihn braucht und obgleich sie ihn verfolgen bis in den Tod. Nicht getötet, nicht gerichtet, nicht aufgenommen in den Himmel der Gerechten, nicht verstoßen in den Abgrund der Verdammten. Hier und jetzt, auf dieser Welt, an den Pfeiler, an den Marterpfahl gestellt! Oder aber er ist schon gerichtet, und dieser Turm wächst auf aus dem Abgrund der Hölle. Die ganze Zeit über hat er, ohne es zu wissen, unter Verdammten gelebt, die zur Strafe unnütze und schreckliche Arbeiten verrichten müssen. Niemals wird er eingehen in die Fülle des Paradieses!

Auf der nachtdunklen Seite der Altstadt scharten sich die Häuser zu Haufen zusammen. Abgewandt vom Schauplatz der Gefahr umlagerten sie die Straßen und Plätze. Sie kehrten dem erleuchteten Uferbogen den Rücken zu, als wollten sie nicht mit ansehen, was dort vor sich ging. Keines der Häuser zeigte sein Gesicht, keines der Fensteraugen fing den Feuerschein ein. Am Rande des Flammenkreises zog sich kribbelndes Leben zusammen. Fenster und Türen standen offen, man schleppte weg, was man tragen konnte. Die Eingeweide des Hauses waren nach außen gekehrt. In den Fensterrahmen standen kleine Menschenfiguren. Nie hatte er gewußt, wieviele Bewohner ein Haus von drei Stockwerken hat, wieviele Alte, Kranke, Kinder, Hunde und Katzen. Sie alle wollten gerettet werden, kletterten die Feuerleitern hinunter, warfen Hausrat, Bettdecken und Kissen auf die Straße. Ab und zu drangen die Kommandorufe der Löschmannschaften und das Motorengeräusch der Lastwagen bis zu ihm hinauf in die Höhe. Aus der Entfernung wirkten die Bemühungen der Hausbewohner und Feuerwehrleute befremdend, ja ein wenig lächerlich. Weshalb liefen sie dort unten alle durcheinander, die Treppen hinauf und wieder hinunter, ohne Richtung und Ziel? Würden sie nicht auf der Stelle stehenbleiben und innehalten, wenn sie wüßten, daß hier oben einer stand und sie beobachtete, wie sie ihre Arme hochwarfen und ihre Beine bewegten, wenn er sich über das Geländer beugte und ihnen zuriefe: ihr seid gezählt, man hat euch registriert, ihr steht auf der Liste. Ihr seid schon gerichtet und wißt es nicht. Die Böcke sind von den Schafen getrennt.

Vielleicht hatte Ben schon zu lange in die Flammen gestarrt, seine Augen ertrugen die Blendung nicht mehr. Die Helligkeit verkehrte sich ins Dunkle. Schwarze Flämmchen züngelten über den Dächern. Aus dem Krater des Brandherdes stieg ein riesiger Vogel mit ausgebreiteten Schwingen und Schwanzfedern auf, wuchs über den halben Himmel, sträubte sein Leuchtgefieder. Sein Auge glühte, auf seinem Kopf blähte sich eine Flammenhaube. Doch schon zerstob er in zahllose Federn, Flämmchen und Flocken, wie zerhackt von den Schnabelhieben unsichtbarer Gegner. In einer bläulichen Rauchwolke starb er dahin. Ben schloß die Augen, sein Kopf sank auf das Geländer der Turmgalerie. Er glaubte, nur ein paar Minuten geschlafen zu haben. Doch als er wieder auf die Stadt hinunterblickte, waren die Brandstellen gelöscht. Finsternis bedeckte die Trümmer. Der Mond stand schon nahe am Horizont.

»Schläfst du, Olga?«

Sie gab keine Antwort. Ihre geschlossenen Lider bewegten sich nicht, nur die Wimpern zitterten ein wenig auf der Wangenhaut. Sie atmete gleichmäßig durch den leicht geöffneten Mund. Ernst und bekümmert sah sie aus, so als sei das Schlafen ein schweres Geschäft. Ihr Gesicht schien versiegelt, ein vollendetes Werk, niemand würde mehr Hand daran legen. Seine Frage war nicht bis in jene Tiefen gedrungen, in denen sie gefangen lag. Sie bewegte die Schultern und seufzte, doch es gelang ihr

nicht, sich loszuringen. Vorsichtig stand er auf, ging auf Zehenspitzen durchs Zimmer. Während er seine Sachen zusammensuchte, dachte er: warum habe ich es getan? Es war unsinnig. Der Verstand ist ein Verräter, er rechnet, zählt zusammen und erhält ein falsches Ergebnis. Er kennt nicht die Schwerkraft der Dinge! Leicht ist es, den ersten Schritt in die Freiheit zu tun, doch mit dem zweiten gerät man in eine neue Gefangenschaft. Er sehnte sich zurück nach denen da draußen, die er verlassen hatte, nach den kurzen, brennenden Sommern des Steppenwaldes mit ihrer trockenen Hitze, nach dem Viereck staubiger Erde unter dem Zeltdach. Nie wieder würde er den Mond überm Fluß hängen sehen, wenn die Dorfbewohner in der Dämmerung badeten, blasse, flache Umrisse im Weidengebüsch. An den schwülen Abenden hatte das Mondlicht das Gitter des Schilfs, die Mückenschwärme und die Wellen des Flusses zu einem Muster zusammengewoben, das noch jetzt vor seinen Augen flimmerte.
Er blickte auf die Uhr. Es war höchste Zeit zum Aufbruch. In einer Stunde würde der Mond untergehen. Er prüfte seinen Tascheninhalt, fand den zweiten Schlüssel zu Olgas Zimmer, legte ihn auf den Tisch zu den Dingen, die er zurücklassen mußte. Ein klägliches Häuflein, die Hinterlassenschaft eines, der so gut wie gestorben war. Ein paar Briefe, ein Miniaturbild der Mutter in der Kapsel eines Anhängers, Münzen von Besatzungsgeld, Fahrscheine. Den Paß des Kowalski schob er in die Innentasche der Jacke. Noch ein kurzer Rapport, ein paar Daten und Namen, aus dem Gedächtnis hergesagt wie vorm Examensbeginn, Geburtstag und -ort, Beruf, Farbe der Augen, besondere Kennzeichen. Das saß, das würde er im Schlaf hersagen und bis zum Lebensende nicht mehr vergessen. Er beugte sich über Olga, sah sie noch einmal an, das junge, etwas bekümmerte Gesicht im Kerzenlicht. Nie hatte er es ganz zu erlösen vermocht, nie jenen Rest von Trauer und Einsamkeit aus den Zügen getilgt. Sie schlief nur noch oberflächlich und ange-

spannt, ein Hauch würde sie wecken. Er überlegte, ob er die Kerze ausblasen sollte, sie reichte noch für eine halbe Stunde, er hatte nicht mit dem Aufbruch gewartet, bis sie ausgebrannt war, er hatte sein Versprechen nicht gehalten. Vielleicht aber würde der Wechsel des Lichts sie aus ihrer Versunkenheit aufstören. Nicht ausblasen, nicht töten, das lebendige Licht, die Leuchtfrucht mit ihrem dichteren Kern, die ihre Form immer von neuem herstellte, sooft der Luftzug oder der Atem sie auch zerstörte! Draußen, in den Straßen der fremden Stadt wollte er sie so sehen wie in diesem Augenblick, eine Schlafende mit über den Kopf zurückgebogenem Arm.
Er stand auf, ging zur Tür, schob den Riegel zurück. Da sprang sie, noch halb im Schlaf, auf beide Füße zugleich. Sie schwankte, er mußte sie stützen. Barfuß, in ihrem langen Nachthemd stand sie an der Tür. Sie ergriff den Leuchter, im flackernden Licht wirkte ihr Gesicht zerstückelt, zerstört. Sie hielt die Kerze schräg, das Stearin tropfte auf ihre nackten Füße.
»Ich wollte gehen, während du schliefst«, sagte er, »es wäre besser gewesen.«
Sie war noch immer nicht ganz wach, er sah es ihrem Blick an, der durch ihn hindurchzugehen schien und nach der Tür starrte, als sei in deren Rahmen ein furchtbares Bild aufgehängt.
»Mach' mir keine Szene«, sagte er, »mach' mir bitte zum Schluß keine Szene!«
Sie stellte die Kerze auf den Nachttisch zurück und ließ sich auf dem Bettrand nieder. Sie saß da, als sei er schon gegangen. Wie morgens nach dem Erwachen, mit wirrem Haar, nackten Füßen und etwas gedunsenem Gesicht. Erst jetzt schien sie zu sich zu kommen.
»Ich weiß«, sagte sie, »du mußt gehen. Geh bitte gleich, bevor ich ganz wach bin. Es ist leichter dann. Nein, rühre mich nicht an, es tut weh.«
Sie zog die Beine auf den Bettrand und krümmte die Schultern. Klein sah sie aus, ein Mädchen, kaum ausgewachsen.

»Eben im Traum«, sagte sie, »da war ich schon lange allein. Du warst schon weit weg, ich konnte mich kaum mehr an unseren Abschied erinnern. So viel lag dazwischen, so viel Zeit, so viel Raum, eine lange Strecke, öde, grau. Du warst noch immer irgendwo am Horizont, klein, eine Spielzeugfigur, komisch, zum Lachen. Noch immer da, aber nicht bei mir.«

Sie zog das Hemd enger am Halse zusammen. Unter ihrer Haut zeichneten sich die Erhebungen der Schlüsselbeine ab. »Bist du noch immer da«, sie blickte verstört auf, »warum gehst du nicht endlich? Schau mich nicht an, quäle mich nicht.«

Sie war jetzt vollkommen wach. Sie sprach ihm ruhig und vernünftig zu mit der hellen Stimme, die er von ihren kurzen Gesprächen am Morgen kannte.

»Hast du auch alles bei dir, Paß, Kennkarte, Koffer? Weißt du den Namen des Mannes, bei dem du dich im Hafen melden sollst?«

Er nickte. Es gab nichts mehr zu sagen, er hatte nicht den geringsten Grund, seinen Aufbruch länger hinauszuzögern, da sie ihn selbst wegschickte. Keine Szene! Die Tragödiengestalt im Hemd mit der flackernden Kerze war nur die Ausgeburt einer Minute gewesen. Die junge Frau, die auf dem Bettrand saß, hatte keine Ähnlichkeit mehr mit ihr. Tränenlos saß sie da, wortkarg, fremd, weit abgerückt von ihm, der sich eben erst von ihrer Seite erhoben hatte. Er öffnete die Kammertür und zog sie lautlos hinter sich zu. Nichts geschah in dem Zimmer, das er verlassen hatte, kein Schlüssel drehte sich im Schloß. Schnell wuchs der Raum, der sie voneinander trennte. Erst war es nur die dünne Holzwand der Kammertür, dann die zwanzig Stufen der Stiege, die ins Dachgeschoß führte, er mußte sich am Geländer festhalten und an der Seite gehen, damit die Bretter nicht knarrten. Vom zweiten Stockwerk an war ihm das Treppenhaus unbekannt. Nur ein einziges Mal, in jener Nacht, als er zu Olga geflüchtet war, hatte er flüchtig die Kacheln der Wandverkleidung, die bunt eingelegten Fenster und die Milchglasscheiben der Wohnungstüren gesehen. Während er die letz-

ten Stufen hinunterstieg, spürte er, wie die Entfernung zwischen ihm und Olga sich mehr und mehr vergrößerte. Noch hielt ihn etwas mit ihr verbunden, ein dünner Faden, der sich immer schneller abspulte, bald würde er abreißen.
Jetzt hielt ihn kein Treppengeländer mehr, er blickte auf in die gläserne Kuppel, versuchte die Höhe abzuschätzen. Das Licht ging aus. An der Wand des Hausflurs entlang tastete er sich zur Tür. Er schloß auf und ließ den Schlüssel von außen in Olgas Briefkasten fallen. Ob sie immer noch auf dem Bettrand saß und ins Kerzenlicht starrte? Seit ihrem Abschied waren erst ein paar Minuten vergangen. In der Kammer gab es ohnedies nur wenige Bewegungen, Haltungen und Schritte, nur ein paarmal am Tag konnte man seine Lage verändern. Jetzt tat er den ersten Schritt ins Freie. Die frische Luft überflutete ihn wie ein Wasserguß, er mußte den Atem anhalten. Immer langsam, immer sachte! Man ist etwas schwach auf den Beinen, nicht mehr gewöhnt an den Überfluß von Luft, der plötzlich die Lungen bedrängt.
An manchen Stellen war der Vorhang der Nacht fadenscheinig geworden. Der Mond hatte sich hinterm Stadtwald verschanzt. Irgendwo im Westen mußte es gebrannt haben, die Luft schmeckte nach Rauch, doch er drehte sich nicht um, er ging in östlicher Richtung, hatte ein anderes Ziel. Vielleicht war er doch zu früh aufgebrochen. Er würde sich kaum bis zum Morgen in der Stadt herumtreiben können, ohne aufzufallen. In dieser Gegend befand sich an jeder zweiten Ecke eine Dienststelle oder ein Polizeibüro. Auch gab es Hunde. Einer von ihnen folgte ihm schon seit einer Weile, ein rotweiß gefleckter Bastard mit ausgerissenem Ohr. Wenn Albert stehen blieb, um sich nach ihm umzudrehen, hielt auch er an, hob eine Vorderpfote und sah ihn abwartend an. Es war kein Spürhund, eher ein heimatloses Tier auf der Flucht vor Fängern, auf der Suche nach Abfällen. Trotzdem hatten sie Angst voreinander, einer fühlte sich vom anderen verfolgt. Albert kehrte um und ging ein Stück der Straße zurück. Der Hund erwartete ihn,

zitternd, mit glänzenden Augen. Jetzt sah er ihn deutlicher, die mageren Flanken, das schmutzige Terrierfell, dazu den Kopf von einem Spitz mit einem kleinen Schnauzendreieck. Als er sich niederbeugte, entdeckte er ein Halsband mit einem Metallschild, auf dem die Adresse des Besitzers stand. Der Köter war also nicht herrenlos, kein Gejagter wie er, sondern ein Bürger dieser Stadt, versteuert und registriert. Vielleicht der Trost eines alten Fräuleins, das jetzt eine schlaflose Nacht verbrachte, weil ihr der Beschützer fehlte. Er bückte sich, auch der Hund duckte sich sprungbereit zusammen. Er hob einen Stein auf, einen Erdbrocken von einem Trümmergrundstück. Der Hund mißdeutete seine Absicht, hob den Kopf und fing erfreut mit dem Schwanz zu wedeln an. Ein Bastard ohne Charakter, der mit jedem ging, der ihm schöntat und ihm zu fressen gab. Das alte Fräulein, seine verlassene Herrin, würde vergeblich auf ihn warten. Wütend hob Albert die Hand, der Hund beobachtete ihn mit zur Seite gelegtem Kopf. Wie ein Zerrbild seiner eigenen Schwäche und Angst kam er ihm vor. Er schleuderte den Stein mit übertriebener Wucht, traf den Hund gegen die Flanke. Das Tier spreizte die Vorderbeine und nahm eine drohende Haltung an. Es streckte den Hals vor, öffnete das Maul und begann zu heulen.

»Verfluchte Bestie«, flüsterte Albert.

Der Hund brach das Heulen ab, schöpfte Atem und fing an, in kurzen Abständen zu bellen. Irgendwo schlug ein Fensterladen auf. Albert versetzte dem Hund einen Tritt. Über einen Sandpfad zwischen zwei Bretterzäunen ging er hastig auf den Meßplatz zu. Doch der Hund gab noch immer keine Ruhe. Er kläffte hinter ihm her, jetzt klang das Gebell nicht mehr heiser, sondern laut und bedrohlich nahe, so als setze das Tier ihm in großen Sprüngen nach, um ihn im nächsten Augenblick von hinten anzuspringen. Auf einmal jedoch wurde es still, der Hund verschwand in der Dunkelheit. Albert blieb allein auf dem leeren Meßplatz zurück. Er fühlte sich erschöpft vom raschen Gehen, seine Knie zitterten, er fröstelte in dem leichten Trainingsanzug. Er war lange Zeit nicht mehr im Freien gewesen, fühlte sich geschwächt von der Zimmerhaft. Keinen Mantel, nur ein Pappköfferchen hatte er bei sich für die lange Reise. Um den Mond zogen sich Dunstwolken zusammen. Würde das Wetter umschlagen? Das Jahr hatte seinen Höhepunkt schon überschritten, auch im Sommer gab es kühle Nächte. Albert stellte sich vor, wie der Regen auf das Dach der Ladeluke trommelte, während der Schleppzug sich mühsam den Fluß hinauf nach Süden bewegte. Solch eine Bergfahrt dauerte quälend lange. Von Fieber geschüttelt würde er in seinem Versteck zwischen den Kohlen hocken: oben an Deck knarren die Bretter von den Schritten der Männer, jemand wirft ihm eine Wolldecke zu. Aber der Führer des Schleppkahns weigert sich, den kranken Passagier länger an Bord zu behalten. Kurz vor der Schweizer Grenze setzt er ihn ab. Kowalski Eugen, mit geliehenen Schuhen unterwegs ins Nirgendwo, mit einer Tafel Schokolade, die ihm eine Frau zugesteckt hat, als Wegzehrung!

Am Rande des Platzes fand er ein Kinderkarussell mit weißen Schwänen und Pferden. Im Schatten der Platanen standen zwei Wohnwagen von einem Wanderzirkus, der hier auf der Strecke geblieben war. Überwältigt von Schläfrigkeit ließ Albert sich auf einem Tritt des Wagens nieder. Obgleich er sich durch allerlei Gedankenkunststücke wachzuhalten versuchte, schlief er bald ein. Vom Karussell her glaubte er Drehorgelmusik zu hören, einen veralteten Gassenhauer, verzerrt im Ton. Plötzlich ist es Mittag, das Lackweiß der Karusselltiere steht hart gegen das Himmelsblau. Er reitet auf einem der Schwäne. Das Karussell dreht sich schneller. Jetzt rauschen Flügel in der Luft. Der Schwan hat das Karussell wie eine Startbahn zu einem langen Flug verlassen. Durch die stille Luft des Frühnachmittags streicht er nach Süden. Noch bevor die Nacht einbricht, wird er die Grenze überfliegen.

12

Zur Reinigung bringen, gleich morgen früh, am besten, er schickte den Jungen und ließ einen anderen Namen auf den Zettel schreiben. Ob die Flecken aus der Hose rausgingen? Der Anzug war englischer Gabardine, die beste Sorte. Heutzutage lohnte es sich nicht mehr, auf sich zu halten. Er hatte sich so in acht genommen, sich nicht hingesetzt, nicht einmal angelehnt an die staubige Bunkerwand. Aber die Alte neben ihm mußte Nasenbluten bekommen. Sie fand ihr Taschentuch nicht, legte auch den Kopf nicht zurück, und schon ging es tropf, tropf auf die neue Hose. Inzwischen waren die Flecken etwas nachgedunkelt, hatten schwärzliche Ränder bekommen. In den Vitrinen vor der Polizeidirektion stellten sie manchmal die blutbefleckten Hosen von Mördern aus: Wo wurde dies Kleidungsstück gekauft, kennt jemand den Besitzer? Warum der Mensch nicht etwas Appetitlicheres in sich hat als Blut, etwas weniger Klebriges, Zähes und Ekliges, warum nicht grünen Saft wie die Pflanzen?

Blum war an der großen Passage angelangt. Früher hallten hier bis tief in die Nacht die Schritte der zwischen den Schaufenstern Bummelnden von der Glaskuppel wider. Jetzt ließ man mit Einbruch der Dämmerung die eisernen Läden vor den Geschäften herunter und schloß die Eisdielen und Cafés. Einzelne Rinnsale von Mondlicht drangen durch die Milchglasscheiben der Kuppel in die Finsternis des Gewölbes. Er kam am Juweliergeschäft ›Schöneberger und Söhne‹ vorbei. Der Lichtkegel seiner Taschenlampe stöberte eine leere Keksschachtel und eine Konservendose auf, streifte einen Turm ineinandergestellter Drahtgitterstühle, fand den Eingang zum Haus. Er schloß die Tür auf und ging durch das gekachelte Treppenhaus mit dem

Relieffries spielender Satyrknaben. Von der zweiten Etage drang ein Lichtschein aus Emilios Frisiersalon. Man schien ihn dort zu erwarten.

Vor den Spiegeln des Salons saßen die Herren auf den Frisierstühlen, sie hatten die Beine übereinandergeschlagen und die Köpfe gegen die Lederpolster gelehnt. Der Grieche Georgios las gelangweilt in einer Illustrierten. Maestro Emilio spritzte Parfüm mit einem Gummibällchen im Raum umher. Der dicke Egon drehte ihnen den Rücken zu, er war an einem zierlichen Rundtisch mit Rechnereien beschäftigt. Über seinem Kopf mit dem Borstenhaar hing ein Kranz von Metallklammern, Folterinstrumenten aus dem Damensalon. Verhandlungspause, niemand sprach ein Wort. In den Spiegeln sah man sie alle noch einmal von der Seite und von hinten, der Raum schien überfüllt von Menschen zu sein. Blum entschuldigte sich wegen seiner Verspätung: der Luftalarm, der Aufenthalt im Bunker – keiner hörte ihm zu. Auf einmal glaubte Blum einen Blick im Rücken zu spüren. Er drehte sich um und entdeckte an der Tür zum Damensalon auf einem zierlichen Polstersitz den kleinen Gerd, der ein Netz überm hellen Haar trug und einen Frisiermantel um die Schultern gelegt hatte. Der Maestro schien gerade seinen neuesten Haarschnitt an ihm ausprobiert zu haben, eine stufenweise gestutzte Windstoßfrisur. Das gemeine kleine Luder, das ihn betrogen und bestohlen hatte, wagte es, Blum offen ins Gesicht zu lächeln mit seiner kläglichen Zahnlücke, einem Andenken an den letzten Krach mit Egon, der Chef des Unternehmens war. Nur der kleine Gerd hieß ihn willkommen. Während die anderen über ihn hinweg in die Spiegel starrten, rief er mit seiner hellen Kinderstimme: »Herr Blum gibt uns die Ehre, etwas ramponiert, aber Nelke im Knopfloch. Wo hast du denn den schönen Panamahut gelassen?«

»Und wo ist der Judenkram?«

Egon drehte sich einmal um die Achse seines Drehstuhles und sah ihn aus seinen engstehenden Affenaugen an. Die über der

Stirn zusammengewachsenen Brauen, die er sich von Zeit zu Zeit von Emilio ausrasieren ließ, waren hochgezogen. Alle hatten sich umgewandt und starrten Blum böse an. Egon stützte die Hände auf die Lehnen des Frisiersessels, sein Mund war nur noch ein Strich, eine tief eingekerbte Falte.

»Hat sich wohl zerschlagen, das Geschäft? Bedauerlich!«

Er nahm eine der Flaschen vom Frisiertisch, zog den Stöpsel ab, roch an der grünlichen Flüssigkeit und schnitt eine Grimasse. »Durchsuchen«, sagte er beiläufig wie ein Zollinspektor, der nur seine Pflicht tut.

Sie kamen von drei Seiten zugleich auf ihn zu: Emilio mit dem schwarzen Lockenhaar und den geilen Tollkirschenaugen – aus der weißen Kitteltasche schauten Schere und Rasiermesser hervor –, Mohammed, dessen olivfarbenes Gesicht ein wenig blasser war als gewöhnlich – er faßte nur ungern zu mit seinen zarten, vielfach beringten Händen –, und der kleine Gerd mit dem Weibernetz im Haar und dem Frisiermantel auf den Schultern. Die anderen können mir die Jacken- und Hosentaschen umwenden, dachte Blum, ich werde keinen Widerstand leisten, aber nicht er, von ihm ertrage ich es nicht. Doch schon hatte der kleine Gerd ihm die Brieftasche aus der Jacke gezogen, wühlte in ihren Fächern, hielt sie hoch wie ein Beutestück. Blum krümmte sich zusammen vor Wut. Er hatte nie geduldet, daß ihn jemand anfaßte, war niemals geschlagen worden, nicht vom Vater, nicht vom Lehrer. ›Blümchen rühr' mich nicht an‹, nannten sie ihn in der Schule. Mimose hieß er in Emilios Klub. Die beiden anderen machten sich an seiner Gesäßtasche zu schaffen, fanden das Portemonnaie, ein Kinobillett, einen Brief und den Talisman, einen Götzen aus Elfenbein. Sie zeigten sich ihre Funde, boten sie aus wie Pfänder bei einem Gesellschaftsspiel. Emilio brüllte vor Lachen, Mohammed zog höflich leidend die Lippen auseinander. Sie legten das Zeug auf einen Haufen zusammen.

Dann untersuchten sie den Inhalt der Brieftasche: ein paar

Geldscheine, den Personalausweis, einen Zettel von der Gepäckaufbewahrung.
Blum saß, in sich zusammengesunken, auf seinem Hocker. Die Leibesvisitation war zu Ende, doch noch immer spürte er den Druck der Hände, die ihn abtasteten. Weshalb hatte er sich mit diesen Raubtieren, die ihn mit ihren Klauen und Tatzen verletzten, eingelassen? Warum war er nicht Verkäufer bei ›Schöneberger und Söhne‹ geblieben, – ein elegantes Passage-Geschäft mit der besten Kundschaft in Friedenszeiten! Dort war er beliebt gewesen als diskreter Berater für falsche Brautpaare, für ältere Herren, die eine Geliebte mit einem Schmuckstück abfinden wollten, für die reiche Alte mit der Perücke und dem Rabenprofil, die nach blauen Perlen verrückt war. Bis Mohammed eines Spätnachmittages mit seinem Katzenschritt in den Laden getreten war und in seinem verdorbenen Deutsch einen Ring aus der Auslage zu sehen verlangt hatte. Das Geschäft zwischen ihnen spielte sich rasch ein, und noch ehe man bei ›Schöneberger‹ Verdacht geschöpft hatte, kündigte Blum seine Stellung.
Noch immer durchwühlten sie das Häuflein mit seinen Habseligkeiten. Er sah die Köpfe der im Halbkreis Versammelten: Emilios schwarze Drahtzieherlocken neben dem bläulich schillernden Gefieder Mohammeds, Egons rötliche Borsten über dem Seidenhaar des kleinen Gerd, der eine Fotografie in Händen hielt, die er in der Brieftasche gefunden hatte, ein Jungmädchenbild von Blums Mutter.
»Endlich wissen wir, daß der Blum eine Freundin hat«, rief er. Doch so gründlich sie auch die Geheimfächer der Tasche durchsuchten, kein großer Geldschein fand sich in ihnen.
»Vielleicht hat er das Zeug beim Handgepäck zur Aufbewahrung gegeben«, meinte Emilio.
Egon, der auf einmal genug zu haben schien, fegte den Kram mit dem Ellbogen vom Tisch. Blums Brille löste sich aus ihrem Etui, fiel auf den Boden und zerbrach. Niemand außer Emilio,

der die Scherben auflas, nahm Notiz von dem Zwischenfall. Blum brauchte die Brille, seine Augen waren schwach. Nur aus Eitelkeit behielt er sie, wenn er ausging, in der Tasche. Plötzlich fühlte er sich, als sei er blind. Er legte die Hand vor die Augen und fing leise zu wimmern an.
»Seht nur, unsere Mimose«, rief Emilio, »niemand hat ihr die Unschuld geraubt, und doch flennt sie wie eine geschändete Jungfrau.«
»Erledigt!«
Der dicke Egon hielt sich nie lange mit Vergangenem, zu Bruch Gegangenem auf. Ein neuer Plan, und die Verluste von gestern, die Gefahren der vorigen Nacht waren vergessen. In kurz abgehackten Sätzen erklärte er das neue Geschäft, das Georgios vermittelt hatte. Es handelte sich um ein Warenlager, das in einem von Bombentreffern zerstörten Keller entdeckt worden war. Georgios schwieg über den Ort, wo die Beute lag, erst wollte er Provisionssätze und Vermittlergebühren wissen. Mißtrauen zeichnete sein stolzes Feldherrngesicht, das schön gewesen wäre ohne die kreuzförmige Narbe auf der Wange, die Folge einer Mißhandlung in einem der finsterfeuchten Gefängnisse des Balkans.
Blum, der nicht mehr zu ihnen gehörte, sah die Verhandelnden wie durch einen Schleier. Er beneidete sie, er bemitleidete sie. Sie waren zäh und stark wie das Unkraut zwischen den Trümmern. Sie achteten nicht auf die Sirenen, sie suchten keine Keller auf und überhörten die Abschüsse der Flak und das Pfeifen der Bomben. Das alles gehörte mit zum Geschäftsrisiko wie die Polizei und die Streifenkontrollen. Daß dies Risiko mit der Höhe der Umsätze wuchs, war in der Ordnung, in der harten Ordnung, die sie sich selbst gegeben hatten. Immer weiter rückte Blum von ihnen weg, ihre Stimmen konnten ihn kaum mehr erreichen. Er sah sie vor dem Gittermuster der Tapete sitzen: eine Versammlung von wilden Tieren, die für eine Weile Waffenstillstand geschlossen haben, ehe sie sich von neuem an-

fallen. Sie alle waren ohne festen Wohnsitz, heimatlos, für sie gab es keine Grenzen. Nie hatten sie Schonzeit, immer war man auf ihrer Spur. Früher waren Georgios und Mohammed einmal ehrliche Geschäftsleute gewesen, die Gelegenheitskäufe vermittelten. Auch jetzt beschafften sie, was es nicht mehr im Handel gab: Teppiche, Zigaretten, Gewürze, Tee, Parfums, Kleider und Pelze. Doch keiner von ihnen war reich geworden durch seine Geschäfte. Sie gehörten wie Blum zur Meute der armen Hunde, die der dicke Egon auf immer neue Spuren ansetzte. Nur noch schattenhaft, wie auf eine Leinwand projiziert, erkannte Blum ihre Gestalten. Er saß im abgedunkelten Zuschauerraum. Was sich da vorn abspielte, ging ihn nichts an. Er durfte Bonbons aus der Tüte lutschen, die er immer bei sich trug. Zucker stillte seinen Hunger besser als die Beefsteaks aus Egons Küche. Da saß er, unbeachtet, wurde wieder zum Knaben, der während der Kinovorstellung mit Papier raschelt und Süßigkeiten zerbeißt.
Vor seinen Augen verwandelte sich die Szene. Georgios hatte aus seinen Beutebeständen das Gemälde eines alten Meisters mitgebracht. Er wollte es für sich behalten. Die Schönheit der Mutter Gottes hatte es ihm angetan. Nur Italiener, so sagte er, verstünden es, das sanfte Lächeln und den verschwimmenden Augenaufschlag in solcher Vollendung zu malen. Er war kunstsachverständig, hatte früher einmal mit Antiquitäten gehandelt. Mohammed und er bewunderten gemeinsam das Bild. Egon, der nichts von Kunstwerken hielt – ›Nicht mal verkümmeln kann man sie, jeder erkennt sie wieder!‹ – wandte sich wieder seinen Berechnungen zu, nachdem er die Gottesmutter eines flüchtigen Blickes gewürdigt hatte. Nach einer Weile gesellte sich auch der kleine Gerd zu dem andächtigen Publikum. Er blieb etwas abseits stehen, stützte die Hand in die Hüfte, wippte zwischen Spiel- und Standbein hin und her und betrachtete das Bild mit schräggeneigtem Kopf.
»Guardate il bambino, il bimbo«, rief Emilio.

Er stieß schnalzende Laute aus, als wolle er den Knaben auf dem Gemälde auf sich aufmerksam machen. Blum blickte über die Schulter des Griechen hinweg auf das Bild. Für Schönheit hatte er immer eine Schwäche gehabt, besonders, wenn sie nur gemalt und vorgetäuscht war. Nur Menschen mit feinen Nerven und Sinnen verstehen sich auf solch ein Schaugericht, das nicht abnimmt, soviel man auch davon kostet. Andächtig betrachtete er das vom blauen Schleier umrahmte Gesicht der Madonna. Die sanften Augen waren himmelwärts gerichtet, als vergehe die Gottesmutter in einem überirdischen Liebesrausch. Das weich herabfließende Gewand verhüllte die weiblichen Formen. Die Mutter aller Menschen lächelte ihm zu, sie allein kannte seine Schmerzen.

»Was kostet das Bild«, fragte er, »ich will es kaufen.«

Emilio wandte sich ihm zu.

»Die Muttergottes«, sagte er, »gehört in die Kirche, nicht in die Bude eines Junggesellen.«

Georgios verhängte das Bild mit einem dunklen Tuch.

»Es ist unverkäuflich«, erklärte er.

In der Passage war es plötzlich unruhig geworden. Schritte hallten über den Mosaikfußboden, genagelte Sohlen. Jetzt ertönte ein Pfiff, der ein langgezogenes Echo in der Kuppel aufweckte: eine Streife. Wieder einmal durchkämmten sie das Viertel, machten Razzia, hoben die Verstecke in den Hinterhöfen und Schlupfwinkeln der Passage aus. Von den Seitengängen her kam Verstärkung, sie sammelten sich unter der mittleren Kuppel, leuchteten die Wände ab, schwärmten von neuem aus.

»Polizei«, sagte Egon mit eigentümlicher Verspätung, »Licht aus!«

Emilio knipste die Festbeleuchtung aus. Im Dunkeln hallten die Schritte unter ihnen noch lauter, tönten die Pfiffe noch gellender. Egon ging ins Nebenzimmer, ließ das Rouleau hochgleiten und blickte zum Fenster hinaus. Plötzlich flammte das

Licht im Frisiersalon wieder auf. Es war so unnatürlich hell im Raum, daß alle zusammenfuhren wie unter dem Blitzlicht für eine Gruppenfotografie. Sie saßen sich gegenüber in den zwanglosen Posen, die sie während der Dunkelheit angenommen hatten. Die Beine hingen über den Sessellehnen, die Füße lagen auf den Tischen. Egon drehte sich vom Fenster um, sein Blick wanderte suchend von einem zum anderen, fand den kleinen Gerd, der dem Lichtschalter am nächsten stand. Der Hocker, auf dem Blum gesessen hatte, war leer.
»Verdunkeln«, dröhnte eine Stimme aus der Passage.
Emilio lief aus dem Nebenzimmer herbei, um das Licht auszumachen. Die anderen rührten sich nicht von ihren Plätzen. Die Schritte waren schon im Treppenhaus, Schaftstiefel knirschten auf den Stufen. Bevor die Polizisten vor der Wohnungstür standen, ging Egon ihnen entgegen wie ein höflicher Hausherr, der seinen Gästen das Klingeln ersparen will.
»Los, Emilio«, rief er, »schenk deinen Giftschnaps ein. Wir werden die Herren von der Streife zu einem Umtrunk einladen.«
Blum stand in einer Nische des Treppenhauses, unbeweglich, mit geschlossenen Lidern. Sie gingen an ihm vorbei und sahen ihn nicht. Die Lichtkegel ihrer Taschenlampen streiften nur flüchtig den Mäanderfries mit den spielenden Satyrknaben. Er erreichte mühelos die Straße, überquerte den Fahrdamm und tauchte auf der anderen Seite in den Schatten der Kolonnaden ein. Warum den Schritt beschleunigen, niemand folgte ihm, er hatte ein gutes Gewissen. Das Licht war erst aufgeflammt, als er schon im Vorraum stand. Er hatte die Dunkelheit ausnutzen wollen, um sich ohne Abschied zu empfehlen. Unter den Arkaden klangen die Schritte hohl, er geriet wider Willen ins Laufen. Auf einmal spürte er einen harten Gegenstand, den er unter den Arm geklemmt hatte und krampfhaft an sich preßte, als müsse er ihn vor fremdem Zugriff verteidigen. Es war das Bild der Madonna, eingehüllt in das schwarze Tuch, so wie es Georgios gegen die Wand gestellt hatte, kurz bevor das Licht im

Frisiersalon ausgegangen war. Ein Gefühl des Triumphes durchzuckte ihn: ich habe sie gerettet, ich habe sie den Klauen der Raubtiere entrissen! Keiner wird mir glauben, daß ich erst in diesem Augenblick entdecke, was für einen Schatz ich bei mir trage. Sie werden sagen, ich sei ein Dieb. Sie werden mich jagen und nicht ruhen, bis sie mich zur Strecke gebracht haben.

»Blum, Blümchen, Blümlein rühr' mich nicht an!«
Die Stimmen hallten über den Platz vor der großen Kaserne. Gelächter kam hinterdrein, aus der Tiefe, aus der Höhe, von allen Seiten zugleich. Um die Ecke der Arkadenstraße bog das Sportkabriolett des Sturmführers Pflüger, schwarz, mit dem Kennzeichen des doppelten Silberblitzes. Hat schwer geladen, das Dienstfahrzeug, auf dem zurückgeklappten Verdeck hocken sie zu dritt, in Uniform, aber barhäuptig, als hätte der Fahrtwind ihnen die Mützen vom Kopf gerissen. Am Steuer der Fahrer Schmidt, der Lumpensammler, der die Geburtstagsgäste aus der Villa Goldschild nach Hause bringt. Sie grölen und tun, als seien sie die Herren der Stadt. Wenn das Waldhornsignal der Hupe ertönt – ein Motiv aus »Rheingold«, der Lieblingsoper des Chefs – verschließen sich alle Fenster und Türen, die nächtliche Hatz kann beginnen.
»Komm, kleine Blume, für dich ist noch Platz an Bord. Komm auf meinen Schoß, mein Liebling!« Dicht vor Blums Füßen hielt der Fahrer Schmidt den Wagen an, einer der Geburtstagsgäste sprang aus dem Wagen.
»Einsteigen!« rief der lange Scharführer, »Karl bringt uns sicher in die Falle, er kennt seine Tour. Wo wohnst du, Brüderchen? Sicher kommen wir da vorbei.« Er spürte die Pranken des langen Scharführers, den sie Siegfried nannten, unter seinen Achseln, sie hoben ihn wie ein Kind in den Wagen. Er hielt das Bild der Madonna fest, stolperte, da war ein schrecklicher Bein-

salat, Schaftstiefel, Halbschuhe, ineinandergeschoben, gegeneinandergestemmt.

»Lassen Sie mich bitte aussteigen«, bat Blum, der das Paket mit dem Bild aus Angst vor Beschädigung mit beiden Armen über den Kopf hielt. Er fand weder zum Sitzen noch zum Stehen Platz, war eingeklemmt zwischen Uniformschultern.

»Was macht schon das Blümchen aus. Es ist federleicht, eine Pusteblume!«

Sie zogen ihn auf den Schoß des zweiten Scharführers, der Hildebrand hieß.

»Wird's bald!«

Der Scharführer ergriff eine leergetrunkene Flasche und bohrte ihren Hals wie einen Pistolenlauf dem Fahrer ins Kreuz. Er beugte sich vor und drückte auf die Hupe. Wieder erklang der Lockruf der Rheintöchter. Die Töne verfolgten sich durch die Straßen: habt acht, das Unheil nimmt seinen Lauf! Der Motor heulte auf, fing zu stottern an, bockte. Karl fuhr zweimal um den Kasernenplatz mit den Amtsgebäuden herum, bog noch einmal in die Arkadenstraße ein.

»Der Kerl fährt uns im Kreise herum«, rief der Scharführer. Im gleichen Augenblick kam ihm ein neuer Einfall.

»Stop«, brüllte er, »Kommando zurück. Wir fahren zu Nicolette.«

»Zu Nicolette«, wiederholte der Kleine, Dunkelhaarige, den sie Hagen nannten. Aber der lange Siegfried maulte: »Keine Lust. Hab' den Kanal voll. Muß schlafen.«

Eine Weile stritten sie hin und her über den Namen der Straße, in der das kleine Wäschegeschäft von Nicolettes Schwester lag. Sie waren alle drei schon dort gewesen, den Hauseingang konnten bei Nacht nur Eingeweihte finden. Von den Mädchen waren zwei tagsüber als Verkäuferinnen in dem Geschäft angestellt, das Nicolettes Schwester im Erdgeschoß betrieb. Die Damen sprachen mit fremdem Akzent, Madame hatte sie aus ihrer Heimat mitgebracht, als sie ihr Gastspiel bei der Be-

satzungstruppe unterbrach, um sich unter dem Schutz der älteren Schwester hier niederzulassen. Karl wurde durch ärmliche Seitengassen gehetzt, die sich zum Verwechseln ähnlich sahen.
»Hier ist es, nein, dort drüben!« Er hielt an, Hildebrand und Hagen rissen die Tür auf und zogen den unlustigen Siegfried hinter sich her.
»Du kommst mit, Kamerad«, riefen sie Blum zu, der auf die andere Straßenseite entwischen wollte, »der Fahrer wartet im Wagen.«
Torkelnd machten sie sich auf die Suche, leuchteten Hausnummern und Türeinfassungen ab, klopften an Toreinfahrten. Endlich hatte Hildebrand den schmalen Eingang zum Wäschegeschäft wiedergefunden. Der eiserne Laden war heruntergelassen, vor der Tür hing ein Schild mit der Aufschrift »Ruhetag«.
»Hat einer schon solch einen Witz gehört«, rief Hildebrand, »Ruhetag für die Damen, für das überlastete Personal, laut Vorschrift der Arbeitsfront.« Sie lachten dreistimmig, Siegfrieds Stimme war am hellsten, Heldentenor, Hildebrand gab die Begleitung mit seinem dröhnenden Baß. Die Männer riefen im Chor »Nicolette«. Aber kein Fenster öffnete sich, kein Schlüssel drehte sich im Schloß.
»Vorbei der Ruhetag, Herrschaften. Jetzt haben wir hohe Nacht. Hohe Nacht der klaren Sterne. Heraus aus den Federn, Kinder, aufgewacht!« Schon flog der erste Stein, aufgelesen auf dem gegenüberliegenden Trümmerfeld, gegen das Fenster, der zweite folgte, der dritte, ins Leere gezielt, traf eine Scheibe, die klirrend zerbrach. Endlich hörte man einen schlurfenden Schritt auf der Holztreppe, die zum Laden hinunterführte. Ein falscher Schlüssel stocherte im Schloß herum, ein zweiter wurde probiert, erst der dritte drehte sich. Die Männer standen im Halbkreis um den Eingang herum, als der Laden hochgezogen und die Tür geöffnet wurde. Im schwach erleuchteten Laden stand, schläfrig blinzelnd, Nicolettes Schwester im weiten

Schürzenkleid, mit einem Tuch um den Kopf wie bei morgendlicher Hausfrauenarbeit. Sie öffnete den Mund, ohne einen Laut von sich zu geben, erhob beide Hände, fuchtelte mit ihnen in der Luft herum, deutete auf das Schild mit der Aufschrift »Ruhetag«. Jetzt erst bemerkte Blum, daß Nicolettes Schwester taubstumm war. Etwas von der Stille, die sie umgab, ging auf die Männer über, sie hörten zu lachen auf und dämpften die Stimmen.

»Du mußt nur deutlich sprechen«, sagte der kleine Hagen zum plötzlich verstummten Wortführer Hildebrand, »sie versteht gut. Sie liest es dir ab von den Lippen.« Nicolettes Schwester wies mit flatterigen Gebärden und scheuen Grimassen nach oben. Sie bettete den Kopf in die Hände, um die Haltung des Schlafes anzudeuten. Die drei Männer waren schon eingetreten und zogen den widerstrebenden Blum hinter sich her. Eilig und erschrocken wie ein Kind, das die Mutter holen will, verschwand Nicolettes Schwester auf der Holztreppe, ihr Trippelschritt versickerte in der Dunkelheit.

»Keine Angst«, Hildebrand schlug Blum auf die Schulter, »auch bei Madame droben gibt es ein Wartezimmer. Da hocken die Zaungäste und Spielverderber, die nirgends mitmachen wollen. Ruft Nicolette wie der Doktor ›der Nächste bitte‹, ergreifen sie schnell die Flucht.«

»Der Nächste bitte!« brüllte der Chor, sie stampften in einem hinkenden Tanzschritt auf dem Bretterboden des Ladens auf und klatschten in die Hände. Sie hängten sich ein und drängten in einer Kette ins Treppenhaus, ihre Stiefel polterten die Holzstufen hinauf. Blum hörte eine weibliche Stimme, die männlicher als seine eigene klang. Oben schlug eine Tür zu, er blieb allein am Fuße der Treppe zurück. Plötzlich war Nicolettes Schwester wieder da und forderte ihn durch erregtes Gebärden- und Mienenspiel auf, ihr zu folgen. Als Blum stattdessen der Tür zustrebte, stieß sie einen bellenden Laut aus. Sie schien hier der Wachhund zu sein, Zerberus, der das Kommen und

Gehen der Besucher kontrollierte. Ihr Schlüsselbund klirrte, sie nahm einen Stoß Bettwäsche vom Regal und ging Blum voraus die Treppe hinauf.

»Herzliche Glückwünsche«, stand auf einem Schild in ungeschickt gemalten Buchstaben, darunter die Zahl fünfzig, umwunden von einem immergrünen Kranz. Man feierte Madames Geburtstag. Bisher hatte sie ihr Alter unter einer Maske von Schminke und Puder verborgen gehalten, jetzt prangte es auf dem Plakat. Zur Feier des Tages hatte man die zierlichen Rundtische und die Lämpchen mit den roten Schirmen an den Ecksofas aus dem Salon entfernt. Nur das Eisbärfell vor dem Kamin, wo sich die Mädchen zur Belustigung der Gäste manchmal in allerlei drolligen Posen zeigten, lag noch an seinem Platz. Madame saß am Kopf des lang ausgezogenen Eichentisches im Gesellschaftszimmer. Die Wand hinter ihr war mit Fotografien aus ihrer Jugend beklebt. Das Hündchen mit dem Seidenfell trug heute das Haar auf dem Kopf in der Mitte gescheitelt und eine Atlasschleife um den Hals. Schulmädchenhaft schlicht gescheitelt waren auch die Mädchen, die in dunklen Röcken und hochgeschlossenen Seidenblusen am Tisch saßen.

Als die Männer den Salon betraten, ging ihnen Madame nicht, wie sie es sonst tat, entgegen. Sie strich sich eine graue Locke aus der Stirn, mit einer plumpen Handbewegung, ohne Eitelkeit. Sie war kaum geschminkt, die Haut ihres Gesichts wirkte schlaff und grau, zwischen Augenbrauen und Nasenrücken zeichnete sich ein Kreuz von Herrschsucht, Geiz und Geldgier ein. Sie hatte die Maske ewiger Jugend, die sie sonst vorm Gesicht trug, abgelegt. Gestern noch dreißig falsche Jahre alt, heute fünfzig, die Karten offen auf den Tisch. Ich passe, will von heute an eine Matrone sein, nichts weiter. Habe nicht nur die Künste der Verführung, sondern auch die Tugenden der Hausfrau gelernt, Rechnen, gute Einteilung, Sparsamkeit. Sie ergriff eine silberne Tischglocke und läutete, die Herrin des

Hauses, die das Mädchen herbeiruft, um das Essen abtragen zu lassen. Die Schwester erschien, der verdrossene, dienstbare Geist. Sie wartete an der Tür mit angestrengtem Gesicht, damit ihr kein Wort entging. Nicolette redete Französisch mit ihr, die Männer verstanden sie nicht, Blum, der an der Tür stehen geblieben war und sie voll scheuer Bewunderung betrachtete, schnappte ein paar Satzbrocken auf.
»Helène«, befahl Madame, als einige der Damen in den Schulmädchenkleidern zu kichern begannen, »zeige diesen Herren, wo die Tür ist. Sie haben hier heute nichts zu suchen. Führe sie hinunter und bringe den Nachtisch herein.«
»Betriebsfeier«, rief Hildebrand. »Geschlossene Gesellschaft«, brüllte Siegfried und zeigte sein Gebiß mit den Goldzähnen. Madame erkannte, daß sie einen Fehler gemacht hatte. Dies waren keine beliebigen Kunden, Geschäftsreisende mit abgezählten Moneten und schlechtem Gewissen, keine Soldaten am letzten Urlaubstag. Diese Herren wußten, wie man feindliches Gebiet besetzt und sich den Rückweg sichert, sie hatten Übung darin, in fremde Häuser einzudringen und friedliche Bürger aus den Betten zu holen. Die Mädchen wandten die Köpfe von der Pensionsmutter zu den Gästen um. Die halbe Drehung genügte, um die Haustöchter in gefällige Damen mit verschwimmenden Augen und einladendem Lächeln zu verwandeln. Die beiden, die tagsüber als Verkäuferinnen im Wäscheladen Dienst taten, sprangen auf, um sich umzukleiden, die anderen stützten die Arme auf den Tisch, schleckten die Löffel mit den Resten der Süßspeise ab, wobei sie ihre Zünglein zeigten und aufmunternd zu den Herren hinüberblinzelten.
Um Madame war ein leerer Raum, eine Zone von Einsamkeit entstanden. Alle hatten sich von ihr abgewandt, sie sah auf die fetten oder hageren Rücken der Ihren. Dies eilige Überlaufen zum Feind, mit fliegenden Röcken und Fahnen, erbitterte sie so sehr, daß sie über ihrem Zorn Geschäftssinn und Klugheit vergaß. Das Mädchen, das zu ihrer Rechten saß, sie war ihre Lieb-

lingsjüngerin, mußte für die anderen büßen. Mit ihren spitzen Krallen fuhr ihr Madame ins Haar und riß daran, bis sie aufschrie. Dies war das Zeichen zur allgemeinen Verwirrung. Stühle wurden zurückgeschoben, Teller beiseitegeräumt, Haare hochgekämmt, Blumen ans Jackett gesteckt. Und ehe Madame sich von ihrem Wutausbruch erholen konnte, standen die roten Pilzhocker wieder um den Kamin mit dem Eisbärfell herum. Die künstliche Glut wurde angesteckt. Zwei der Herren, die sich mit Hilfe der Mädchen einige Marscherleichterungen verschafft hatten, saßen bereits auf dem Eisbärfell wie am nächtlichen Lagerfeuer. Nicolettes Schwester hatte Gläser gebracht. Ein Mischlingsmädchen, das nie ein Wort sagte, weil ihre Sprache hierzulande niemand verstand, schenkte aus einer Karaffe ein, wobei sie, sonderbar zeremoniell, vor den Männern niederkniete. »Was Scharfes, das schnell geht«, wollte Hildebrand zum Trinken haben, und er suchte die Mulattin auf seinen Schoß zu ziehen. Sie war zierlich und wirkte auf seinem Knie wie ein Töchterlein, mit dem man hoppe hoppe Reiter spielt. Doch der Blonde mit den blaßblauen Augen, die schon wieder nüchtern zu werden begannen, war nicht recht bei der Sache. Er schien nachzusinnen über ein grausameres Spiel mit härteren Regeln, das er in längst vergangenen Nächten in der Gesellschaft der Kameraden betrieben hatte. Das Mädchen unter seinen blind tastenden Händen erweckte ihn nicht. Sie kam ihm halb bewußtlos vor, laues, bräunliches Fleisch, das nicht unter seinem Zugriff erbebte. Er ließ sie los, seine Augen weiteten sich, er sah die Szenerie von einst vor sich, deren Anblick ihm eine schärfere, steilere Lust verschafft hatte. So unvermittelt ließ er das Mädchen los, daß sie mit der Stirn gegen den Kaminaufsatz schlug, es gab eine kleine, blutende Wunde.

»Hoppe hoppe Reiter«, rief Hagen, der kleinere Kamerad, »wenn er fällt, dann schreit er.« Er war schon zur Stelle, um das Kind, das sich weh getan hatte, zu trösten. Die Mulattin weinte nicht, nicht einmal der Schmerz des Aufschlags riß sie aus ihrer Betäubung. Auch sie war weit weg, in einem Land, wo Schmerz und Erniedrigung den Körper nicht mehr erreichen. Sie schrie nicht, als sie mit der Stirn gegen den Kaminaufsatz stieß, an ihrer Stelle schrien die anderen. Der Anblick des Blutes – ein paar Tropfen auf dem Eisbärenfell – schien sie rasend zu machen. Sie stürzten sich auf den Missetäter, riefen »Polizei« und »Hilfe«, als sei ein Mord geschehen. Jetzt kam Madame mit einem Stock, den sie sich seit ihrem Sturz von der steilen Holzstiege zugelegt hatte. Aus ihrem Mißmut über die gestörte Familienfeier hatte sie sich zu ihrer gewohnten Tatkraft aufgerafft. Sie brachte das sich balgende Knäuel auseinander und sammelte die Geldscheine ein, die Hagen in eine Muschelschale auf dem Büfett gelegt hatte. Das Ergebnis schien befriedigend ausgefallen zu sein. Sie klatschte in die Hände, und sogleich nahmen die Mädchen wieder ihre Plätze auf den roten Pilzhockern ein.

»On va monter?« fragte eine der Französinnen, ein Bleichgesicht mit einem Kakadu-Haarschopf, den sie tief in die Stirn gekämmt hatte. Sie hielt ihr Opfer an der Hand, den langen Siegfried, der sich vor dem Kamin ausgestreckt hatte. Hildebrand hatte die Mulattin an Hagen abgetreten und sich dafür der Loreley, Madames Lieblingsjüngerin, zugewandt. Madame pflanzte sich vor ihm auf und riß das Mädchen von seiner Seite. Ihre Augen waren hart, klein und blank, sie hielten dem verschwommenen Blick des Scharführers stand. Dann wandte sie sich Blum zu, der noch immer als stummer Zuschauer der Szene im Türrahmen stand.

»Was ist mit diesem Herrn?« Sie verschränkte die Arme über der Brust, »für Kiebitze und Zaunkönige ist hier kein Platz. Solche Vögel können wir nicht brauchen.«

»Seht nur, wie er Madame anschmachtet, unser Blümchenrühr-mich-nicht-an«, brüllte Hildebrand, der sich von der Loreley die Haare des Eisbärfells von der Uniformjacke zupfen ließ. Madame blickte Blum scharf ins Gesicht. Er wich einen

Schritt zurück. Dabei stieß er an das verhüllte Bild, das er gegen die Wand gelehnt hatte.

»Was hast du da mitgebracht, Schatz?« fragte eines der Mädchen. Auf einmal hatte es keine von ihnen mehr eilig, nach oben zu kommen. Alle versammelten sich um Blum. Die Loreley entfernte das Tuch vom Rahmen des Bildes. Die Madonna erschien, in ihrem blauen Gewand, milde lächelnd, umstrahlt vom Glorienschein. Madame bekam plötzlich das verschlossene Gesicht einer Bäuerin, die am Sonntag zur Frühmesse geht. Sie trat einen Schritt zurück. Die Mädchen blickten verlegen zu Boden, die Loreley zerknüllte das Tuch, das die Madonna eingehüllt hatte. Die Mulattin, die sich etwas abseits von der Gruppe hielt, blieb unbeteiligt, undurchdringlich.

»Heilige Mutter Gottes«, murmelte Madame mechanisch. Blum blickte in ihr verwüstetes Gesicht, in ihre harten Augen, die glänzten. Die Geduld der Herren war am Ende.

»Seht euch nur diese Betschwestern an«, rief Hildebrand, »es stinkt nach Weihrauch.«

»Wir haben uns in der Haustür geirrt«, brüllte Hagen, »wir sind in der Kirche statt im Puff.«

Siegfried sammelte seine langen Beine vom Eisbärfell auf. Er erhob sich mühsam.

»Jetzt platzt mir der Kragen«, rief er, »wozu haben wir die Nönnlein aus ihren Klosterschlupfwinkeln gejagt, wo sie ungestraft Unzucht trieben?«

Madame schob das Bild mit der Madonna beiseite und verschränkte die Arme über der Brust.

»Mir reicht es schon lange«, schrie sie, »ich werfe euch zum Tempel hinaus, elende Bande!«

Siegfried, Hagen und Hildebrand standen schon an der Treppe. Sie hatten die Uniformmützen aufgesetzt und nahmen eine dienstliche Haltung an.

»Dieses Nest heben wir noch einmal aus«, rief Hildebrand, »darauf könnt ihr euch verlassen!«

Nicolettes Schwester tauchte aus der Dunkelheit auf. Sie lief vor den anderen lautlos die Treppe hinunter und schloß die Haustür auf. Die drei Herren gingen zum Wagen hinüber, Karl hatte den Motor schon angestellt.

»Liquidieren sollte man deine Madonna«, rief Hildebrand, der den Kopf nach Blum zurückwandte, »Kopfschuß. Das haben wir in den französischen Schlössern geübt, bei den Ahnen, die dort reihenweise aufgehängt waren. Gute Zielscheiben, man schoß ihnen in den Mund, daß ihnen das hochmütige Lächeln verging. Eine Madonna war zufällig nicht dabei, man könnte es jetzt mit ihr nachholen. Stell' deine Dame an die Wand! Sie hat uns den Spaß verdorben.«

Doch Blum war schon in den Schatten der Bogengänge eingetaucht, man hörte seine Schritte unter den Arkaden. Er hatte das Bild der Madonna unter den Arm gepreßt, er lief, bis ihm der Atem ausging.

Kreuz und quer durch die Stadt mit dem Sportkabriolett des Chefs auf mondversilberten Straßen, über Schotterwege und versandende Pfade, am Steuer, den Fuß auf dem Gaspedal, das Ohr angefüllt mit Motorengesumm, im Wagenfond die schnarchende Fracht der Herren in Uniform, die endlich Ruhe gegeben haben. Mit der letzten Fuhre des Tages unterwegs zum Bestimmungsort, wo er die dicken Pakete, schlecht verschnürt, ein wenig ramponiert, bei den verschlafenen Gattinnen abliefern wird mit einem gefälligen Grinsen: bin Schmidt Karl, Rollkutscher, Fahrer, Bote, Lieferant von erlaubten und verbotenen Gütern. Man zieht die Mütze, steckt Trinkgelder ein, weil man die Herren unbeschädigt heimgebracht hat. Schöne lange Kerle, können nicht aufrecht stehen, nicht geradeaus gehen. Die Größten sind die Dümmsten, keine Grütze im Kopf, vertragen nichts, schlagen hin wie gefällte Bäume, wenn sie frische Luft in die Lungen bekommen. Die Gattinnen neh-

men sie an der Haustür in Empfang und zerren sie über die Schwelle ins Nest.
Endlich gehörte ihm der Wagen allein. Aus Übermut ließ er das melodische Hupensignal in der Stille der Waldsiedlung ertönen, noch einmal drang der Rheintöchter-Ruf in die Träume der Schlafenden. Weder Wegweiser noch Leuchtzeichen führten von den Feldwegen und Umleitungsstrecken auf die Hauptstraße zurück. Bei der Heimfahrt mußte er sich auf seine gute Witterung verlassen. Er spürte jeden Geruch aus den Tiefen der Sommernacht auf, den Rauch von den verlöschenden Bränden, den würzigen Duft der Gemüsebeete, den Dunst aus der Niederung und den chemischen Gifthauch der Fabriken. Motorengesumm und Fahrtenwind machten ihn schläfrig, sein übermüdetes Hirn brütete fiebrige Gedanken aus. Nachtdienst, noch immer, zur Verfügung des Chefs. Hoch an der Zeit war's, zur Villa zurückzufahren, vielleicht wartete man dort auf ihn, in der zweiten Hälfte der Nacht hatte Pflüger oft seine muntersten Einfälle.

13

Alle Gäste waren gegangen, das Treppenhaus der Villa Goldschild lag still und verlassen im Dämmerlicht der Notbeleuchtung. Bolte hatte die Posten schlafen geschickt. Sorgfältig schloß er die Haustür ab, sah sich noch einmal in der Halle um und ging in seinen knarrenden Schaftstiefeln über die Marmorfliesen zur Treppe. Die letzten Stunden der Nacht gehörten ihm allein. Niemand würde ihn stören bei seinem geheimen Dienstgespräch mit dem Chef, der oben auf ihn wartete. Zwischen drei und sechs Uhr in der Frühe hatte der Chef seine beste Zeit. Wenn die baumlangen Kerle von den Stühlen purzelten und die Säufer über den Tischen zusammensanken, setzte sich bei ihm der trübe Niederschlag des Tages. Leicht war sein Schritt, klar wie Bergwasser strömten seine Gedanken. Wenn alle schliefen, suchte er einen, der mit ihm wachte. Und immer war Bolte zur Stelle. Auch wenn ihm vor Müdigkeit fast die Augen zufielen, stand er zu Diensten, schleppte Akten herbei; die guten Stunden mußten sie zur Arbeit ausnutzen. Später badete der Chef und frühstückte im blaßblauen Morgenrock mit dem Töchterlein. Bis kurz vor acht Uhr hielt die gute Laune an, dann ließ er die Läden herunter und zog die schweren Seidenvorhänge im Boudoir der Madame Goldschild zu. Große Männer haben das Vorrecht, am Tage zu schlafen ...

Noch hing der bittere Rauchgeruch von Zigaretten in der Halle, doch oben im Boudoir der Madame Goldschild war gut gelüftet. Für heute hatte Bolte sich das Programm zurechtgelegt, es ging gegen Stein und Genossen. Lange Zeit hatte er herumgetüftelt an dem Plan, Beweise gesammelt, Schriftliches, Mündliches, Namen, schwarz auf weiß, wie der Chef es liebte, ein Dutzend Namen, vier aus der Maschinenhalle, drei aus dem

Einkaufsbüro, vier aus dem Lager, einen von der Direktion. Bei Zwölfen ist immer ein Verräter dabei, auf ein Dutzend kommt einer, der die Nerven verliert. Schmidt Karl, der nicht auf der Liste stand, würde der Dreizehnte sein.

Bolte stieg die Stufen der Marmortreppe in feierlicher Langsamkeit hinauf, an jedem Absatz blieb er stehen, beugte sich über das Geländer und blickte in die leere Halle hinunter. Solch eine Treppe, dachte er, ist nicht übel, man steigt auf ihr empor, Stufe um Stufe, was einmal war, bleibt unten im Dunkeln zurück, man wendet sich nicht danach um. Er ging lautlos über den Teppich des Vorzimmers, klopfte zaghaft an die Tür des Büros. Als er keine Antwort erhielt, trat er ohne Anmeldung ein. Vielleicht hätte er sich doch bemerkbar machen sollen. Der Chef, der am Fenster stand, fuhr herum, als er den Luftzug von der offenen Tür spürte. Aus alter Gewohnheit griff er nach der nicht vorhandenen Pistolentasche: »Wer da?«

»Ich bin's, Bolte!«

»Melden Sie sich gefälligst an, wenn Sie hier einbrechen, mitten in der Nacht.«

Anmelden, einbrechen – der Ton des Chefs ließ nichts Gutes ahnen, er schob Bolte in den Abstand zwischen Vorgesetztem und Untergebenem zurück. Pflüger hob die Hand zum Mund, er unterdrückte ein Gähnen, das sein Gesicht aus dem schönen Gleichgewicht brachte.

»Mit mir ist heute nichts mehr los. Zu viel durcheinandergetrunken. Werde mich hinlegen.«

»Vielleicht eine Kopfwehpille?«

Boltes Stimme klang vor Enttäuschung matt. Die Treppe zur Macht, die er eben hinaufgestiegen war, stürzte lautlos in sich zusammen. Der Chef stand wieder am Fenster und starrte gegen den Verdunkelungsvorhang, als könne er durch ihn hindurch in die Nacht hinausblicken.

»Ich glaube, das Wetter ändert sich. Der Mond hat einen Hof.«

»Vielleicht ein Glas Wasser?«

»Solch ein Geburtstag ist keine Kleinigkeit. Über Nacht gehört man zum alten Eisen.«
»Ein Glas Wasser mit einem Schuß Pernod?«
»Das Zeug schmeckt fade, macht aber einen klaren Kopf. Ich will den Kelch bis zur Neige leeren.«
Er trank das Glas, das Bolte ihm reichte, in einem Zuge aus. Bolte nahm es ihm ab und stellte es auf den Schreibtisch.
»Nicht hierher, es gibt Ränder. Mein Schreibtisch muß sauber sein, wenn ich daran arbeiten soll.«
Er setzte sich hin und stützte den Kopf in die Hände. Bolte näherte sich auf jene unauffällige, aber nachdrückliche Art, die er an sich hatte, wenn es etwas zu sagen gab, wozu man der Atemnähe bedurfte.
»Bei Ihnen, Sturmführer, zählen die Jahre nicht. Sie haben kein Alter.«
Als Pflüger keine Antwort gab, erklärte er seinen Fall. Er trug ihn in zusammenhängender Rede vor. Das Ganze war wie ein Schriftsatz aufgebaut, erst die Vermutung, der Verdacht, dann die Untersuchung, endlich der Beweis. Alles klang logisch und schlüssig. Der Chef lehnte sich in seinem Armstuhl zurück, er hatte die Arme über der Brust verschränkt. Er unterbrach ihn nicht. Seine Augen starrten ins Licht der Schreibtischlampe, um seinen Mund hing ein fades Lächeln. Bolte war nicht sicher, ob er überhaupt zugehört hatte. Er las die Namen aus der Liste vor, er rief sie auf wie beim morgendlichen Lagerappell. Nicht alle waren Pflüger bekannt, manche konnte er nur schwer behalten. Jedesmal, wenn Bolte einen Namen aussprach, stand der, dem er gehörte, aus der Dämmerung des Boudoirs auf. Pflüger war nicht mehr mit Bolte allein. Die Bude füllte sich mit bekannten und unbekannten Gesichtern. Nur hereinspaziert, Herrschaften, meine Laune bessert sich, wenn ich in Gesellschaft bin, und sei es nur in der von Gespenstern! Sie standen auf und fielen polternd um. Schießbudenfiguren, er knallte sie ab, Abschuß, Blattschuß, schon waren sie in der Versenkung

verschwunden. Es war unterhaltend, aber bald wurde es eintönig durch die Wiederholung. Keine Arbeit für einen Meisterschützen, diese wehrlosen Pappkameraden, auf die er zielte.
Wilkowski, Müller-Stolzenfels, Burgmeier, Kranz – das war doch der Sachbearbeiter aus dem Personalbüro, ein Gesicht, das man nicht so leicht vergißt: wasserblaue Augen, eine Hängelippe, rötliches Haar, endlich kein Pappkamerad, sondern ein Mensch, den man sich vorstellen konnte, klägliche, ungewaschene Kreatur. Galli Anna, eine Frau war also auch dabei, die Sekretärin des Prokuristen. Ausländischer Name, halb Italienerin, Pflüger kannte auch sie. Eine ältliche, aber immer noch hübsche Person, intelligent und, wie man hörte, der Liebe nicht abgeneigt. Wer mit Geschäftsfreunden in Hotelzimmern schläft, erfährt nicht nur Bettgeheimnisse. Galli, dies Wild mit dem nicht mehr ganz einwandfreien Geschmack, sollte man sich einmal gesondert vornehmen.
Jetzt folgten wieder ein paar Namen ohne Gesicht, bis der Prokurist an die Reihe kam. Akademiker, Volkswirt, ein alter Feind, sie hatten sich früher gelegentlich an der Universität gesehen, grüßten sich aber nicht mehr. Auch der Prokurist folgte dem nächtlichen Appell, nahm teil an der Geisterbeschwörung, stand im Zimmer, in der Reihe der Zwölf. Galli, Kranz, Wilkowski, Werkmeister Stein – der Ring schloß sich. Jetzt hätte er gern einen von denen in Fleisch und Blut gegenüber gehabt, zu jenem Zwiegespräch besonderer Art, wo jede Antwort genau auf die Frage zu passen hat. Parade, Ausfall, Verteidigung, aber das Ganze ist nur ein Scheingefecht, denn das Ende steht von vornherein fest, der andere weiß es so gut wie ich. Schade, daß er sie nicht aus ihrem Bett zerren und vor den Schreibtisch zitieren konnte. Er war in Verhörlaune, das alte Fieber regte sich. Zu lange allein gewesen im Marmortempel, umgeben von Ja-Sagern und ausgestopften Uniform-Figuren.
»Das wär's für heute«, sagte Bolte, der sich in Erinnerung brin-

gen und ein Lob für seine Arbeit ernten wollte. Der Chef gab keine Antwort. Er ging auf und ab, mit dem Miniaturdolch des Brieföffners in der Hand, er blickte nieder auf seine glänzenden Schuhspitzen. Gleich darauf drehte er sich überraschend um, widmete Bolte einen zerstreuten Blick.

»Es ist gut, Sie können gehen. Morgen reden wir weiter.«

Hat seine Schuldigkeit getan, kann gehen, der Mohr, der häßliche Graue, der Hinkefuß, der Spürhund, der immer kläfft im Hintergrund der Tage und Nächte. Japsend schleppt er die Beute herbei, apportiert, liefert Material und bekommt zum Dank ab und zu einen Knochen hingeworfen. Keiner streichelt ihn übers struppige Bastardfell. Aufgeschoben, aufgehoben! Will allein sein, der Chef, keine Zeit, hat noch zu tun. Ein widerwillig hingeworfenes ›Danke‹, schon im Abgehen, ein abgezehrter Knochen, keine Faser Fleisch, damit konnte man gut und gern verhungern.

Bolte war schon an der Tür. In Gedanken bastelte er an einem Satz herum, der seine Verdienste ins rechte Licht rücken und ihm das letzte Wort in der nächtlichen Unterredung sichern sollte, da hörten sie beide im gleichen Augenblick den Hund im Treppenhaus anschlagen. Während der Geburtstagsfeier hatten sie ihn in der Waschküche eingesperrt, aber in der zweiten Hälfte der Nacht lief er frei im Hause herum. Pflüger öffnete die Tür und rief ins dunkle Treppenhaus: »Tell!« Man hörte die Pfoten auf den Marmorfliesen, das Bellen brach ab, der Hund lief die Treppe hinauf, auf den Lichtschein der offenen Tür zu.

»Was ist denn, Tell?«

»Ich bin es!« Hinter einem der Pfeiler des Treppenhauses trat Karl hervor. »Ich bringe den Wagenschlüssel und wollte melden, daß die Herren sicher nach Hause gekommen sind.«

»Warten Sie, Mann«, Pflüger beugte sich übers Treppengeländer, »wenn Sie schon hier sind, hätte ich noch ein paar Fragen.«

Langsam, widerwillig stieg Karl die Stufen hinauf, der Läufer

schien an seinen Stiefelsohlen zu kleben. Bolte fand Zeit, den Chef sacht am Ellbogen zu berühren: »Er steht nicht auf der Liste«, flüsterte er, »aber er ist der Dreizehnte.«
Der Hund war plötzlich gut Freund mit Karl, er schnupperte an seinen Schuhen herum, rieb die Flanken an seinem Knie. Für Pflüger hatte er nur einen schiefen Blick aus den gelblichen Lichtern. Elendes, feiges Biest, man sollte ihn totschießen. Hunde sind seltener treu, als man glaubt. Die beiden trieben sich zu viel in der Küche bei den Fleischtöpfen der dicken Rosa herum.
»Bleib, wo du bist, Tell!« rief der Chef, als der Hund ihnen ins Zimmer folgen wollte, auf der Türschwelle drehte er sich noch einmal um und zischte. Das Tier duckte sich ängstlich, mit vorgestrecktem Kopf.
Pflüger nahm einen Polsterhocker, der im Hause der Beichtstuhl hieß. Er hob ihn mit einer Hand am zierlichen geschweiften Fuß hoch und setzte ihn schräg vor dem Schreibtisch auf den Teppich nieder. Er rückte die Lampe vor, so daß ihr Lichtkegel auf das rote Seidenpolster fiel, und stellte einen Aschenbecher zurecht. Dabei lächelte er ein falsches Hausfrauenlächeln und forderte Karl auf sich zu setzen.
»Rauchen ist erlaubt.« Er ließ sich auf der Schreibtischkante nieder, pendelte mit den Schaftstiefeln und blickte auf den Rotschopf hinunter. Karl fühlte sich ungemütlich auf seinem Sitz, ein Küchenhocker wäre ihm dann schon lieber gewesen. Kaum saß er, da tat ihm der Rücken weh. Er stellte die Beine breit nebeneinander und legte die Hände auf die Knie. Es war gut, sie so vor sich zu sehen, breit und stark im Griff, sie waren das einzig Zuverlässige in dieser Stunde.
»Seit wann kennen Sie Meister Stein? – Sie wurden durch seine Vermittlung eingestellt? – Sie kannten ihn von früher her?« Die Fragen folgten so schnell aufeinander, daß Karl kaum antworten konnte. Er hatte einen rötlichen Flecken an seinem linken Daumen entdeckt. Er kratzte daran, es war eine kleine

Wunde mit einem Rand aus getrocknetem Blut. Die Wäsche unter der Dusche war nicht gründlich genug gewesen, er hatte noch Spuren an sich von seinem Kampf mit dem Feuer. Schlaf hätte er jetzt gebraucht, eine Sonderration, doppelte Portion, ein dunkles, stumpfes Zwischenstück, um die Abenteuer der Nacht voneinander zu trennen.

»Daß Stein KP-Mitglied war, ist bekannt. Es steht in den Personalakten.«

Für eine halbe Minute übten sie das alte Kinderspiel, wer dem anderen länger in die Augen blicken kann, ohne mit den Wimpern zu zucken. Auf einmal war der Kopf des Chefs dicht über Karls struppigem Haar, er spürte seinen trockenen Atem im Gesicht und rückte ein wenig beiseite.

»Was Sie in Ihrer Jugend gemacht haben, geht mich nichts an«, sagte Pflüger, »was jetzt in diesem störrischen Schädel steckt, will ich wissen!«

Er tippte mit dem Brieföffner gegen Karls Stirn. Der Miniaturdolch kitzelte unangenehm auf der Haut, Karl zuckte mit den Wimpern und brach den Blick ab, er hatte das Spiel verloren. Pflüger richtete sich auf. Er ließ den Brieföffner auf den Schreibtisch fallen und stemmte die Hände in die Hüften. Aus schmalgezogenen Augen beobachtete er, wie Karl auf dem Polsterhocker hin- und herruckte.

»Geben Sie's auf, Mann«, schrie er plötzlich mit überkippender Stimme, »Ihr Name steht auf der Liste.«

Karl hob den Kopf, er blickte dem Chef gerade in das vor Wut verzerrte Gesicht, sein Mund verzog sich zu einem breiten Grinsen. Pflüger wurde unruhig, er starrte auf seine Armbanduhr, wandte sich um und ging zum Fenster.

»Ich brauche Sie nicht mehr«, sagte er leise, »Sie können gehen.« Als Karl auf dem Hocker sitzen blieb, fuhr er herum und brüllte: »Haben Sie nicht gehört? Sie sollen gehen. Sie stehlen mir meine Zeit!«

Karl erhob sich mit schmerzendem Rücken, ein Fuß war ihm

eingeschlafen, er machte ein paar hinkende Schritte auf die Tür zu, wollte die Klinke ergreifen, aber Pflüger kam ihm zuvor: »Am besten, Sie bleiben hier für den Rest der Nacht. Ein paar Stunden können Sie noch vor Schichtbeginn schlafen.« Die Hand des Chefs spielte mit dem Messingknauf der Tür. »Es ist nur eine Vorsichtsmaßnahme«, setzte er mit gespielter Sanftmut hinzu.

Den Schlüssel abgezogen und in die Tasche gesteckt! Das Pensum für heut ist erledigt. Endlich kann man das Licht ausmachen, sich ausstrecken und auf den Lorbeeren des Geburtstags ausruhen. Keine Toilette mehr, nicht einmal Katzenwäsche, die Stiefel vor die Tür gestellt, damit die Ordonnanz sie zum Putzen vorfindet und nicht denkt, man sei zu betrunken gewesen, um sie auszuziehen. Die Jacke über die Lehne des Stuhls gehängt, und dann mit einem Hechtsprung ins Doppelbett, aufs Ehelager derer zu Goldschild, quer über die Steppdecke, halb angezogen in Hemd, Hose und Strümpfen. Es war noch warm, Pflüger schlief im Sommer sonst nackt, aber seine Kraft reichte nicht dazu, das Zeug, das er am Leibe trug, abzustreifen. Kein guter Abgang! Er hatte sich lächerlich gemacht vor diesem Rotschopf, dem das Grinsen noch immer nicht vergangen war. Kerkermeister Pflüger, schließt den schwarzen Mann mit eigener Hand in das ehemalige Mädchenzimmer ein, vielleicht wird er seinem Privatgefangenen morgen selbst das Frühstück richten. Schön hineingeritten hatte ihn der Bolte: abgeben den Fall, gleich morgen früh! Nicht zuständig. Mit der Zeit wird man immer unzuständiger. Keine Lust, den Mann da oben abzuschießen! Hände weg, nicht ich, nicht mehr ich, das erledigen jüngere Leute. Quicklebendig, dieser Schmidt, intelligente Augen, starkes Kinn, platter Nasensattel. Vermanschte Rasse, wie man sie häufig in dieser Gegend findet, wo sie seit den römischen Legionären wild durcheinandergehurt und -geheiratet haben. Fast alle haben sie Franzosenblut, die Marokkaner spuckten auch kräftig in die Suppe, dazu kommen die vielen Polacken, die hier auf Arbeit gehen, und die Makkaronifresser. Vermanschte Rasse, häßlich, aber zäh, mit dem Geruch nach Erde, Sumpf und Asphalt im Haar. Stadtbauern, fahren ihre Ernte zwischen den Häusern ein, bestellen ihre Äcker zwischen Frühschicht und Schlafenszeit. Rothaarige, die haben das Kraut gegessen, das ewiges Leben verleiht.

Plötzlich richtete Pflüger sich im Bett auf, Schweiß stand auf seiner Stirn, seine Hand tastete an der Wand entlang, aber er fand den Schalter nicht, um das Deckenlicht anzumachen. Rotes Haar, platter Nasensattel, hellgesprenkelte Augen! Auf einmal wußte er, wo er diese Visage schon einmal gesehen hatte. Alles wiederholt sich, das Leben geht im Kreis. So etwas läuft einem nach zehn Jahren über den Weg. Man erkennt ihn nicht wieder, nimmt ihn zu sich ins Haus, setzt ihn ans Steuer, gibt ihm Gewalt über Leben und Tod. Der Erste und Einzige, an den man sich später noch manchmal erinnert. Bei den Mädchen muß es ähnlich mit den Liebhabern sein. Da zählt auch nur einer, die anderen verwechselt man bald miteinander, später rechnet man nicht mehr nach, wie viele es gewesen sind. Der Erste, der Einzige! Wäre er nicht gewesen, hätte es auch keine andern gegeben. Einer muß ja der Erste sein! Was später kommt, ist Wiederholung, Gewohnheit, halbe Angst, halber Schmerz, halbe Lust.

Der Paukboden des Studentenlokals! Auf den Bretterplanken stehen Instrumente von der Musikkapelle herum, eine Baßgeige im Futteral, eine unverhüllte Trompete, Spinnweben am Mundstück. Ulkig, daß man solche Kleinigkeiten im Gedächtnis behält. Die Saalschlacht ist geschlagen, die Razzia vorübergebraust. Überall breitet sich die Ruhe nach dem Sturm aus, die Stille, aus der sich noch hier und dort welche erheben und sich wundern, daß sie ihre Knochen noch beisammen haben. Er kauert hinter einem umgestürzten Tisch, speiübel ist ihm, und weil er glaubt, allein zu sein, leistet er sich sogar ein Stöhnen. Da entdeckt er den anderen im spiegelnden Blech der großen Trompete: erst nur ein paar Lichter, die sich bewegen, dann sein lächerlich verkleinertes Bild. Solch ein Zwerg im Trompetenspiegel, dort, wo sonst die Töne herauspurzeln, scheint ungefährlich zu sein. Doch er nähert sich, er hat eine Waffe, ist sprungbereit. Herumgefahren, und die Hand schon am Koppel! Es hilft nichts mehr, daß der andere, ein Jüngelchen, kaum zwanzig Jahre alt, rothaarig, mit der zerquetschten Visage des Schmidt, die Waffe, die er in der Hand hält, fallen läßt und hinter dem Bauch der Baßgeige Deckung sucht. Zu spät, Bürschlein, du bist gerichtet! Die Hand am Koppel kann nicht mehr zurück.

Vielleicht, fällt ihm jetzt mit zehn Jahren Verspätung ein, wäre es besser gewesen, ihn zu prügeln, die rote, zähe Katze totzuprügeln. Dann wäre man die lebenslängliche Wut losgeworden. Das rothaarige Jüngelchen wäre aus seiner Lähmung erwacht und hätte ihm seine Proletenfäuste in die Seiten gebohrt, statt ihm mit diesem stillen, ergebenen Staunen in den Augen fast höflich den Weg freizugeben. Das Haar des Toten war nicht mehr so rot wie vorher, und auch die Sommersprossen verblichen schnell in dem gelben Gesicht, aus den Augen hatte der Schrecken alle Farbe gesogen. In Notwehr gehandelt, dafür kam man sogar bei den Gerichten mit einer kurzen Strafe davon, wenn man erwischt wurde. Aber damals entdeckte niemand den Fall. Der Erste, der Einzige! Er sah ihn vor sich, er dachte mit Abscheu an ihn, in die sich so etwas wie Dankbarkeit mischte. Er hatte ihn zu dem gemacht, was er werden sollte. Er hatte ihm zur Freiheit verholfen.

Pflüger legte sich auf die Seite, die Knie etwas angezogen, in Schlafstellung, Schutzhaltung, Arme vors Gesicht, aber er schlief nicht ein. Er hätte sich ausziehen sollen, der Hosenbund schnitt in die Magengrube ein. Zugenommen, zu wenig Bewegung gehabt! Die Uniform ist nach den alten Maßen gemacht. Ekelhaft, daß ein Mensch die Form nicht halten kann! Er schlief nicht, es war noch nicht seine Zeit, noch nicht der Morgen, an dem die anderen sich seufzend zur Arbeit erhoben. Das Herz ging zu hart, der Puls zu schnell, im Kopf zerplatzten die letzten Bläschen vom Sekt der Witwe Cliquot.

Er schlief nicht, als Christa über den Flur schlich und an der Tür der Dachkammer lauschte. Sie hatte den Doppelschritt auf der Treppe gehört und das Knarren der Mansardentür. Zurück war nur einer gegangen, das mußte der Vater gewesen sein. Wenn er sehr müde war, hatte er diesen lustlosen Gang, den sie überall wiedererkannte. Sofort war sie überwach und erregt. Wer war es, den der Vater nach oben begleitete? Ein später Gast, Hausbesuch? Weshalb hatten die beiden kein Wort miteinander gewechselt. Aus welchem Grund drehte sich der Schlüssel im Schloß, nachdem die Tür zugeschlagen war? Sie wartete ein paar Minuten, dann schlich sie im Dunkeln über den Gang. Sie blieb vor der Kammertür stehen, sie klopfte. Innen blieb alles still, sie drückte die Klinke herunter. Abgeschlossen, eingesperrt! Mit einem Mal wußte sie, daß der Schlüssel zur Tür in der Tasche des Vaters steckte. Der Eingeschlossene, der keine Antwort gab, war kein Gast, sondern ein Gefangener, kein Freund, sondern ein Feind. Sie holte den Schlüssel von ihrem Zimmer, der auch zur Dachkammer paßte, und öffnete die Tür auf einen Spalt. Sie wollte ein wenig Detektiv spielen, nachsehen, was los war, um dem Vater auf die Schliche zu kommen. Sie wich betroffen zurück, als sie Karl entdeckte, der sich vom Bett erhob und auf die Tür zuging. Er hatte die Lage sofort erfaßt und wollte sie einfach zur Seite schieben. Doch sie versperrte ihm den Weg, indem sie sich mit beiden Händen an den Türrahmen klammerte: »Wenn Sie eine Bewegung machen, schreie ich«, zischte sie.
Er ging in die Kammer zurück und lehnte sich gegen die Fen-

sterbank. Er konnte es auf keinen Ringkampf ankommen lassen. Mädchen, die man anrührt, behaupten später, man hätte ihnen etwas angetan. Das Bild, das sie da eben an der Tür geboten hatten, war ziemlich zweifelhaft gewesen. Das hatte sie hübsch in Szene gesetzt, die kleine Hexe! Wenn da der berühmte Dritte, zum Beispiel der Bolte, dazugekommen wäre, hätte er schön in der Patsche gesessen. Die Kleine würde sich eher die Zunge abbeißen als zuzugeben, daß sie ihn hier aus freien Stücken besucht hatte, und der Chef würde sein holdes Töchterlein decken. Sie schloß die Tür sorgfältig hinter sich und lehnte sich von innen dagegen.

»Darf ich fragen, was mir die Ehre verschafft?« fragte Karl.

Sie setzte sich auf den Bettrand und schlug die Beine übereinander, als habe sie statt des Nachthemdes ihre Trainingshosen an.

»Ich habe geglaubt, jemand anderes ist hier. Ein Gast, ein Freund, den ich kenne.«

»Leider ist's nur der Karl!«

Er setzte sich neben sie, breitbeinig, mit den Händen auf den Knien.

»Ich hab' etwas ausgefressen, nur 'ne Kleinigkeit. Der Chef hat mich eingesperrt, er war schlechter Laune. Ich muß jetzt nach Hause, hab' morgen Frühschicht.«

Er blickte sie an, betrachtete aufmerksam das spitze Gesichtchen, in dem sich Mißtrauen zusammenzog. Sie hatte die gleiche Art, den Kopf in den Nacken zu legen und einen abschätzig zu mustern, wie der Chef, sie war die Tochter ihres Vaters, immer auf dem Quivive, überwach, nur nicht so hübsch wie der Alte.

»Für wie dumm halten Sie mich eigentlich?« Jetzt sprach die junge Dame, die hier nur durch einen leidigen Zufall im Nachthemd statt im Gesellschaftskleid vor ihm saß. »Auf das, was Sie getan haben, steht heute bestimmt die Todesstrafe. Ich möchte nicht in Ihrer Haut stecken.«

»Sei doch vernünftig, Mädchen!« Er stellte sich dicht vor ihr auf, sie starrte auf seinen Hals, auf die bloße Brust, die unter dem halb offenstehenden Hemd sichtbar war.
»Was bekomme ich zum Dank, wenn ich dich frei lasse?« Sie sagte es in einem schmollenden Kleinmädchenton. Aber in ihren Augen las er etwas anderes. Da war der kalte Wille, aus diesem Kampf als Sieger hervorzugehen, ihn zu ihrem Opfer zu machen. Dabei wußte sie nicht einmal genau, was sie von ihm wollte, womit er bezahlen sollte. Ein vertracktes Spiel, die Rollen mußten zum Schein vertauscht werden, wenn sie zu ihrem Recht kommen wollte. Tagsüber, da war es leicht, man lief in Hosen und Stiefeln herum, im Reitdreß, die Peitsche durfte nicht fehlen. War unnahbar, kommandierte die Ordonnanzen herum, stampfte auf, spielte die Herrin des Hauses. Doch in der Nacht verkehrte sich die Welt, man mußte sich unterwerfen, um am Ende Siegerin zu sein. Da hieß es, die Stiefelchen ausziehen und selbst hinunter auf die Knie. Und doch war das Ganze nur eine List, ein Umweg durch die Tiefe zur Höhe: sieh mich an, ich bin dein, bin dir untertan, will mich im Staub vor dir winden. Sie sprang auf und stellte sich vor die Kammertür.
»Jetzt bist du mein Gefangener«, flüsterte sie.
Die Komödie hier dauerte gefährlich lange, er mußte handeln, schnell und rücksichtslos, ehe jemand dazwischenkam. Er umklammerte ihre Schulter, sie erschrak und wich ein wenig zur Seite. Schon hatte er die Tür geöffnet, einen Augenblick später stand er auf dem Flur. Er lief die dunkle Hintertreppe hinunter, tastete sich durch den Keller zur Waschküche, wo sein Fahrrad stand. Er kannte den Ausgang in den Garten, manchmal, wenn er Nachtdienst hatte, ließ er Rosa durch die Hintertür heimlich ins Haus. Während er sein Rad ergriff und die Lenkstange geradebog, glaubte er sie auf einmal im Waschküchendunst zu sehen, wie sie Männerhemden aus dem großen Kessel hervorzog, sie auf die hochgespannte Leine hängte und lachte. Ihre

nackten Füße staken in Holzpantinen, ihre Arme waren naß, von ihren Fingern tropfte das Wasser, sie mußte sich strecken, um die Leine zu erreichen.

Er schob das Rad durch den Engpaß zwischen Waschkessel und Tisch. Jetzt stand er im Garten, ging über den Rasen auf den Zaun mit der Hecke zu. Barfuß war auch die Kleine eben gewesen. Spann, Fesseln, Ballen und Zehen – er sah das lieber ohne hochhackigen Schuh und Seidenstrumpf. Ein nackter Fuß, der unter dem Saum eines Nachthemdes hervorschaut, hat etwas Rührendes. Schade, daß er sich eben so schnell empfehlen mußte, er hätte sich gern etwas länger mit den Reizen der kleinen Bestie beschäftigt. Er hob das Fahrrad über den Zaun, ließ es ins Gras des Nachbargartens fallen und kletterte über die Hecke. Im letzten Licht des untergehenden Mondes fuhr er über die Allee zu den Wallanlagen hinunter, in den Kern der Dunkelheit, ins Herz der Schwärze.

»Steh auf, höre zu weinen auf!«

Plötzlich stand der Vater vor der offenen Tür der Kammer, in seinem seidenen Morgenmantel, den sie von den gemeinsamen Frühstücken her kannte. Er schien sich hastig aus dem Bett erhoben zu haben, denn sein Haar, das sonst sorgfältig gescheitelt war, hing ihm in einzelnen Strähnen in die Stirn. Er zog die Kordel des Morgenrocks enger zusammen, um das am Halse offenstehende Hemd, das er trug, zu verbergen. Weshalb sagt er kein Wort, dachte Christa, wo bleibt das Strafgericht? Als sie das Schweigen nicht länger ertragen konnte, sprang sie auf und schrie: »Ich habe die Tür aufgeschlossen und ihn herausgelassen. Ich bin schuld, ich habe es getan!«

Er trat einen Schritt auf sie zu und blickte auf ihr zerknittertes Nachthemd, so daß sie sich plötzlich schämte. »Und er«, fragte er mit eigentümlicher Betonung, »was hat er dir getan?«

»Nichts«, sagte sie und starrte auf ihre nackten Zehen nieder.

»Geh in dein Zimmer hinüber«, sagte der Vater, »du wirst dich erkälten.«
Erst in diesem Augenblick fiel ihr ein, daß er kein Wort gesagt hatte über das, was sie angerichtet hatte.
»Ist es schlimm«, fragte sie leise, »daß er weg ist. War es ein wichtiger Mann?«
Der Vater hob die Schultern und vergaß, sie wieder sinken zu lassen. In dem seidenen Morgenmantel wirkte er kleiner und schmächtiger als in der Uniform, die er tagsüber trug.
»Was ist schlimm«, sagte er, »was heißt wichtig?«
Er richtete seine Frage ins Leere. Christa war an ihm vorbei auf den Flur gelaufen und in ihrem Zimmer verschwunden. Dieser Abgang, feige, ohne ein Wort der Entschuldigung, versetzte ihn in die Wut, auf die er bisher vergeblich gewartet hatte. Er riß die Tür ihres Zimmers auf. Sie lag schon im Bett, hatte die Decke über den Kopf gezogen und rührte sich nicht.
»Du wirst drei Tage lang dein Zimmer nicht verlassen«, brüllte er so laut, daß Tell, der unten vor dem Salon auf dem Korridor lag, aus seinem Halbschlummer auffuhr und zu knurren anfing, »drei Tage und drei Nächte, damit du nachdenken kannst über das, was du getan hast!« Und als falle ihm plötzlich ein, daß der schon häufig verhängte Zimmerarrest keine angemessene Strafe sei für ein so schweres Vergehen, setzte er langsam, mit Betonung hinzu: »In Zukunft werde ich nicht mehr mit dir frühstücken. Du hast mich enttäuscht. Ich will dich nicht mehr sehen.«
Diesmal klang ihr Weinen anders als vorhin auf der Schwelle der Kammertür, es war ein gleichmäßiger, verzweifelter Klagelaut. »Verzeih mir«, rief sie, »bestrafe mich, schlage mich, aber lass' mich bei dir bleiben!«
Er ging auf und ab, er tat, als habe er ihre letzten Worte nicht gehört. Er war wieder ruhig, schrecklich ruhig und kalt, sehr weit entfernt von ihrem Schmerz. »Das Leben in diesem Hause bekommt dir nicht. Es gibt Internate. Hier ist nicht der

richtige Platz für Mädchen. Dies ist ein Haus ohne Frauen.«
Plötzlich stand Tell an der Tür. Er war lautlos die Treppe heraufgekommen und schlich an Pflüger vorbei zu Christa, deren niederhängende Hand er lecken wollte. »Mach, daß du fortkommst, du Satan!« Pflüger, eben noch ruhig und gefaßt, riß, rasend vor Wut, die Reitpeitsche, die zwischen zwei Jagdtrophäen an der Wand des Jungmädchenzimmers hing, herunter und versetzte dem Hund einen Hieb auf den Rücken. Tell zog sich zur Tür zurück, vor Schrecken vergaß er aufzuheulen, er duckte sich und streckte den Kopf vor. »Feige, elende Kreatur«, Pflüger ließ die Peitsche noch einmal niedersausen. Christa setzte die Beine auf den Boden, wagte jedoch nicht, sich von der Stelle zu rühren.
»Feige und unbrauchbar. Schläft, statt anzuschlagen, wenn der Verbrecher aus dem Hause schleicht. Was hat er dir in die Suppe getan, dieser Schmidt, dieser Schuft, was hat er dir gegeben, damit du ihn nicht verrätst? Feige Verräter, ihr alle!«
Die Peitsche fuhr gegen die zitternden Flanken. Der Hund winselte, Christa zuckte zusammen. Jeder Schlag gilt mir, dachte sie, Tell bekommt meine Strafe.

14

Der Mond will schlafen gehen. Lange genug hat er seinen Rundgang gemacht und die Stunden angekündigt durch seinen Stand, der alte Nachtwächter hat seine Pflicht getan, sein Dienst ist zu Ende! Karl kam nur mühsam vorwärts in der stockigen Finsternis, er konnte die Himmelskanäle mit ihrer Sternenspreu kaum zwischen den Dachrinnen der Altstadtgassen unterscheiden. Beim Radfahren im Dunkeln hatte er oft solch ein Gefälle im Kopf, die eingefrorenen Gedanken tauten auf, liefen ihm davon, meistens ging es bergab mit ihnen, aber manchmal auch aufwärts, mühsam und ächzend. Ehe der Hahn krähte, schwärmten die Streifen aus, stiegen Männer in Ledermänteln, mit oder ohne Haftbefehl, die Treppen der Mietshäuser hinauf und läuteten an den Wohnungstüren, um ihre Opfer abzuholen. Sie konnten den Mond nicht brauchen bei dem Geschäft, das sie in den frühen Morgenstunden betrieben. Gut, daß ihm sein Auge endlich zugedrückt ist, daß er nichts sieht, was er vielleicht in seinem vergreisten Hirn behalten könnte. Ehe der Hahn kräht, beginnt die Stunde des Verrats. Kein Kuß wie dazumal beim Judas im Ölbaumgarten, kein Fackelzug der Häscher, auch keine dreißig Silberlinge. Und doch liefen die Judasse zu Hunderten in den Straßen herum. Nicht alle sahen wie der Bolte aus, hinkefüßig, mit diesem ausgelaufenen Gesicht, dem nur die Brille und der verkniffene Mund ein wenig Halt gaben. Manche waren wie du und ich, man war gut Freund mit ihnen und erkannte sie nicht, ebenso wenig wie die Apostel den Verräter erkannten.

Karl klammerte sich an der Lenkstange fest. Das Vorderrad hatte sich quergestellt, ein großer Steinbrocken lag im Weg, der erst im Augenblick vor dem Zusammenprall unter dem

schmalen Lichtschlitz der Lampe sichtbar wurde. Manches war doch hängengeblieben von den vielen Stunden, die er als Kind in der kalten Kirche verdämmert hatte. Besonders um Ostern herum, wenn die Pfarrer immer das gleiche predigen, war das eine oder andere Wort von der Kanzel zur Kirchenbank hinuntergedrungen und hatte sich in seinem Ohr festgesetzt. Herr, bin ich's? Nicht übel gesagt, die feierlich getragene Bibelsprache wird manchmal ganz einfach, so daß jedermann sie versteht. Die Herren Apostel wußten Bescheid, wie es mit dem Menschen bestellt ist. Sie suchten den Verräter erst einmal in der eigenen Brust, bevor sie die anderen beschuldigten. Der alte Petrus zum Beispiel hockt im Hof, ehe der Morgen graut, aber der Mond ist schon schlafen gegangen. Hockt da am Brunnen oder am niedergebrannten Feuer zwischen fremden Leuten, während sie oben seinen Herrn und Meister verhören. Da kommt die Magd, dicklich, hübsch und dumm wie die Rosa, kommt ganz nah, haucht ihm ihren üblen Morgenatem ins Gesicht, tippt auf seine Schulter: du bist doch auch einer von denen. Und der Mann im Hof tut, was jeder von uns an seiner Stelle getan hätte, er sagt: ich kenne den Menschen nicht.
Karl fuhr in Wellenlinien um die Barriere vor einer Baustelle herum. Er war am Rondell vorm Lokalbahnhof angelangt, jetzt kam der Hoppelweg unter den Platanen am Rummelplatz. Die Gedanken gaben noch immer keine Ruhe. Sie wucherten wie Unkraut nach einem Regenguß. Vielleicht trieben sie es nur deshalb so wild, um zu verbergen, daß er einfach Angst hatte, hundsgemeine Furcht, die ihm im Nacken, in den Füßen und in den Händen saß, mit denen er die Lenkstange umklammerte. Er jedenfalls wollte weder Judas noch Petrus sein, er würde seine Leute warnen, bevor er selbst sich empfahl. Vielleicht hielt der Chef in der Villa Goldschild schon Kriegsrat ab und schickte seine Spürhunde nach ihm aus.
Besser war es, einen Umweg zu fahren und die große Straße an

der Bahn, wo sie ihm überall den Weg abschneiden konnten, zu vermeiden. Hinter dem Bahnübergang begann das unübersichtliche Gelände der Schrebergärten und Laubenkolonien, schmale Pfade zwischen Bretterzäunen und Eisengittern, ein Irrgarten, in dem man sich auskennen mußte, wenn man nicht immer wieder in Sackgassen geraten wollte. In letzter Zeit stieg die Einwohnerzahl des Barackenviertels im Grünen ständig an. In den Bretterhäuschen wimmelte es von falschen und echten Kleingärtnern. Manche scheuten das Tageslicht, verkrochen sich in die Schuppen und ernährten sich vom selbstgebauten Kohl. Er fuhr geduckt unter den überhängenden Zweigen der Obstbäume. Es roch feucht und würzig, der Hunger rührte Säure in ihm auf. Die Kirschen waren reif, gern hätte er in die Zweige über seinem Kopf gelangt, auf Mundraub stand keine Strafe. In dieser Gegend war er schon als Junge mit dem Rad auf Beutezüge ausgegangen, im Sommer und Herbst, wenn die Bäume sich unter der Last der Früchte bogen. Aber er hatte keine Zeit zu Bubenstreichen und Kirschenraub, es kam auf jede Minute an, er mußte darauf achten, daß er in der Nähe des Bahndamms blieb und die Unterführung nicht verpaßte, die der Fabrik gegenüber lag. Das Rad holperte über Maulwurfshaufen, kam vom Weg ab, versackte im Schlamm, rutschte im Sand aus.

Einen Augenblick hatte er nicht aufgepaßt. Schon war er mit dem Vorderrad in einen Scherbenhaufen geraten. Mit einem leisen Pfeifen strömte die Luft aus dem Reifen aus. Er stieg ab und betastete den Schaden. Kein halber Atemzug Luft war mehr im Schlauch. Aufpumpen hatte keinen Sinn. Er hätte das Loch flicken müssen, ein Geduldspiel, zu dem man Ruhe und Zeit, Licht und Werkzeug brauchte. Sollte er das Rad, sein lahmendes Roß, das ihm so lange die Treue gehalten hatte, nun kurz vor dem Ziel im Stich lassen und sich auf die Strümpfe machen?

Er setzte sich ins Gras, um besser nachdenken zu können. Im

Garten, hinter der Rosenhecke, hörte er ein Geräusch, so als schaufle dort jemand in der Dunkelheit Erdschollen um. Ein Spaten, den er jetzt auch aufblitzen sah, stieß in ein Beet, warf die ausgehobene Erde beiseite. Was für ein seltsamer Gärtner, der das Tageslicht scheut und seine Arbeit bei Nacht und Nebel verrichtet! Karl stand auf, er ging zum Gittertor, ließ das Rad am Wegrand liegen. Der Mann, der halb verdeckt von der Rosenhecke im Schein einer abgeblendeten Laterne die Erde umgrub, sah nicht wie einer von den Herumtreibern aus, von denen die Mädchen in der Fabrik erzählten. Er war von zwergenhaftem Wuchs, es schien ihn Anstrengung zu kosten, den Spaten in die Erde zu stoßen. Jetzt bückte er sich nach einem Gegenstand, den er auf den Kiesweg zwischen die Blumenstauden gestellt hatte: ein Kasten, rechteckig, nicht sehr groß. Auf einmal drehte er sich um, als merke er, daß er von der Hecke her beobachtet wurde.
»Ist da jemand?« fragte er, und er versteckte den Kasten im hohen Gras zwischen den Obstbäumen. »Bist du es, Blum?«
Meint er unseren Blum, dachte Karl, das Blümchen-rühr-mich-nicht-an? Der Schmuck fiel ihm ein, den sie in dieser Nacht in der Villa Goldschild versteigert hatten. Schatulle, Köfferchen, Kasten, Kindersarg, in die Erde versenkt, in der dunkelsten Stunde, bevor der Hahn kräht und es zu dämmern beginnt. Weiß der Himmel, was der Zwerg beiseitezuschaffen hatte. »Hör mal, Herr Nachbar«, rief Karl über den Bretterzaun, »ich hab' Pech gehabt. Ein Plattfuß im Vorderreifen. Kann ich mir den Schaden nicht einmal näher bei Licht besehen?« Der Zwerg zog das Tuch weg und hob die Lampe hoch, im Schrebergartenviertel hielt man es nicht so genau mit den Verdunkelungsvorschriften. Karl zog die Augen zusammen vor dem kalkigen Lichtschein, er mußte husten, die Lampe strömte Karbidgestank aus. Sie standen sich jetzt nah gegenüber, nur das Drahtgitter trennte sie. Der Gärtner trug einen Strohhut wie in der Mittagssonne, Hosenträger und weite Arbeitshosen, im Ge-

sicht sprossen eisgraue Stoppeln, die kleinen Augen schienen entzündet zu sein.

»Was bist du denn für ein Vogel?« fragte er. »Hier in der Gegend wohnst du nicht, hier kenn' ich sie alle.«

»Ich arbeite beim Schwarzwälder drüben in der Dreherei.«

»In der Dreherei?« Der Zwerg setzte die Lampe ab, die Inspektion schien ihn beruhigt zu haben. »Die Nachtschicht ist aber noch nicht zu Ende, mein Lieber.« Das Gatter knarrte. »Wo ist denn das Rad?« wollte er wissen, »ich könnte mal in der Werkstatt nachsehen, ob ich was zum Flicken dahabe. Sicher hast du's eilig, Kamerad! Man hilft gern, wenn man kann.«

Karl schob das Rad zum Schuppen. Innen war weißes Licht, Gartengeräte standen an den Wänden herum, in der Mitte war die Werkbank mit dem Bohrer. Herse räumte schnell ein paar Werkstücke aus dem Weg: »Wir haben hier auch Nachtschicht, Reparaturen, Kleinkram. Was so die Leute aus der Siedlung bringen.«

»Und was ist das?« Karl deutete auf einen sonderbar geformten Apparat, der zwischen Schubkarren und Gartenschlauch aufgestellt war.

»Eigene Konstruktion«, sagte Herse eilig, »zum luftdichten Verschluß von Konservendosen. Gemüse hinein, Bohnen, Erbsen, Karotten, was hier so wächst in der Niederung, und Deckel drauf. Fertig ist die Laube.« Er erklärte Karl den Mechanismus.

»Spare in der Zeit, so hast du in der Not. Vorsorgen, einmachen, alles selber einmachen, Vorräte anlegen. Es kommt noch schlimmer, Kamerad, wir werden noch mehr Kohldampf schieben. Dann komme ich mit meinen Konservendeckeln.«

»Ein aussichtsreiches Geschäft«, sagte Karl und blickte auf die Uhr über der Werkbank. Heinzelmännchen sind immer haushälterisch, machen ein, graben um, stecken Geld in den Strumpf, legen Vorräte an für den langen und lausig kalten

Winter. Unsereiner zieht wie ein Landstreicher herum, heute hier, morgen dort in Untermiete, und jetzt sogar auf der Flucht. Herse trug noch immer seinen Sonnenhut mit der knopfartigen Spitze. Jetzt hatte er seine Maschine in Bewegung gesetzt, sie machte einen gewaltigen Krach, man hätte sie ölen müssen.
»Eins, zwei drei«, Herse schob eine Konservendose unter den Apparat, »fertig ist die Laube.«
Auf einmal fiel ihm das Fahrrad wieder ein, er setzte seine dunkle Brille auf und untersuchte den Schaden. Dann kramte er sein Werkzeug hervor und fing an, den Reifen von der Felge zu lösen. Flink ist er ja, dachte Karl, wenn er nur nicht so viel reden würde. Doch die Worte liefen ihm wie der Speichel vom Mund: »Nachts geht alles noch mal so schnell wie am Tage. Kein Mensch stört einen bei der Arbeit, kein Nachbar guckt übers Gitter. Es kommt selten vor, daß sich einer wie du mit dem Rad hierher verirrt, am frühen Morgen.«
Er blickte mißtrauisch von seiner Arbeit auf.
»Wer hier herumfährt«, sagte er, »muß seine Gründe haben. Vielleicht mußt du dich verstecken, Kamerad, bist einer von denen, die man sucht.«
Und mit einem sanften, falschen Zwergenlächeln fügte er hinzu: »Mir kannst du ruhig sagen, wie es ist. Ich kenne mich aus in der Welt. Aber bleiben kann keiner bei mir. Die Polizei, weißt du, hat schon lange ein Auge auf mich geworfen. Sie kommt manchmal zu Besuch bis ans Gartentor. Hier herein lass' ich sie nie.«
Er lachte genau so, wie Karl es sich gedacht hatte, hämisch, hinter der hohlen Hand.
Vorgestellt hatte sich keiner von beiden. Was sagt schon ein Name, besser wäre es, ihn ab und zu auszuwechseln. Ein Stück Garten müßte man haben wie der Zwerg da, ein paar Obstbäume und Gemüsebeete, Hühner, ein Schwein, eine Laube aus Holzbrettern! Karl ließ sich neben der Werkbank nieder. Er

hörte draußen das Wasser tropfenweise vom undichten Hahnen in die Tonne fallen.
Todmüde, die Nacht dauerte schon zu lang, zu viel war hineingestopft in ihren Sack, das klapperte und rumpelte bei jeder Bewegung. Zu viel Schlafschwere hatte sich angesammelt. Jetzt würde er sich gern auf das Feldbett des Zwergen fallen lassen und nicht eher wieder aufstehen, bis der Kopf klar, die Gedanken gar und dies elende Gift der Erschöpfung aus seinem Körper herausgeschwitzt war. Todmüde, nichts mehr hören und sehen! Geborgen im warmen Nest, eingekehrt hinter den sieben Bergen, bei den Zwergen. Eigentlich könnte der Kleine eine seiner patentierten Konservendosen aufmachen und mit Gäbelchen und Messerchen ein Frühstück servieren. Während in der oberen Körperhälfte Sandmännchen sein Wesen trieb, wühlte der Hunger in den Eingeweiden. Schlaf und Hunger hatten sich verbündet, um ihn hier, kurz vorm Ziel der Fabrik, zur Strecke zu bringen ...
»Bist eingedusselt, Kamerad, kein Wunder, so zwischen Nacht und Morgen. Um diese Zeit hält das Wachbleiben schwer, ich weiß es von mir. Den alten Klepper haben wir noch einmal beschlagen.«
Karl sprang auf, ergriff das Rad an der Lenkstange, bedankte sich, war schon wieder im Garten. Diesmal brauchten sie keine Laterne mehr. Die Obstbäume standen vor aufgelichtetem Himmel, der war schmutzig, unausgeschlafen, grau. Matt standen die Blumenstauden am Wegrand, keine Nacht schien sie erfrischt zu haben.
»Ich muß mich beeilen«, Karl schwang sich auf das Rad, »es wird schon hell.«
»Ist aber noch früh am Tag«, rief Herse ihm nach, »keine Sorge, du kommst noch lange recht, Kamerad!«
Er sah ihm nach, wie er geduckt zwischen den Bretterzäunen hindurchfuhr. Wie der Kirschendieb von der Nacht davor sah er aus, den Herse so gern mit den ausgelegten Fußangeln ge-

fangen hätte. Hat es eilig, schlechtes Gewissen, keine Kirschen gestohlen, was Schlimmeres ausgefressen. Herse trat in den Garten zurück und drehte am Wasserhahn, die Tonne war schon am Überlaufen. Jeder seines Glückes Schmied. Selbst ist der Mann. Die Axt im Haus ersetzt den Zimmermann. Wo gehobelt wird, fallen Späne. Morgenstund' hat Gold im Mund ... In letzter Zeit fielen ihm dauernd Sprichwörter ein, wenn er übermüdet war. Morgenstund, Gold im Mund, das ist leicht übertrieben. Die hat eher ein graues Wollknäuel im Mund, einen Knebel, sie soll schweigen. Mit dem Kerl da hatte er noch Glück gehabt. Ein Leichtsinn, solch einen schiffbrüchigen Radfahrer um diese Stunde in die Bude zu lassen! Ein Hammerschlag hätte genügt, und es gab keine Morgenstund' mehr, kein Gold im Mund, kein Silber draußen im Kasten, der zwischen den Gräsern stand. War alles schön beisammen, fix und fertig gepackt für die Reise: Geldscheine, alte Münzen von Silber und Gold, ein paar Brillanten von der letzten Sendung von Blum, zwei Wertpapiere und der Auszug vom Grundbuchamt. Alles, was so einer, der was ausgefressen hat, braucht, um sich über die Grenze davonzumachen. Mehr Glück gehabt als Grips im Kopf. Sonst läge er jetzt über der Werkbank in seinem Blut, in einer dunkelroten Lache, die langsam gerinnt. Er läge da, mausetot, und der andere führe mit dem Rad, den Kasten auf dem Gepäckträger, auf Nimmerwiedersehen in das Land, wo Milch und Honig fließen. Es gab ja genug Werkzeug im Haus, Axt, Hammer, Feile, Messer, die Mordwaffen lagen überall herum. Kein Blut ist geflossen, nur der Wasserhahn tröpfelt noch immer, das muß er morgen, vielmehr heute, unbedingt abdichten. Wasser tropft anders aus dem Hahn als Blut aus der Wunde eines Erschlagenen. Herse ergriff die Schaufel und wollte in seiner Arbeit fortfahren. Doch die Knie waren ihm weich geworden vom Schrecken. In Zukunft würde er am Gittertor ein Schild anbringen ›Bissiger Hund, Selbstschüsse, Fußangeln‹, um nächtliche Besucher fernzuhalten. Keine Kraft mehr zum Umgraben, der Spaten zitterte in seiner Hand, er bedeckte schnell den Kasten mit ein paar Erdschollen. Morgen früh würde er die Beerdigung fortsetzen und das Grab mit Stiefmütterchen und Vergißmeinnicht bepflanzen.

Als Karl vom Weg abbog, um in die Unterführung hineinzufahren, näherte sich auf dem Bahndamm ein Güterzug. Über seinem Kopf brach ein Donnergetöse los. Der Tunnel roch nach Desinfektionsmitteln und Urin, die Kacheln glänzten im trüben Sparlicht. Die Unterführung war abgelegen, nachts kam hier nur selten jemand durch. Er überquerte die Hauptstraße, die ausgestorben im ersten Dämmerlicht lag, und fuhr auf einem Sandpfad am Gitter entlang, der sich bald in einem Wald von mannshohen Sauerampfer-Stauden verlor. Er stieg ab, schob das Rad vor sich her und erreichte nach wenigen Minuten das Anschlußgleis der Fabrik. Eine Weile sah er den Arbeitern zu, die Maschinenteile auf die offenen Güterwagen verluden. Er stand kaum fünf Meter entfernt vom Gleis im Schutz einer verwilderten Hecke. Einer der Männer auf den Güterwagen entdeckte ihn, als er den Kopf zufällig in seine Richtung drehte. Karl machte ihm ein Zeichen. Der Mann sprang vom Wagen herunter, entfernte sich von der Gruppe der Arbeiter.
»Sei so gut«, sagte Karl, »und sag' dem Meister Stein in der Dreherei Bescheid, daß ich hier auf ihn warte. Mich braucht niemand zu sehen.«
Der Mann nickte, ging zum Wagen zurück, streifte sein Hemd über den nackten Oberkörper und verschwand in der Maschinenhalle. Karl setzte sich neben seinem Rad ins Gras. Die Wartezeit dehnte sich lang. Endlich sah er Stein die Böschung entlangkommen. Der Meister hielt den Kopf gesenkt, mit dem Fuß stieß er einen Schotterstein vor sich her, als mache er einen Morgenspaziergang, über die Sauerampferwiese, wo sich jetzt die Frösche gute Nacht gesagt hatten, dafür wachten die ersten

Vögel in ihren Sumpfgrasnestern auf. Er war blaß, die schwüle Luft in der Halle hatte ihm zugesetzt, er kam zu wenig nach draußen, hatte den unlustigen Gang der Stubenhocker. Kurzsichtig blinzelte er ins Dämmerlicht. Als das Gras raschelte und Karl aus seinem Versteck hervorkam, fuhr er zusammen.

»Was gibt's denn schon wieder«, fragte er ärgerlich, als habe jemand die Tür des Meisterhäuschens aufgerissen und ihn bei der Arbeit gestört.

Karl trat dicht auf ihn zu, er hielt den Blick zu Boden gesenkt und nahm die Hände nicht aus den Hosentaschen.

»Der Alte hat mich verhört und eingesperrt«, murmelte er, »ich glaube, sie haben die Liste.«

Stein gab keine Antwort. Er zupfte ein Blättchen von einer Unkrautstaude und zerrieb es zwischen den Fingern. Endlich nahm er sein Käppchen vom Kopf und strich sich mit der Hand über den kahlen Schädel.

»Also gut. Sie haben die Liste. Ein Dutzend Namen, keinen Zeugen, keinen Beweis. Es wird nicht zu Verhaftungen kommen, es liegt kein Tatbestand vor.«

Er zog die Schultern hoch, schien zu frösteln in der feuchten Morgenluft. Karl bückte sich zu seinem Fahrrad hinunter, prüfte die Luft im Reifen und kontrollierte den Sitz der Kette. Eine Weile redete Stein eintönig weiter, als führe er ein Selbstgespräch. Tatbestand, Zeugen, Spuren, Beweis. Er tat, als sei die Welt ein Gerichtssaal, wo man die Guten von den Bösen, die Wölfe von den Schafen scheidet.

»Für mich ist's besser, wenn ich etwas auf Urlaub gehe«, sagte Karl, »in die Wälder hinter Weilburg kommen die Spürhunde nicht so leicht.«

Er hob sein Rad vom Boden auf und zog die Schirmmütze tiefer ins Gesicht. Stein sah ihn aufmerksam durch seine Brillengläser an, sein Mund verzog sich zu einem schmalen Lächeln.

»Mach's gut, Karl«, sagte er und gab ihm die Hand.

Karl sah ihm nach, wie er ungeschickt die Böschung hinaufstieg und die Schienen überquerte. Die nackten Rücken der Arbeiter schoben sich vor ihn, umzingelten ihn, viel helles, junges Fleisch, Muskeln, Nacken, rotverbrannt, rußverschmiert. Eine Arbeitspause! Alle standen um den Meister herum, starrten vor sich hin, dämmerten, schliefen im Stehen, entspannten ihre Muskeln und nahmen die gleiche Ruhestellung ein wie bei der Heimfahrt in der überfüllten Straßenbahn. Keiner hörte Steins Unterweisungen zu, die sie alle schon auswendig kannten, denn er wiederholte sie fast bei jedem Schichtwechsel in kleinen Gruppen. Es war gut, so zu stehen, die Zeit ging inzwischen weiter, die Uhr in der Maschinenhalle pickte säuberlich die Minuten auf, man sparte Kraft, speicherte Kalorien. Auf gute Einteilung und Sparsamkeit kam es heute nicht nur in der Küche und im Haushalt an. Der Mensch muß gepflegt werden wie eine Maschine, der man Strom zu fressen und Kühlwasser zu saufen gibt. Sein Motor muß in Ordnung gehalten, sein Magen gefüllt werden. Sie hatten das Schneckentempo, in dem man, ohne aufzufallen, Lasten bewegen und einen Wagen entladen kann, lange und sorgsam geübt. Die Faulen, die Eckensteher und Zeitschinder, die für einen Weg zum Lager über eine Viertelstunde brauchten und dann noch einmal schnell austraten, bevor sie an ihren Arbeitsplatz zurückkehrten, galten mehr als die Schuftenden, die Streikbrecher und Akkordgrößen. Das war nicht viel anders als in der Schule, wo die Starken, aber Trägen in der Pause auf dem Hof über die fleißigen Schwächlinge herfallen.

Karl kannte jede ihrer Angewohnheiten vom Waschraum her, er wußte, wer von ihnen immer zuviel Pomade ins Haar tat, wer sich bis zum Gürtel wusch und sogar noch darunter, wer an Durchfall und wer an Hartleibigkeit litt und mit welchen Mädchen vom Betrieb sie ausgingen. Jetzt erkannte er den Rücken eines Blonden, der Elis hieß und früher einmal Matrose gewesen war. Von dieser Zeit her trug er ein Goldkettchen um den Hals und auf dem Oberarm eine Tätowierung: ein Tier mit

einem Horn auf der Stirn, das legte den Kopf einem nackten Mädchen in den Schoß. Was das wohl vorstellen sollte? Unanständig sah es nicht aus, eher ein wenig feierlich, so etwas wie ein Familienwappen! Unten im Umkleideraum hatten sie sich das alle genau beguckt. Dieser Elis war der gutmütigste Mensch von der Welt, immer wieder ließ er zum Spaß seinen Bizeps spielen, dann schien das Tier zu wachsen, das Horn bewegte sich, und auch das Mädchen bekam etwas größere Brüste. Elis lachte unmäßig bei dem Spaß, er riß den Mund auf, aber seine Augen blieben kalt und blau, sie taten niemals beim Lachen mit, vielleicht veränderten sie sich nicht einmal, wenn er ein Mädchen im Arm hielt. Seine Haut war fast weiß, er bekam leicht den Sonnenbrand, auch jetzt hingen einige Hautfetzen von seinem geröteten Rücken. Auch die anderen im Kreis Versammelten lachten. Karl stand abseits, jenseits der Geleise, zwischen den mannshohen Stauden des Sauerampfers, ein Einzelgänger, der nicht mehr mit der großen Herde weidet und sich allein durch die Wildnis schlägt.
Hinter einer Hecke schlich er an den Geleisen entlang. Niemand bemerkte ihn, sie waren mit Lachen und Sich-in-die-Seite-Stoßen beschäftigt. Er überquerte die Schienen zwischen zwei Güterwagen und ging auf die Maschinenhalle zu. Auf einmal blieb jemand hinter ihm stehen. Es war der alte Krüger, der im Versand halb als Arbeiter, halb als Angestellter beschäftigt war. Im Betrieb galt er als Schleicher und Aufpasser der Direktion.
»Sie hier, Schmidt«, fragte er, »auch an der frischen Luft gewesen?«
Er schlug sich mit der Hand gegen die Brust.
»In diesen Nächten macht einem das Herz zu schaffen. Auch draußen ist es kaum abgekühlt.«
Als Karl keine Antwort gab, sich nur unruhig umblickte, fuhr er mit seinen Belehrungen fort: »Nachtdienst ist schlimmer als Tagdienst, müßte doppelt bezahlt werden. Ich zum Beispiel

kann nicht umschalten. Tagsüber schlafe ich nie. Zu viele Störungen: die Nachbarn, die Kinder, die Lieferanten. Ich bedauere jeden, der Nachtdienst hat. Selbst wenn man schläft, ist der Schlummer am Tage nicht mit einer gesunden Nachtruhe zu vergleichen. Er hat nicht den gleichen Nährwert, wenn ich so sagen darf.«

Durch einen Seiteneingang, vor dem noch die welken Birkenzweige von der letzten Maifeier standen, verschwand er in der Maschinenhalle. Karl folgte ihm nach einer Weile. Er blieb im Gang in der Nähe der Treppe, die zu den Waschräumen hinunterführte, stehen. Von hier aus überblickte man durch ein großes Fenster einen Teil der Dreherei. Er wollte warten, bis Stein den Stehkonvent im Freien aufgelöst hatte, um ihn auf dem Rückweg zum Meisterhäuschen noch einmal zu sprechen. Er stand draußen im Gang und sah den anderen durch die Glasscheiben bei der Arbeit zu.

In dem unnatürlich weißen Licht, das von den Röhren an der Decke niederrann, im betäubenden Lärm der Motoren standen sie hinter ihren Drehbänken, schliffen in wütendem Wetteifer an den Werkstücken, setzten Minuten in gefräste Gewinde und gefeilte Stahlkanten um. Immer das gleiche Gewinde ließ der Bohrer zurück, in unendlicher, ermüdender und wohltuender Wiederholung. Er stieß hinunter und fuhr wieder in die Höhe, bereit, das nächste Werkstück zu durchdringen. In immer neuen Stößen wurde mit dem Strom das Leben durch die Dreherei gepumpt. Alle hatten Anteil an ihm, alle genossen sie das Gefühl der Macht über das Eisen, das der Bohrer durchdringt. Schmerz war dabei, Stumpfheit und Müdigkeit, aber auch Wollust, Lust, ein Werkstück zu verwandeln, ihm den fremden Willen aufzuzwingen, der auch der eigene war, Lust an der endlosen Wiederholung des gleichen, Lust, nicht denken, fühlen und handeln zu müssen und dennoch Vollstrecker des allen gemeinsamen Willens zu sein.

Schon in den Waldbergen, wo er seinen Urlaub verbrachte,

hatte Karl sich nach der zugigen Maschinenhalle und dem dumpfen Getöse der Motoren zurückgesehnt. Draußen, vor dem Fabriktor, war es ihm zu still. Kaum aber hatte er die Haube des Lärms in der Dreherei über den Kopf gestülpt, so hörten seine Gedanken auf, im Leeren zu kreisen. Die Zeit zwischen den surrenden Rädern und Treibriemen stand still und wurde dennoch gezählt. Sie ging nicht verloren. Säuberlich in Minuten aufgeteilt, stand sie auf den Lohnabrechnungen. In manchen Dämmerstunden, wenn das zähe Gemisch von Unlust und Müdigkeit die Gedanken zu überwuchern drohte, gab es nichts Schöneres als das Gleichmaß und die Genauigkeit, mit denen sich die Maschinen bewegten. Es war das einzig Zuverlässige in dieser Welt, die ohne Grenzen war und immer wieder auseinanderzufließen drohte mit dem Treibgut der Wünsche und Begierden.

Von draußen näherten sich Schritte, nicht langsam, nicht eilig: der schaukelnde, kräftesparende Gang der Arbeiter während der Schicht. Jemand lachte hell, schmetternd, es war der Matrose Elis mit dem Kettchen und dem tätowierten Arm. Die Zuhörer, die Stein in einem Halbkreis um sich versammelt hatte, kehrten zur Arbeit zurück. Karl stieg ein paar Stufen der Kellertreppe hinunter, die zum Waschraum führte. Oben hörte er Stimmen durcheinanderreden, manche erkannte er wieder, aber die Namen, die zu ihnen gehörten, fielen ihm nicht mehr ein.

»Kartoffeln gibt's diesmal auf Abschnitt B.«

»Nein, das sind Nährmittel.«

»Wenn einer vom Essen redet, krieg' ich gleich wieder Kohldampf.«

»Man fällt immer mehr vom Fleisch.«

»In der Kantine haben sie jetzt 'ne neue Wurstsorte. Schmeckt etwas streng. Muß ein alter Klepper gewesen sein.«

»Daß ihr dauernd vom Essen reden müßt. Ich wüßte was Besseres.«

»Der Elis denkt an sein Mädchen. Solveig heißt sie, wartet daheim am Meeresstrand, schaut sich die Augen aus nach ihrem Liebling.«
»Die Fröken aus Nordland kenn' ich: scharf wie Radieschen, gesalzen wie Heringe.«
»Halt's Maul, sonst haut dir der Elis eins in die Fresse.«
»An den kommt das gar nicht ran. Das ist ein sauberer Junge. Der lacht über eure Schweinereien.«
»Macht, daß ihr reinkommt. Der ganze Betrieb stockt, sie können nicht weiterladen.«
»Das Dreckzeug kommt immer noch früh genug. Die Munitionskisten liefern wir doch nur den Russen frei Haus.«
»Kartoffeln gibt's diesmal auf Abschnitt B.«
»Nein, das sind Nährmittel.«
»Solveig heißt sie, sitzt am Strand.«
»Man fällt immer mehr vom Fleisch.«
Die Stimmen entfernten sich. Einer der Arbeiter lief die Treppe in den Waschraum hinunter. Karl trat in eine Wandnische zurück. Es war Elis, der Matrose, der saubere Junge, der sich jedesmal duschte nach der Schicht. Während das Wasser rauschte, sang er ein Lied in seiner Muttersprache. Sicher war es ein ganz gemeiner Schlager, nur weil es eine fremde Sprache war, klang es nach etwas Besonderem.

Kranz, Müller-Stolzenfels, Galli, Wilkowski! Stein memorierte die Namen der Liste, damit er sie auf alle Fälle im Gedächtnis parat hatte. Hübsch der Reihe nach ließ er sie aufmarschieren. Er saß wieder im Meisterhäuschen, an seinem Platz, im gläsernen Käfig, blaß, zusammengekrümmt, mit dem Mönchskäppchen und dem Kuttenkittel, der Herr und Meister der Dreherei. Doch seine Hände zitterten, er hielt die Fäden des Netzes nicht mehr zwischen den Fingern, sie waren ihm entglitten, hingen lose herab. Genau genommen war es eine Ab-

rechnungsliste, ein Quittungsbeleg für seine Geheimkartei. Denn sie wurden bezahlt. Die Zentrale versicherte sich der ihrigen. Eine Liste der Lohnempfänger! Schmidt Karl war nicht dabei, nicht besoldet, nicht verpflichtet. Immer tanzte er aus der Reihe, zog sich aus allen Schlingen! Besser wäre es, die Namen zu vergessen. Wer ein vollgeschriebenes Gedächtnis hat, in dem kann man lesen wie in einem Buch.
Er schob die Brille hoch und fuhr sich mit der Hand über die Lider. Seine Augen brannten vor Müdigkeit. Er versuchte, weiterzuarbeiten, hakte ein paar Posten ab, addierte eine Kolonne, doch die Zahlen verschwammen vor seinem Blick. Er legte den Bleistift beiseite und stützte den Kopf in die Hände. Er konnte tun, was er wollte, er kam sein Leben lang nicht aus den kleinen Verhältnissen heraus, in denen er seine Kindheit verbracht hatte. Keine Anlage zur Menschenführung stand in einem seiner Zeugnisse. Und doch hatte er sich zum Führer der kleinen Gruppe des Widerstandes gemacht, hatte durch einen kleinen Fehler die Verantwortung für zwölf Menschenleben auf sich geladen. Zwölf Zeugen, die eines Tages aufstehen würden gegen ihn, zwölf Richter, die Rechenschaft forderten. Er würde ihnen vorausgehen auf dem Weg, der auf sie wartete. Dunkelheit, feuchte Mauern und abends ein trübes Licht – das Ende würde wie der Anfang sein. Eher als er gedacht hatte, schloß sich der Kreis. Er hatte niemals viel frische Luft gebraucht. Weder Einzelhaft noch Dunkelheit würden ihn umbringen. Die Welt wird am Ende wieder klein. Zweimal zwei Meter, Luke, Pritsche und Hocker. Das Essen so einfach, die Suppe so wässrig wie in der Kinderzeit. Ihn kriegten sie nicht mürbe, es gab eine Menge, worüber er nachdenken, womit er ins reine kommen mußte. Wenn er zu müde zum Denken war, konnte er in seinem Gedächtnis kramen und etwas hervorholen, was er auswendig gelernt hatte, der Vorrat ging so schnell nicht aus. Im Parteibüro hatten sie einen steinalten Funktionär gehabt, der war fast blind und hatte schon beim

Kaiser Wilhelm im Kittchen gesessen. Es kommen schlimme Zeiten, Kinder, harte Winter, hatte er immer gesagt, sammelt Vorräte, fahrt die Ernte ein. Was ihr im Kopf habt, kann euch keiner mit den Schnürsenkeln und Hosenträgern an der Gefängnispforte abnehmen.

Stein strich mit dem Rotstift, den er immer zur Hand hatte, die Zahlen und Posten seiner begonnenen Aufstellung durch. Er nahm den Zettel, riß ihn langsam in kleine Fetzen und warf die Schnitzel in den Papierkorb.

15

War das der Morgen? Welch bleiches, kraftloses Licht! Würde es von nun an nichts anderes mehr geben als dies graue Vorspiel zum Tag, weder Sommer noch Winter, weder Sonne noch Regen? Olga stand auf, sie wusch sich, zog das Kittelkleid der Arbeiterinnen an und band das Kopftuch vorm Spiegel. Wenn sie es auf die richtige Weise im Nacken verknotete, glich sie ihren Nachbarinnen am Fließband, den Mädchen vom Land und den Ukrainerinnen. Die Uhr auf dem Nachttisch war stehengeblieben. Sie trank hastig eine Tasse kalten Tees und aß ein paar Bissen trockenen Brotes. Gewiß war es höchste Zeit, zur Arbeit zu gehen, die Frühschicht würde bald beginnen. Sie schloß die Kammertür hinter sich ab, lief die Treppe hinunter, trat auf die Straße hinaus. An der Haltestelle begegnete sie keiner der Morgenfiguren, die sonst ihren Weg kreuzten. Die Lebensmittelgeschäfte waren noch geschlossen. Sie wartete vergeblich auf die Straßenbahn. War sie zu früh aufgestanden? Wie sollte sie die Zeit bis zum Schichtbeginn verbringen? Sie ging an den Schienen entlang, trieb gedankenlos weiter. Kurz vorm Lokalbahnhof bog sie in eine Seitenstraße ein, überquerte den Meßplatz. Sie kam am Karussell mit den Schwänen vorbei, unter den Platanen fand sie das erste abgefallene Laub.

Noch immer hatte sie keinen Menschen gesehen. Ein Zauber schien das Leben von ihr fernzuhalten, sie mußte weiter allein durch die gläserne Leere und Stille gehen. Die Straße senkte sich ein wenig nach dem Flußufer zu, ein frischer, feuchter Luftzug drang zu ihr hinauf. Da war der Schritt, auf den sie, ohne es zu wissen, gewartet hatte, er näherte sich von einer Seitenstraße her. Irgend etwas an ihm kam ihr vertraut vor,

eine kleine Unregelmäßigkeit, ein kaum spürbares Schleifen. Schnell trat sie in einen Hauseingang zurück. Vor einem Bretterzaun mit dem roten Plakat eines Musterungsbefehls sah sie Albert vorbeigehen. Sie erkannte ihn an den Schuhen, an ihren weißen, schon staubigen Tennisschuhen. Seine übrige Erscheinung war ihr fremd, die Art, wie er den Kopf in den Nacken zurücklegte und die Hand nachlässig in die Tasche des Trainingsanzuges schob, schien sich in den wenigen Stunden seit ihrem Abschied verändert zu haben. Sie durften sich nicht begegnen! Er würde denken, sie sei ihm nachgelaufen, habe ihn heimlich verfolgt. Die Kulissen des Abschieds waren schon abgeräumt. Jetzt hieß der Schauplatz: Straße im Morgengrauen. In dieser Szene hatte sie keinen Auftritt mehr. Sie folgte ihm in einem gewissen Abstand, ohne daß er es merkte. Es würde gut sein, wenn ein Auge, ihr Auge ihn sah.
Vor einer Bahnschranke bog er ab, ging ein Stück an den Geleisen entlang, verschwand hinter einem Mauervorsprung. Erst nach einigem Suchen fand sie ihn wieder. Er stand am Geländer eines eisernen Steges, der die Geleise vor dem Lokalbahnhof überbrückte. Noch nie hatte sie ihn aus solch einem Abstand gesehen. Er war ihr fremd, sehr fremd, hatte nie in ihren Armen gelegen, nie an ihrer Schulter geweint und sie gequält mit Selbstgesprächen, auf die es keine Antwort gab. Schon seit einer Weile beobachtete sie den Posten, der vor dem Stationsgebäude des Bahnhofs auf und ab ging. Jetzt blieb er stehen, verschränkte die Hände auf dem Rücken und blickte zum eisernen Steg hinauf. Er hatte die einsame Gestalt am Geländer entdeckt, ein Opfer, das erste Opfer dieses Tages! Schon machte er sich auf, und sogleich war ungerufen ein zweiter da, ein kleiner, etwas verwachsener Begleiter, der abstach von der prallen Männlichkeit des Mannes mit dem Stahlhelm, der das Kettenschild der Wehrmachtstreifen trug. Beide hatten sie im gleichen Augenblick den Zivilisten im Trainingsanzug erkannt, der vom Steg auf die Geleise nieder-

blickte, als wolle er dabeisein, wenn der erste Urlauberzug in östlicher Richtung abfuhr. Olga hielt den Warnungsruf, der ihr schon auf der Zunge lag, zurück. Sie löste sich aus dem Schatten des Pfeilers und ging auf die beiden Uniformierten zu, die schon die ersten Stufen der Eisentreppe hinaufstiegen, und bat den Mann mit dem Kettenschild um Feuer. Der rotgesichtige Bulle schob die breite Uniformbrust mit dem Kettenschild vor, er atmete schwer, schien entrüstet zu sein, daß ein Mädchen ihn am frühen Morgen ansprach. Der kleine Begleiter kam ihm mit seinem Feuerzeug zuvor. Er hielt das Flämmchen Olga so dicht vors Gesicht, daß es ihr fast die Wimpern absengte. Schnell, scharfäugig verschaffte er sich die erste Übersicht über das Gelände, das es zu erforschen galt.
»O là là«, sagte er nach eingelernter Franzosenart, als sich zeigte, daß die Dame, die eben um Feuer gebeten hatte, nicht im Besitz einer einzigen Zigarette war. Er zog ein Silberetui aus der Hosentasche.
»Darf ich aushelfen?«
Offenbar war er bei der Besatzung in Frankreich gewesen und hatte dort ein wenig Lebensart gelernt, die ihn dem Dicken an seiner Seite überlegen machte. Zwischen zwei Zügen der Zigarette des Kleinen richtete Olga den Blick unauffällig nach oben. Albert hatte sich vom Geländer des Steges gelöst. Langsam ging er weiter, er schien nichts bemerkt zu haben von dem Zwischenspiel an der Treppe. Als er die Stufen auf der anderen Seite der Brücke hinuntergestiegen war, sagte Olga zu dem Riesen im Stahlhelm: »Ziemlich kühl heute morgen.«
Das kam noch falscher heraus als ihre Bitte um Feuer. Der Dicke, der unter seinem Stahlhelm schwitzte, starrte sie ungläubig an. Er hatte wohl wenig Erfahrung mit Damen, die Männer zu früher Morgenstunde ansprechen. Er versuchte es mit einem halben Grinsen, das er jedoch wieder zurückzog, als ihm die Würde seines Amtes einfiel.
»Ich bin im Dienst«, sagte er wie ein Polizist, dem man etwas

zu trinken angeboten hat. Er stieg die Treppe einige Stufen weiter hinauf, um den Inspektionsgang über den Steg fortzusetzen.
»Ich suche einen Soldaten«, sagte sie schnell, »der mit dem ersten Urlauberzug ... Wann bitte geht er ab? In einer Stunde?«
Sie wandte sich immer nur an den Großen mit dem Kettenschild, von dem alle Gefahr auszugehen schien. Sie sprach in demütigem, fast flehendem Ton. Die Angst hielt sie wieder in ihrem Griff. In seinem unentschlossenen Schlenderschritt konnte Albert nicht weit gekommen sein. Ich muß diesen kalten, leeren Morgenblick brechen, ich muß den Mann zwingen, mir in die Augen zu sehen, sagte sie sich. Der Kleine brach in ein atemloses Gelächter aus.
»War er von der Artillerie, von der Infanterie oder von der Luftwaffe«, erkundigte er sich, »wie sieht er aus? Größe, Alter, Farbe des Haars, besondere Kennzeichen?«
»Halt das Maul«, sagte der Große, der rot geworden war wie ein Knabe, »lass' die Frau in Ruh!«
»Aber erlaube mal«, sagte der Begleiter, der sich inzwischen selbst eine Zigarette angezündet hatte, die er mit abgespreizten Fingern hielt, »das ist doch eine von denen, die nicht in Ruhe gelassen werden wollen.« Auch er war ein paar Stufen höher gestiegen. Auf einmal beugte er sich zu Olga hinunter und riß ihr das Kopftuch vom Haar. Der Mann mit dem Stahlhelm nahm ihm das Tuch aus der Hand, gab es Olga zurück und sagte: »Ich werde dich melden.«
Erst jetzt merkte Olga, daß der Große dem Kleinen vorgesetzt war. Der Begleiter drückte die halb zu Ende gerauchte Zigarette aus, er machte eine scharfe Kehrtwendung und folgte dem Mann mit dem Stahlhelm. Sie gingen zum Bahnhof zurück, wo sich die ersten Urlauber eingefunden hatten. Dicht neben einander gingen sie, im gleichen, abgemessenen Kontrollschritt, der Große und der Kleine, der Starke und der Schwache – ein

Paar, in Haß und Abscheu vereint. Olga ging nicht über die Brücke, sie wagte es nicht, Albert weiter zu folgen. Vielleicht war er jetzt schon unten am Hafen und hatte den Führer des Schleppkahns an der Schleusenbrücke gefunden, vielleicht war er bald in guter Hut. Am Fuße des eisernen Steges endete für sie seine Spur. Ihr Weg führte zurück in die Stadt. Ihr war kalt, sie band das Kopftuch um, ging zur Haltestelle der Straßenbahnlinie, die zur Fabrik hinausfuhr. Dort stand sie eine Weile, zu Tode erschöpft und ohne Gedanken. Eine Kette von Mädchen, die sich eingehakt hatten, kam in den gleichen bunten Kitteln, wie sie einen trug, über den Fahrdamm.

»Olga, Olga!«

Vielstimmig, hell, etwas ungewohnt in der Betonung erklang der Ruf, der sie zum Leben erweckte.

»Wie siehst du denn aus mit dem komischen Tuch. Es ist doch nicht Winter.«

Von allen Seiten wurde sie bedrängt, sie umzingelten sie, rissen ihr das Tuch vom Kopf und lachten – Mädchen auf dem Schulhof, die eine etwas absonderliche Kameradin wieder aufnehmen in ihren Kreis. Auch Olga lachte. Wie wohl es tat, die eigene Stimme wieder zu hören!

»Ich habe gefroren«, sagte sie, »aber jetzt ist mir warm.«

»Es wird wieder ein heißer Tag«, meinte eines der Mädchen, »es soll überhaupt ein ganz heißer Sommer werden, sagt der Hundertjährige Kalender.«

Nebel lag über der Flußniederung. In den sumpfigen Wiesen versank der Fuß. Olgas Tennisschuhe bekamen bräunliche Flecken, durch das Leinen drang die Feuchtigkeit. Nasse Füße – immer hatte er sie gehaßt, schon als Kind bei seinen Streifzügen über die Felder vor der Stadt. Später die Märsche im russischen Frühjahr, wenn der gewaltige Schlammstrom zu fließen begann und sie unterwegs im Weglosen waren. Der

Sumpf war erfüllt von Geräuschen; Fröschequaken, Rohrdommelruf, Morgenkonzert der kleinen Spitzschnäbel, deren Namen er nicht wußte. Nur die Grillen schwiegen, erschöpft von ihrem Nachtgesang.
Vor der Stadt, bei der großen Pappelallee, die der Franzosenkaiser angelegt hatte, ankerten während der Nacht immer einige Schleppkähne. Albert ging jetzt dicht am Flußufer entlang auf einem alten Treidelpfad. Die Lanzen der Pappelallee lösten sich aus dem Dunstschleier, hart stand ihr Gitter vor dem aufgelichteten Grund. Aus der grauen Morgenwelt leuchteten ein paar Farben auf: das rote Dach eines Bauernhauses, bunte Wäsche an Bord der Schleppkähne. Am Halteplatz der Fähre hatte sich eine Gruppe von Menschen angesammelt, Arbeiter aus der gegenüberliegenden Zementfabrik. Eine Schiffsglocke läutete, eine Kette klirrte, das Vorderteil der sich nähernden Fähre stieß auf dem sandigen Ufergrund auf. Der Nebel hing noch immer in dichten Schwaden überm Fluß.
»Hertog, nie gehört! Einen Holländer haben wir hier, den alten Hendrik. Er ist beim Frühstück im Fährhaus. Gehen Sie nur da hinein! Vielleicht fällt auch für Sie etwas ab. Sie sehen aus, als könnten Sie's brauchen!« Die dicke Frau mit den Obstkörben wies ihm den Weg. Im Gang des Fährhauses schlug ihm Rauch und Fettgeruch entgegen. Hühner liefen ihm über den Weg, der Boden lag voll von ihren weißen Federn, sie gackerten aufgeregt, um seinen Besuch anzukündigen.
An einem langen Holztisch saß der alte Hendrik beim Frühstück, inmitten einer lärmenden Kinderschar, auf dem Silberhaar die Schiffermütze, im unrasierten Hängebackengesicht eine gerötete Nase, dazu kalte kleine Blauaugen. Er sah so aus, wie man sich in den Bergen einen Seemann vorstellt. Mit einem Riesenmesser, dessen Knochengriff er sonderbar verkehrt in der Hand hielt – später merkte Albert, daß ihm zwei Finger fehlten –, schnitt er dicke Scheiben vom Brotlaib ab, die eine abgehärmte Frau mit Butter beschmierte. Die Augen der Kinder

glänzten vor Gier, immer neue Hände streckten sich aus, entrissen der Mutter das Brot und zogen sich mit ihrem Stück in einen Winkel des Zimmers zurück, wo sie geräuschvoll kauten und schmatzten.
»Sind Sie Herr Hertog?«
Die Augen des Schiffers verengten sich mißtrauisch, er wischte sich mit den Handrücken das Fett vom Mund. »Hertog, nie gehört! Mein Name ist Hendrik. Womit kann ich dienen?«
Doch noch bevor Albert antworten konnte, hob er einen Schemel über den Tisch und forderte den unbekannten Besucher auf, sich niederzusetzen: »Ein Ei gefällig, ein Butterbrötchen, ein Täßchen Kaffee? Ich kann Leute, die nicht gefrühstückt haben, nicht leiden.«
Eines der Kinder wollte nicht essen, ihm war übel von dem Fettgeruch. Es war ein Mädchen mit unnatürlich weißer Haut und wimperlosen Augen.
»Mund auf, mein Küken«, Hendrik beugte sich mit einem Löffel Honig zu ihr herab, »schön brav sein, sagt der Doktor, das ist kein Lebertran, das tut gut, geht ins Blut, davon bekommt man rosige Bäcklein.«
Er kniff das Mädchen, das die Lippen fest aufeinandergepreßt hielt, in die Wangen, so daß auf der weißen Haut rote Flecken entstanden.
»Lassen Sie das«, sagte die Fährfrau, die selbst nichts angerührt hatte. Im Gegensatz zu ihrer Jüngsten war sie lederhäutig und zäh, sie sah aus, als könne sie es lange Zeit ohne Nahrung bei harter Arbeit aushalten.
»Komm her!« Sie zerrte das weinende Kind zu sich herüber und sah den Alten giftig an. Sie dankte ihm nicht für seine Gaben, die er so freigebig austeilte, sie war eifersüchtig, weil die Kinder an seiner Uniform mit den Goldlitzen hingen, statt an ihrem Rock.
»Onkel Hendrik«, riefen sie durcheinander, eines höher, gellender und heller als das andere, »gib mir noch ein Stück.«

»Jetzt kommt erst der Besuch dran.«
Hendrik beugte sich über den Tisch und hielt Albert ein Glas mit wasserklarem Schnaps hin: »Das stärkt den Magen! Bei Onkel Hendrik ist heut Freitisch. Du hast Glück gehabt, greif zu!«
»Ich wollte fragen«, stotterte Albert, »ich bin ... mich schickt ...«
Mit einer achtlosen Handbewegung fühlte er sich an den Rand des Tisches geschoben, sein Fall war hier unwichtig. Im Mittelpunkt saß der raumfüllende, paffende, schnapstrinkende Alte, von dem er noch immer nicht wußte, ob es der Führer des Schleppkahns ›Nicodemus‹ war.
»Wer du bist, kannst du mir später erzählen. Ist halb so wichtig, wie du glaubst. Jeder bildet sich ein, irgendwer zu sein, und ist vielleicht in Wirklichkeit jemand anderes. Man kann nie wissen.« Er zwinkerte Albert zu, seine Augen hatten einen Tick, sie zuckten ständig. Trotz seiner Riesenfrühstücke und des bärenhaften Hungers war der Alte wohl nicht recht gesund. Albert trank den Schnaps, der nach Petroleum schmeckte, und nahm hinterher einen großen Schluck von dem scharfgebrannten Kaffee. Der zweite Schnaps auf nüchternen Magen machte ihn schwindlig, vor seinen Augen drehten sich kleine Kreise und Punkte.
»Jetzt schnell Eier und Speck«, sagte Hendrik, »das ist die beste Medizin für Hungerleider. Für solche, die zu viel grübeln und nachdenken, statt anständige Arbeit zu tun.«
Er streckte Albert seine behaarten Pranken über den Tisch entgegen, sein Blick hatte auf einmal eine bösartige Starre, seine Sprache wurde schwerfällig, er suchte wie ein Ausländer nach Worten: »Sieh dir diese Hände an! Haben allerlei Dreck angefaßt. Sind nicht immer sauber geblieben. Kennst du die Welt?«
»Nicht sehr gut«, sagte Albert, »nur die Städte und Länder, in die man im Krieg als Soldat ...«
Er stotterte, mitten im Satz brach er ab. Einen Augenblick hatte

er nicht aufgepaßt, und schon hatte er sich verraten! Der Alte jedoch schien nichts von seiner Verwirrung zu merken, er vergaß das Weiteressen, blickte zum Fenster hinaus und fuhr in seinem Selbstgespräch fort: »Dreißig Jahre lang zur See gefahren. Auf Linienschiffen zwischen China, den malaiischen Inseln und dem Stillen Ozean. Man ist nicht immer auf solch einem alten Kahn im Schneckentempo die Flüsse hinauf- und hinuntergeschippert. Das Meer«, seine Augen färbten sich tiefer, leuchteten auf, erloschen jedoch sogleich wieder, »Salzgeruch, Brecher, schäumender Gischt. In den Hafenstädten gibt es drollige Dinge, Kuriositäten, die kein Jahrmarkt zeigt: Menschenfresser und Opiumesser, Affen mit zwei Köpfen, Mädchen mit und ohne Unterleib. Aber man hat bald genug davon. Alles Schwindel, was sie einem dort bieten.«

Auf einmal schien er genug zu haben von seiner Geschwätzigkeit. Er brach ab, spuckte auf den sauberen Boden, zupfte Tabakkrümel aus seinem Bart und räumte Würste, Schinken und Konservendosen zusammen, um sie in einem Seesack zu verstauen.

»Du wunderst dich sicher«, sagte er zu Albert, während er den Sack zuschnürte und die Kinder, die ihn noch immer umlagerten, wie einen Schwarm aufdringlicher Spatzen verscheuchte, »woher der Segen kommt. Grüße aus der schönen Schweiz für meine hungernden Landsleute. Ab und zu kommt etwas in der Nacht über die Grenze geschwommen und wird bis nach Holland mitgenommen. Ihr wißt hier nicht, was Hunger heißt.«

Er erhob sich umständlich, lud den Sack auf die Schulter, kniff das weißhäutige Mädchen zum Abschied noch einmal in die Wange und stolperte auf den dunklen Flur hinaus. Albert folgte ihm ins Freie.

Der Nebel hatte sich inzwischen aufgelöst, jetzt konnte man die Namen der Schleppkähne, die im Fluß ankerten, deutlich erkennen.

»Du willst wohl anheuern bei mir«, sagte Hendrik, »weiß

schon, wer dich schickt. Ihr kommt alle aus der gleichen windigen Ecke. Ich hoffe, die Papiere sind gut.«
»Kowalski«, sagte Albert schnell, »Eugen Kowalski heiße ich.«
Hendrik brach in dröhnendes Gelächter aus, verschluckte sich, mußte husten.
»Kowalski«, wiederholte er, »komischer Name. Paßt nicht besonders gut zu dir. Hoffe, ich werde ihn behalten, bis wir die Grenze erreicht haben.«

Hell war es schon lange, bevor die Sonne aufging. Ein fahles, durchdringendes Licht legte die Straßen bis in den öden Zierat der Fassaden bloß und zeichnete Kamine, Antennen und Drähte über den Dächern hart in den Himmel. Ben glaubte, vom Geländer der Turmgalerie auf ein riesiges Stadtmodell aus Gips niederzublicken. Säuberlich ausgeführt waren die schneckenhaft gewundenen Gassen um den Dom, der Flußbogen, die Uferfront zwischen den beiden Brücken, das grüne Gekräusel der Bäume und der gläsern schimmernde Teich der Wallanlagen. Alles tot, hohl und fremd, ein Präparat, zum Zwecke der Belehrung hergestellt. Ein Führer könnte es seinem Publikum von der Turmgalerie aus mit einem Zeigestock erklären.
Was ging das ganze Benjamin an? Seine Heimat war nicht diese angestaubte Museumsstadt mit den künstlichen Bäumen und Teichen und den Millionen fleißig eingeritzten Dachziegeln, Fensterchen und Mauersteinen. Er stammte nicht von hier, auch wenn er die Straße aus dem Gassenlabyrinth der östlichen Vorstadt herausfinden konnte, in der sein Elternhaus stand: die düstere Vierzimmerwohnung, die er erst vor ein paar Tagen verlassen hatte, als die Seinen sang- und klanglos im Morgengrauen auszogen, umzogen ins Baracken- und Totenland. Ausgetrieben aus der Stube mit den feierlich hochlehnigen Stühlen aus Eichenholz um den Eßzimmertisch, wo sie sich zu den Mahlzeiten versammelten: der Vater mit dem Käppchen auf

der Glatze, die Mutter mit zerstreutem Lächeln und unruhig umherschweifendem Blick, Mirjam, auf zwei Samtkissen thronend, und Ben. Jeder hatte seinen vorgeschriebenen Platz am Familientisch.
Ein paar schadhafte Stellen hatte das Stadtmodell dort unten. Einige Dächer hatte man abgehoben, damit das verehrte Publikum einen Blick ins Innere der Wohnungen werfen konnte. Während Ben die ineinanderverschachtelten Kammern und Stuben der aufgeschnittenen Altstadthäuser betrachtete, tauchte die Sonne aus den Nebeln der Niederung auf. Einzelne Strahlen tasteten sich über die Mauern, hier und da glänzte Metall auf, brach sich das Licht in den Fensterscheiben. Zur gleichen Zeit wachten die Altstadthäuser aus ihrem gelähmten Schlummer auf. Läden und Fenster wurden geöffnet, aus den Kaminen schlängelten sich dünne Rauchfäden. Aus den Straßenschluchten drangen schläfrige Morgengeräusche, Klirren von Blecheimern, Hammerschläge, Radgeklingel, über dem ganzen eine aufsteigende Wolke von Vogelgezwitscher.
Benjamin zog sich vom Geländer zurück. Es war hoch an der Zeit, in der Finsternis des Turmschachtes unterzutauchen. Die Sonne stand schon hoch überm Horizont, er mußte fliehen vor ihrem Licht. Er fing an, die Wendeltreppe hinunterzusteigen. Er tastete sich an der gerundeten Mauer entlang, von Lichtviereck zu Lichtviereck, immer schneller lösten sich seine Füße ab auf den steinernen Stufen. Allmählich durchsetzte sich die Finsternis im Turmschacht mit einem blassen Schimmer, der aus der Tiefe heraufdrang. Dort unten schien eine Tür offenzustehen. Ben hörte das kratzende Geräusch eines groben Besens, mit dem jemand den Fußboden kehrte. Während er die letzten Runden der Wendeltreppe hinabschlich, entfernte sich ein schleppender Schritt, die Turmtür wurde von draußen abgeschlossen, er blieb im Dunkeln zurück. Nach einigem Suchen fand er einen offenen Durchgang, der zu einer Seitenkapelle des Domes führte. Er kam in einen Raum mit Kreuzgewölben an

der Decke, durch die hohen Glasfenster drang vielfarbig gebrochenes Licht. An der Innenseite der Tür, die er hinter sich schloß, war ein Schild mit der Aufschrift angebracht: ›Zur Zeit keine Turmbesteigungen.‹

Aus einem der Seitenschiffe des Domes näherten sich knarrende Stiefelschritte. Ein Priester mit gerötetem Gesicht und störrischer Bürstenfrisur blieb am Eingang zur Kapelle stehen und sah ihn an.

»Können Sie mir sagen, wo hier der Ausgang ist?« stammelte Ben. »Ich habe mich verirrt.«

»Verirrt?«

Der Priester, dessen Bauch sich unter der Soutane hervorwölbte, lachte lautlos, seine Augen verengten sich zu blinkenden Schlitzen.

»Wie bist du denn hereingekommen?« fragte er. »Der Dom ist geschlossen.«

Er betrachtete Benjamin aufmerksam – das wirre Haar, das schmutzige Hemd, die staubigen Schuhe.

»Du hast wohl auf einer Kirchenbank übernachtet?«

Seine Stirn legte sich in Falten, er blickte nach dem offenstehenden Schrank mit dem Meßgerät.

»Wie heißt du«, fragte er, »deinen Namen will ich wissen.«

»Benjamin.«

»Und weiter«, fragte der Priester, der nur halb bei der Sache zu sein schien.

»Das kann ich nicht sagen.«

»Warum nicht?« Die Stimme des Dicken klang ärgerlich. Ben schwieg, er zog sich einige Schritte nach der Tür, die zur Turmtreppe führte, zurück.

»Du sollst antworten, hörst du«, sagte der Priester, dessen Blick jetzt voll und fest auf ihm ruhte.

»Ich kann meinen Namen nicht sagen«, erklärte Ben leise, »weil sie mich suchen.«

Der Atem des Dicken ging etwas schwerer, er brach den Blick

ab und starrte auf seine überm Leib gefalteten Hände nieder. »Komm mit«, sagte er ohne weitere Erklärung.
Sie durchquerten das Mittelschiff des Domes. Der Priester knickste und bekreuzigte sich vor dem Hochaltar. Benjamin versuchte, das gleiche zu tun, in seiner Aufregung wußte er nicht mehr, wie man ein Kreuz schlägt. Der Dicke hatte es gemerkt, er legte den Kopf etwas schief und blickte ihn aus schmalgezogenen Lidern an. Sie kamen in den Kreuzgang. Hier war es kühl. Brunnenwasser lief aus einem verrosteten Hahn in ein altes Steinbecken. Gartengerät lehnte an einem Pfeiler. Unkraut wucherte unter den Bogengängen. Der Priester war Ben ein paar Schritte voraus, seine staubigen Stiefelsohlen lösten sich gleichmäßig ab im Gehen. Vor einer kleinen Holztür blieb er stehen, zog einen Schlüssel aus seiner Tasche, öffnete und forderte Ben durch ein Kopfnicken auf, ihm zu folgen. Sie kamen in ein Büro mit einem Schreibtisch, einem Aktenschrank und mehreren Hockern, das Ben an die Wachtstube auf dem Polizeirevier erinnerte.
»Setz dich hin«, sagte der Priester.
»Danke, ich stehe lieber.«
Ben blieb an der halboffenen Tür stehen, als wolle er sich den Rückzug sichern.
»Ich heiße Benjamin Goldberg«, sagte er auf einmal mit lauter Stimme, »meine Eltern sind Juden, aber ich bin getauft.«
Der Dicke atmete heftig, asthmatisch, er kreuzte die Hände über dem Bauch und sah ihn milde und traurig aus seinen Glotzaugen an.
»Warum lügst du?« fragte er, schien aber nicht auf eine Antwort zu warten.
Sein Blick schweifte schon wieder ab. Er ging zum Schreibtisch, zog eine Schublade auf und kramte darin herum. Endlich hatte er das, was er suchte, gefunden, einen Stempel, den er anhauchte und auf ein Formular drückte. Ben spürte, wie ihm die Schamröte ins Gesicht stieg. Noch einmal sah er die Mutter

im Treppenhaus, wie sie Mirjam über die Stufen mitzerrte, und den Vater, der mit seinem Pappköfferchen hinterhergestolpert kam. Noch einmal hörte er, wie die Mutter ›Benjamin, wo bist du‹ durch das Treppenhaus rief. Ich habe sie verraten, dachte er. Der Priester schien verärgert zu sein über die Umstände, die der Fall Benjamin Goldberg machte. Er erhob sich, ging zur Tür, drehte sich noch einmal um: »Du wartest hier, bis ich wiederkomme«, sagte er.

Durch die angelehnte Tür hörte Ben, wie er sich im Kreuzgang mit einem anderen Priester unterhielt. Was sie sagten, konnte er nicht verstehen. Sie sprachen in jenem undeutlichen Leierton, den er von seinen gelegentlichen Kirchenbesuchen her kannte. Ihre Schritte entfernten sich, die Stimmen verstummten. Als Ben die Tür öffnete, fand er den Kreuzgang leer. Er schlich an der Wand mit den eingelassenen Grabsteinen entlang in den Dom zurück, fand die offene Tür der Sakristei und ging ins Freie hinaus. Es war noch früh am Morgen, aber das Licht blendete schon. Langsam ging er über den leeren Platz. Unter dem Torbogen, der sich zwischen den Häusern einer der Altstadtgassen ausspannte, blieb er stehen und drehte sich noch einmal um. Von der Turmgalerie, dachte er, könnte man mich sehen. Doch dort oben steht keiner, der meinen Weg verfolgt. Die mich suchen, bleiben im Schatten.

Eine Schafherde überm Weg, man konnte die Tiere nicht zählen, da war Rücken an Rücken, immer das gleiche, gelockte Vlies, ein wandernder Teppich, weißgelbgrau, ein paar schwarze Flecken, ein paar kahlgeschorene Stellen dazwischen. Zahllose Male der gleiche Kopf, die gebuckelte Stirn, das vorstehende Auge, leicht entzündet, der Blick so gut wie erblindet, unter der langen Oberlippe gelbe, häßliche Zähne, die das Gras mit zäher Beharrlichkeit abzupften. Zwei Widder waren dazwischen, schwarz, mit blutunterlaufenen Augen, sie fraßen nicht, scherten das Gras nicht. Diese Arbeit verrichteten die Mutterschafe für sie, die den Kopf nicht vom Boden aufhoben. Nur die Lämmer wandten sich zwischen ihren komischen Sprüngen ab und zu nach dem Pferdewagen um. Trotz des drohenden Hufgeklappers teilte sich der Teppich nicht, an keiner Stelle riß er auseinander, um dem Wagen den Weg freizugeben. Der Hund, ein Bastard mit Spitzohren und bläulicher Zunge, kam atemlos von der Spitze des Zuges zurückgelaufen. Treuherzig hob er den Kopf, wedelte mit dem Schwanz, nahm die Flüche des Milchkutschers als Lobsprüche hin, dachte nicht daran, die Herde vom Weg die Böschung hinauf ins Heidekraut zu treiben.

»Ist denn kein Hirt da?« fragte Jessica, die mit Clemens hinten im Wagen zwischen den Milchkannen saß – sie waren spät dran, hatten die Straßenbahn versäumt und wollten mit dem Wagen einen Abkürzungsweg über die Felder zum Lokalbahnhof fahren.

»Hast du schon einmal so etwas gesehen, eine Herde ohne Hirten?«

Clemens gab keine Antwort, er blickte in stiller Verzweiflung in ihr Gesicht, das so heiter aussah, als freue sie sich über jedes Hindernis, das sich ihnen in den Weg stellte. Keine Macht dieser Welt schien diese blöde, fressende, blökende Masse beiseite schieben zu können. Er zählte die Minuten, die Sekunden; gegen das Uhrwerk, das da plötzlich in seiner Brust zu ticken begann, kam kein Abschiedsschmerz auf. Er rückte ab von Jessica, die lachte über das Mißgeschick, das nur eines in der Kette der kleinen Unfälle dieses Morgens war. Der Tag war voller Widerhaken und Tücken, er rechnete ihnen die Minuten vor, die sie in der Nacht verschwendet hatten, als die Zeit über ihre Ufer getreten war.

Zum dritten Mal tastete Clemens in seiner Tasche nach Soldbuch und Urlaubsschein, unter dem Netzhemd spürte er das kühle Blech der Erkennungsmarke. Er hatte nichts mehr im

Kopf als ein paar Zahlen, Abfahrtszeiten, Zugverbindungen, dazu die zerrende, quälende Angst, zu spät zu kommen durch die vertrackten Hindernisse, die ein Kobold vor ihm auftürmte, der mit Jessica im Bunde zu sein schien.
Sie wußte freilich nicht, was es hieß, wenn man sich nicht rechtzeitig zurückverwandelte aus einem Menschen in einen Bestandteil jener zähen, grauen Masse, die sich vor dem Urlauberzug ansammelte. Wer einmal den Anschluß verpaßt hatte, war schon so gut wie gerichtet. Die Räder des Zuges rollten über ihn hinweg, der Rhythmus der stoßenden Wagenachsen dröhnte gegen sein Ohr: zu spät, zu spät. Wenn diese fressende Seuche sich noch weiter über den Weg und die Wiesen ausbreitete, würden sie den Zug im Spielzeugformat hinter der Bahnschranke vorbeifahren sehen, in den Fensterrahmen die mitleidig winkenden Kameraden: schade, hast es nicht mehr geschafft, warst ein netter Junge, wer weiß, ob man sich wiedersieht! Jessica sah ihn an, mit einem ihrer langgehaltenen Blicke. Sie lächelte über seine Schwäche hinweg. Sie wußte alles, übersah alles, verzieh alles.
»Geduld«, sagte sie, »nur Geduld, du Armer.«
Er senkte die Lider und schwor sich zu, ihr keinen Blick mehr zu gönnen, bis sie sich trennten. Sie bildete das Haupt der Verschwörung, die gegen ihn im Gange war. Alle anderen waren ihre Komplizen: der fette Milchkutscher, dieser halb schwachsinnige Knabe, der vor sich hinsang, statt seinen Klepper anzutreiben – von Zeit zu Zeit sah man sein verlorenes Profil, den glotzenden Blick, den offenen Mund, die aufwärts gebogene Nase zwischen den Pausbacken –, der Knabenkutscher, sein Gaul, der triefäugige Apfelschimmel mit der räudigen Mähne und dem tückischen Blick, der Spitzohrenhund mit seinem kalten Grinsen und das Gros der Heeresmacht, die Opferlämmer, die eher bereit zu sein schienen, sich unter den Hufen zertrampeln zu lassen, als von der Stelle zu weichen. Auch der Hirt, der noch immer unsichtbar blieb, stand in ihrem Sold.

Jessica war Circe, die uralte, ewig junge Zauberin, die Menschen in Tiere verwandelt. Statt der Schweine trieb sie Schafe vor sich her, Lämmer und Widder aus dem mänadischen Zug.
»Wollen wir nicht aussteigen? Zu Fuß kommen wir schneller vorwärts.«
Er hatte die Frage ohne Hoffnung ins Leere gerichtet. Doch Jessica hob schon gehorsam den Fuß über den Wagenrand, zog den engen Rock hoch, um abzuspringen. Auf einmal war der Schäfer da. Dicht vor ihnen tauchte er aus dem sich lichtenden Nebel auf, mit zerlöchertem Hut und flatterndem Wettermantel, wie eine Vogelscheuche drapiert. Vor dem linken Auge hatte er eine schwarze Klappe, das rechte schien sich ab und zu mit einer hauchdünnen Haut zu überziehen. Er sprach mit dem Milchkutscher: einige kranke Schafe sollten zum Schlachthof gebracht werden, er wollte sie auf den Wagen laden. Um Clemens und Jessica kümmerte sich niemand mehr.
»Wir haben es eilig«, rief Jessica, »der junge Mann muß den Urlauberzug am Lokalbahnhof erreichen.«
»Den Sieben-Uhr-zwanzig?«
Der Schäfer hatte auf einmal die Gesichtszüge und das Benehmen eines altgedienten Soldaten: »Du hast Glück, Kamerad. Der nimmt's nie genau mit der Abfahrtszeit. Jeden Tag Verspätung. Keine Ordnung, keine Zucht. Wenn ich etwas zu sagen hätte . . .«
Er nahm seinen Hut vom Kopf. Auf dem kahlen Schädel wurde eine Schußnarbe sichtbar.
»Ein Andenken an die Höhe hundertfünf. Wir lagen damals vor Verdun, Grabenkrieg, das waren noch Zeiten! Aber die jungen Leute heutzutage denken, nur sie hätten etwas mitgemacht.«
Die Entblößung der Narbe hatte seinen Stolz geweckt, er schwang den Stock über dem Kopf, trat drei Stechschritte vor und kommandierte: »Zurück! Weg da! Marsch, marsch im Laufschritt, ihr Idioten!«
Noch ehe der Stock niederfuhr, war der Wollteppich vor ihm

auseinandergerissen, die Schafe wichen zu beiden Seiten aus. Der Hund sah seinen Herrn furchtsam an, er schnappte nach den Beinen einiger Jungtiere, die nicht schnell genug die Böschung hinaufkamen. Nachdem er seine Pflicht getan hatte, legte er sich mit hängender Zunge ins Heidekraut.

Der Wagen ruckte an, der Knabe schwang die Peitsche, der Gaul spitzte die Ohren und fing zu traben an. Der Schäfer salutierte am nicht vorhandenen Mützenrand.

Jessica stand auf dem Bahnsteig in der Reihe der Frauen. Sie sah Clemens' Kopf am Fenster des Zuges zwischen dem halben Dutzend Soldatenköpfen, ein wenig schmaler und blasser als der des Nachbarn. Doch schon war er mit den anderen eins im blöden Gelächter, im Abschiedskummer, in der Verlegenheit. Vor ihnen allen lag eine tagelange, beschwerliche Reise, auf der man sich miteinander einrichten mußte. Am besten sah man sich schon jetzt seine Fahrtgenossen an und versuchte, ihre Vorzüge und Nachteile abzuschätzen. Die Frauen auf dem Bahnsteig waren schon ferngerückt wie die Menge am Kai, wenn das Schiff sich langsam vom Ufer wegbewegt und das Winken mit Taschentüchern das Rufen ersetzt. Vergeblich streckten sie die Arme aus und bettelten um einen Blick des Einverständnisses, um ein Lächeln der Erinnerung an die Nacht, die jetzt verschüttet war im aschgrauen Morgenverdruß. Hundertfach wiederholte sich, an der Wagenreihe entlang, die gleiche Szene, stand sich dasselbe Paar gegenüber, das vergeblich versuchte, durch Worte und Gebärden einen Hohlraum von Einsamkeit um sich zu schaffen.

Vergebliche Beschwörung. Sie wissen, es ist vorbei. Sie haben ihre Zeit gehabt, und sie werden das Wort nicht mehr finden, das sie zu sagen versäumten. Der Zug fährt noch immer nicht ab, niemand gibt ihm das Signal. Und so bleibt die Massenszene das Abschieds stehen. Die Männer an den Zugfenstern ent-

decken die Schatten in den Gesichtern der Frauen, ihre Augen leuchten nicht mehr, ihr Lächeln erstirbt. Hinter den kleinen bekümmerten Stirnen beginnt sich schon wieder das Rad des einsamen Alltags zu drehen.
Jessica in der Menge der Frauen, Clemens beschämt und verlegen am Fenster! So weit hatte er es gebracht mit seiner Schuljungenangst, zu spät zu kommen! Dieser Zug schien in die Erde gerammt zu sein, vielleicht würde er erst in ein paar Stunden abfahren. Bei Militärtransporten spielte die Zeit keine Rolle. Weiß der Himmel, worauf sie diesmal warteten, auf eine zweite Maschine, auf einen Kurier, auf einen General, der verschlafen hat?
»Erlaube, Kamerad!«
Clemens drängte sich zwischen den im Gang Stehenden hindurch, auf die Wagentür zu. Aus den Uniformen drang der vertraute Kammergeruch, trotz der frühen Morgenstunde staute sich in den Wagen schon wieder drückende Hitze. Will zur Tür, will das Naturgesetz des stummen Gegenüberstehens brechen, will sie am Arm mitzerren, auf den Platz vorm Bahnhofsgebäude hinaus, wo der Stationsvorsteher sein Gärtlein hat! Ohne mich werden sie nicht abfahren, ich höre den Pfiff und springe auf, sobald der Zug sich in Bewegung setzt, es wäre nicht das erste Mal. Es war ihm gelungen, die Soldaten auf dem Trittbrett beiseitezustoßen. Er sprang auf den Bahnsteig hinunter. Ein leerer Raum, eine lichte Gasse bildete sich um ihn und Jessica.
So kamen sie, Arm in Arm, zum Stationsgebäude und zum halbrunden Platz vor dem Gitter des Gartens. Ein Bahnbeamter war bei den Beeten mit Unkrautjäten beschäftigt. Er trug einen hellblauen Kittel und eine alte Dienstmütze. Er erklärte sich bereit, Bescheid zu sagen, wenn das Zeichen zur Abfahrt des Zuges gegeben wurde. Clemens sah ihn zwischen merkwürdig großsternigen Blumen hantieren, manche von ihnen riß er ab und legte sie auf den Haufen mit dem Unkraut.

»Starr doch nicht immer den blauen Kittel an«, sagte Jessica. Sie zog ihn nieder auf die Bank vorm Gartenzaun und legte den Arm geschwisterlich um seine Schulter. »Sei froh, daß er uns nicht mit seinen Blicken belästigt.«

»Solch ein Abschied«, sagte Clemens, »übersteigt meine Kraft. Diese Leere«, wieder drehte er sich nach dem Bahnbeamten um, der Blumen pflückte und Unkraut jätete, »ich glaube, das ist der Morgen. Ich spüre schon die Zugluft der Fahrt, das Rollen der Räder . . .«

Jessica lehnte sich auf der Holzbank zurück, sie zog die Augen schmal. Um sie herum war die Sonne eines Vormittags im Garten, Geruch der noch feuchten Erde, Blumenduft.

»Mach es wie ich: sieh nur den Augenblick. Wir haben die Zeit genug strapaziert heute nacht, das rächt sich. Du darfst nicht an das Vorher und Nachher denken. Nur daran, daß wir hier auf der Bank des Stationsvorstehers sitzen und auf dies Stück Gartenland mit den silbernen Kugeln schauen, in denen der Mann im blauen Kittel sich spiegelt. Nur an dies Nebeneinander auf der Bank sollst du später denken, nur an die Kiefer vorm Haus, an den Milchwagen, an die Schafherde und den Alten.«

Sie lachte, als sie ihre Mitverschworenen aufzählte. Vielleicht gehörte auch der Blaukittel im Gärtlein dazu, mit dem sie heimlich Blicke wechselte. Jetzt kam er an den Zaun heran. Clemens sprang auf, der Beamte schüttelte den Kopf: noch war es nicht so weit, sie beluden einen Güterwagen.

»Die Strecke«, sagte der Mann wichtigtuerisch wie ein Beamter, der ein Dienstgeheimnis ausplaudert, »ist nicht frei. Zwanzig Kilometer von hier, beim Stellwerk drei, ein Bombentrichter. Sie müssen die Züge umleiten. Das ist jetzt oft so. Mich geht's nichts an«, er hob die Schultern, »ich bin pensioniert.«

Jetzt machte er einen Fehler, der verriet, daß er mit Jessica Hand in Hand arbeitete. Er nahm den Blumenstrauß vom Komposthaufen, hielt ihn übers Gitter und reichte ihn Jessica, die ihn auch annahm, als gäbe es nichts Selbstverständlicheres auf der Welt, als am frühen Morgen von einem Unbekannten in Clemens' Stellvertretung die Blumen zu bekommen, die mitzubringen er immer versäumt hatte. Sie hielt den Strauß dicht vors Gesicht, er war bestürzend bunt, außer den Sternblüten, deren Namen Clemens nicht kannte, waren auch Mohn- und Kornblumen dabei: Zinnober, indisch Gelb, Karmin, Lapislazuliblau, Farben, die sich bissen, achtlos von den Fluren des Sommers gepflückt.

Jessicas Nase verzog sich, als müsse sie niesen. Sie hielt die Blumen wie einen Fächer vors Gesicht, ihre Augen schimmerten hindurch, auch die Lippen und ein Stück Wangenhaut. Sie hatte schon immer malerische Effekte geliebt und die Farben angezogen. Danke! Die Blumen kommen im richtigen Augenblick. Manchmal braucht man etwas, das man in der Hand halten kann, hinter dem man sein Gesicht verstecken kann. Eine der Mohnblüten verlor ihre Blätter, zwei davon ließen sich auf Clemens' rauher Uniformjacke nieder. Er spürte das Brennen der Hitze im Gesicht, so als stünde die Sonne schon im Zenit, als gingen sie Hand in Hand übers Feld, Kinder, die sich ein Versteck zwischen den Kornfeldern suchen. Jessicas Augen flehten ihn an: keine Bekenntnisse, keine Schwüre, kein Wort, brich die Spielregeln nicht.

Jetzt sprach sie von seiner Rückkehr. Es war ein ähnlicher Tag wie heute, etwas herbstlicher, statt der Mohnblüten flogen die Blätter der Platanen auf dem kleinen Platz vor dem Bahnhofsgarten umher: wieder ist sie so und so viele Tage und Nächte älter geworden, sie hat sie nicht gezählt. Sie trägt noch immer das gleiche Kopftuch und hat die ganze Zeit über auf dieser Bank auf ihn gewartet, auch der Mann im blauen Kittel jätet noch immer im Garten zwischen den Blumenstauden das Unkraut aus... Sie hatte es geschafft, er war bezwungen, er lachte, er blies in den Blumenstrauß. Es gelang ihm, einige Blütenblätter in die Luft zu pusten, eine von Jessicas Haarsträhnen, die sich unter dem Kopftuch zeigte, aus ihrer Stirn zu blasen. In diesem Augenblick ertönte ein Klingelzeichen wie auf kleinen Stationen, wenn vor der Einfahrt des Zuges die Schranken niedergehen. Der Mann im blauen Kittel erhob das Unkrautschäufelchen, er winkte und nickte, schien aufgeregt über etwas, das sich auf den Geleisen abspielte.

Sie sprangen auf, sahen sich an, in den Augen blankes Entsetzen. Nun war es Jessica, die ihre selbstaufgestellten Spielregeln durchbrach. Sie ließ den Blumenstrauß auf der Bank liegen, das Kopftuch fiel zu Boden, sie merkte es nicht. Mit wirrem, wehendem Haar folgte sie ihm. Sie liefen durch den Vorraum, durch die Sperre, die nicht bewacht war. »Warte auf mich, Clemens, so warte doch!« Er lief, den Tornister auf einer Schulter, das Käppchen auf den Kopf stülpend, am Zug entlang. Einen Berg schleppte er auf seinem Rücken mit, der Stahlhelm schepperte gegen das Kochgeschirr. Seine Stiefel knirschten, er hinkte, er keuchte. Wieder hatte sich eine Gasse gebildet, die Frauen, erschöpft von der langen Wartezeit am Bahnsteig, traten zurück und blickten Jessica feindselig an wie eine, die nicht zu ihnen gehörte und sich widerrechtlich Zutritt zu diesem Kreis verschafft hatte. In den Zugfenstern ruckten die Köpfe, wandten sich hundert Augen den beiden zu, die sich im letzten Augenblick – schon fuhr der Zug an, langsam, mühevoll setzte er sich in Bewegung – diese Sondervorstellung erlaubten. Clemens hing schon auf einem der Trittbretter. Kameraden, die auf dem Wagen standen, hielten ihn an den Armen fest, zogen ihn hinein. Clemens lächelte matt, bekam eine Hand frei, wagte ein Winken. Zum Überfluß brachen jetzt auch noch die lange zurückgehaltenen Tränen aus Jessicas Augen, als der Zug die Schutzdächer des Bahnsteiges hinter sich ließ und Clemens' Gesicht im blendenden Morgenlicht verblaßte. Sie fuhr sich über die Lider, verwischte die Schminke, fand kein Taschentuch, konnte die Tränen nicht abwischen, nicht winken. Eine Frau, mitleidige Nachbarin, die überall in der Welt zur Stelle ist, lieh ihr das ihre, es war feucht und ein wenig zusammengeknüllt. Sie strich sich einmal flüchtig damit über die Augen, gab es ohne Dank zurück.

Der Zug war um die Ecke gebogen, einige Passanten, die auf dem Bahnübergang standen – dem gleichen eisernen Steg, von dem eine Stunde früher Albert auf die Geleise niedergeblickt hatte – die Passanten, halb verhüllt vom Rauch der Lokomotive, winkten noch immer. Aber vor dem Bahnhofsgebäude begann schon der Aufbruch der Frauen. Alle hatten es eilig, nach der verlängerten Wartezeit nach Hause oder zu ihren Arbeitsstätten zu kommen. Sie drängten sich durch die Sperre, die kleine Vorhalle war erfüllt vom Lärm ihrer Stimmen und Schritte. Nur noch wenige schluchzten, die meisten hatten sich schnell zusammengerafft und die harten Züge von Hausfrauen wiedergewonnen, die sich selbst zu helfen verstehen. Ein junges Mädchen puderte sich ungeniert das tränenverschmierte Gesicht, Jessica hörte ihr höhnisches Lachen, als sie vorüberging, hinkend, denn der Absatz ihres rechten Schuhs war abgebrochen. Sie hatte vergessen, Clemens das letzte Wort nachzurufen, das sie sich aufgespart hatte für die Minute des Abschieds.

Sie kam zurück zur Bank, ihr Blumenstrauß lag noch da, doch inzwischen schien ihn jemand geplündert zu haben. Einige Stengel lagen auf dem Boden, der Mohn war schon welk, die Pfingstrosen hatten ihre Blätter in einem karminroten Halbkreis verstreut. Sie nahm den Strauß in die Hand, schüttelte den Kopf, legte ihn wieder hin. War inzwischen so viel Zeit vergangen, daß die Blumen schon welkten? Sie blickte auf. Der Mann im blauen Kittel war in einem Schuppen verschwunden, sein Gartengerät lehnte an der Bretterwand. Sie kannte ihn nicht, sie hatte ihn nie zuvor gesehen, er nahm keinen Anteil an ihrem Schmerz, er kehrte ihr und der Welt den Rücken.

Nachwort
von Sigrid Weigel

1961 – das Jahr der Erstveröffentlichung des hier neuaufgelegten Romans *Gefangene der Nacht* von Geno Hartlaub – fällt in eine Aufbruchssituation der westdeutschen Nachkriegsliteratur. Der Dekadenwechsel von den fünfziger zu den sechziger Jahren wird in der Literaturgeschichte allgemein als Ende einer Ära betrachtet, die durch wirtschaftlichen Aufschwung und kulturellen Stillstand gekennzeichnet war – als Beginn einer Politisierung des Literaturbetriebs und zugleich als Erwachen eines Publikumsinteresses für avantgardistische und moderne ästhetische Entwicklungen aus dem Ausland, wie z. B. die *Nouvelle Vague*-Filme, den Phantastischen Realismus, das Theater von Ionesco und die junge amerikanische Literaturkritik (Leslie Fiedler). Neue Autoren wie Peter Weiss und Uwe Johnson waren auf der literarischen Bühne Deutschlands erschienen. Günter Grass' *Blechtrommel* (1959) hatte für Aufsehen und politischen Skandal gesorgt, weil der Bremer Senat die Verleihung des Literaturpreises an ihn verweigern wollte. Im selben Jahr war Paul Celans *Sprachgitter* erschienen und das Feuilleton mit der unsäglichen Goll-Affäre befaßt. – 1961 war in literarischer Hinsicht ein ausgesprochen fruchtbares Jahr: Walter Höllerer startete seine Zeitschrift *Sprache im technischen Zeitalter*, es erschienen *Das dreißigste Jahr* von Ingeborg Bachmann, *Katz und Maus* von Günter Grass und Peter Weiss' *Abschied von den Eltern*, Siegfried Lenz' *Zeit der Schuldlosen* kam auf die Bühne, der Büchner-Preis ging an Hans Erich Nossack. Und mit dem amerikanischen Kinofilm *Das Urteil von Nürnberg* wurden die Deutschen im populären Genre und mit Starbesetzung (Marlene Dietrich, Spencer Tracy, Maximilian Schell) mit der noch ausstehenden Bearbeitung von Schuld und Verantwortung für die Politik des Dritten Reiches konfrontiert.

Der Roman *Gefangene der Nacht* zeigt – zusammen mit dem drei Jahre vorher veröffentlichten Roman *Windstille vor Concador* – auch im Werk von Geno Hartlaub einen Umbruch an: einen Einbruch zeitgeschichtlicher Themen und Schauplätze in ihre Prosa, deren Stärke und Eigensinn ansonsten eher im Entwurf imaginärer Welten und in der sprachlichen Gestaltung einer durch Mythen, Träume und Phantasien geprägten Wahrnehmungsweise und Innenwelt ihrer Figuren liegt. Doch wechselte die Autorin nicht einfach die Stillage, paßte sich nicht einfach an die eher schlichte Schreibweise der Beschreibungsliteratur der fünfziger Jahre à la Andersch und Böll an.

Vielmehr ist die literarische Darstellungsweise von *Gefangene der Nacht* das interessante Ergebnis eines Zusammentreffens von zeitgeschichtlicher Thematik und der poetischen Neigung der Autorin. Die Schilderung einer einzigen Bombennacht in einer deutschen Stadt gegen Kriegsende, die die Wege und Erlebnisse mehrerer Figuren in nebeneinander herlaufenden, sich teils überkreuzenden Erzählsträngen präsentiert, wechselt zwischen auktorialem Blick auf das äußere Geschehen und dichten inneren Monologen, in denen die Mentalität der Akteure in der ihnen je eigentümlichen Bildlichkeit und Rhetorik sprachlich vergegenwärtigt wird. Sie wechselt zwischen Turmblick und einer Erzählung aus der Mitte der Ereignisse und Empfindungen der Beteiligten. Dabei gelingt es Geno Hartlaub nicht nur, die Furcht des Deserteurs und des Jungen, der eben einer Deportation entflohen ist, die Ängste des Schwarzhändlers und Wehrmachtsoldaten auf Urlaub, die Herrenmenschenvorstellungen des SS-Führers, die Männerphantasien seiner Schergen und die Blockwartsprache der Helfer, die Gesinnung der Mitläufer und die von Mißgunst und Feindschaft geprägte Stimmung im Luftschutzbunker zu schildern. Ihr Text macht auch sinnfällig, wie sehr die Rezeption der Begebenheiten durch die Beteiligten und ihre Bewertung der Lage durch die Paßformen von Mythen und heroischen Selbstbil-

dern geprägt ist. Damit kommt in dem Roman eine Geisteslage zur Darstellung, die nicht nur die bemerkenswert erfolgreiche Einbindung der Bevölkerungsmehrheit in die Wahnsinnspolitik Hitlers vergegenwärtigt, sondern auch anschaulich vor Augen führt, was spätere Diagnosen von Historikern immer wieder mit Verwunderung festgestellt haben: wie sehr sich die Wahrnehmungen der Betroffenen – bis zur Apathie – gegenüber dem Eindringen von Schreckens- und Zerstörungsbildern ins Bewußtsein abgeschottet haben, indem sie das Erlebte metaphysisch überhöhen, durch mythische Muster überlagern und es in einer im nachhinein nur mehr schwer nachvollziehbaren Weise meistern, den Ausnahmezustand in den Ablauf des Alltags zu integrieren.
Normalisierung des realen Ausnahmezustands und gleichzeitige Abspaltung einer imaginären, teils phantasmatischen Welt – das beschreibt die Ökonomie der Affekte, wie sie die Mentalität der Deutschen an der »Heimatfront« im Zweiten Weltkrieg prägte. Und genau dieser Konstellation kommt die spezifische Stillage von Geno Hartlaubs Schreiben in idealer Weise entgegen. Doch anders als im magischen Realismus, aus dessen Tradition heraus sich ihre literarischen Anfänge herleiten ließen, wird das Geschehen hier nicht von der Autorin in einen magischen oder gar religiösen Sinnzusammenhang gestellt. Vielmehr wird mit Hilfe der Techniken von innerem Monolog und Bewußtseinsstrom kenntlich, daß es die Figuren der literarischen Handlung selbst sind, die derartige mentale Operationen vornehmen. Als ›Derealisierung‹ werden die Analysen zur NS-Geschichte und zum Fortleben des Nationalsozialismus in der Nachgeschichte des Krieges diese Bewußtseinslage später bezeichnen.
Nach eher konventionellen erzählerischen Anfängen, die noch in die Jahre des Dritten Reiches fielen, war die literarische Einbildungskraft der Autorin vor allem in ihrem »phantastischen Roman« *Anselm der Lehrling* (1947) sichtbar geworden, einem Roman, der eine an E.T.A. Hoffmann angelehnte märchenhafte Gegenwelt zur Ordnung der Dinge in der Welt des Büros ent-

wirft. Eine solche Ordnung kennenzulernen, hatte Geno Hartlaub zur Genüge Gelegenheit gehabt, in der bürgerlichen Geschäftswelt ebenso wie in deutschen Wehrmachtsbaracken in Frankreich und Norwegen. – Als Tochter eines bekannten Kunsthistorikers und Museumsdirektors geboren und in einer liberalen, künstlerisch geprägten Umgebung aufgewachsen, bedeutete die Machtübernahme durch Hitler ein jähes Ende dieser inspirierenden Lebenswelt. Nachdem der Vater als »Kulturbolschewist« vom Dienst suspendiert wurde, blieb ein Studium nur Geno Hartlaubs zwei Jahre älterem Bruder, Felix Hartlaub, vorbehalten, während sie eine kaufmännische Lehre antrat und bereits 1939 im Zuge der Mobilmachungsmaßnahmen als Sekretärin zur Wehrmacht dienstverpflichtet wurde. Die ungeliebte Büroarbeit, auch noch im Dienste einer Regierung, zu der Geno Hartlaub in innerer Distanz stand, und der Aufbau einer mythisch-imaginären Gegenwelt auf dem Papier: aus ebendieser Konstellation ist die spezifische Schreibweise der jungen Hartlaub entstanden. In der Erzählung *Der Mond hat Durst* (1963), in der die Inzestgeschichte eines Geschwisterpaares in den zauberhaften Deutungshorizont einer von Mond und Sonne beherrschten kosmischen Bilderwelt getaucht ist, hat die Autorin ihr spezifisches poetisches Vermögen noch einmal zur Kunst gesteigert – kurz nachdem ihre Prosa sich den drängenden Fragen der Zeitgeschichte und – später dann – auch autobiographischen Erzählweisen zugewandt hat.
Die Position von Geno Hartlaub im Literaturbetrieb der Nachkriegsjahre war zunächst allerdings weniger durch ihr eigenes literarisches Werk bestimmt. Als Lektorin bei der von Dolf Sternberger gemeinsam mit Karl Jaspers herausgegebenen Monatsschrift *Die Wandlung* kam sie nicht nur mit herausragenden intellektuellen Sprechern einer liberalen, um moralische Integrität bemühten Nachkriegskultur zusammen; hier war sie auch unmittelbar im Kontakt mit den Debatten über die Schuldfrage, mit Jaspers' These von der »schuldvollen Passivität« der Deutschen, die er dem Konzept der Kollektivschuld entgegenstellte. Größere

Beachtung fand Geno Hartlaub vor allem als engagierte Herausgeberin von Felix Hartlaubs Nachlaß, als sie aus den literarischen Hinterlassenschaften ihres bei Kriegsende verschollenen Bruders zwei Bände zusammenstellte und 1955 publizierte: *Das Gesamtwerk. Dichtungen, Tagebücher* und *Im Sperrkreis, Aufzeichnungen aus dem Zweiten Weltkrieg*, das sind Aufzeichnungen aus den Jahren seiner Tätigkeit im Innern des Wals, als er als Historiker in der kriegsgeschichtlichen Abteilung beim Oberkommando der Wehrmacht tätig war – zwischen Wolfsschanze, Berchtesgarden, Winniza und dem besetzten Paris – und Einblick in die Vorstellungswelt des innersten Kreises um Hitler erlangte: »Man muß die Vernichtung Europas aus der Nähe sehen ...« und »Das Miterleben der Weltgeschichte in dieser Zuspitzung ist qualvoll.« – Sie habe die Manuskripte beim Aufräumen eines Sekretärs gefunden, erzählt Geno Hartlaub. Und sie sei bei ihren Bemühungen, diese zu veröffentlichen, zunächst auf Ablehnung gestoßen: »Sternberger fand die Aufzeichnungen zwar literarisch meisterhaft, aber inhuman ... Rudolf Hirsch gab sie mir zurück mit der Bemerkung: ›Sie wissen doch, daß ich nichts mehr vom Krieg wissen will. Ich habe überlebt und bin katholisch geworden.‹«

Das jahrelange Eintauchen in diese Manuskripte, die Beschäftigung mit dem distanzierten Beobachterblick des Bruders, mit seinem subtil satirischen Ton und der luziden, messerscharfen Beschreibung der laufenden Ereignisse, kann an Geno Hartlaub nicht spurlos vorübergegangen sein. Es muß auch ihren Blick verändert haben – hatte sie selbst diese Jahre doch eher aus der Ferne des Wehrmachtsdienstes in Norwegen erlebt, wo sie in dem Generalstabsoffizier Theodor Steltzer einen Vorgesetzten gefunden hatte, dem sie sich in kritischer Distanz gegenüber dem Regime verbunden fühlte. Die Szenerie, die die Autorin in dem Roman *Gefangene der Nacht* entwirft, geht also nicht auf selbsterlebte Bombennächte in einer deutschen Stadt zurück, sie ist nicht Beschreibung eigener Erfahrungen. Doch vielleicht ist genau das die Voraussetzung, die es ihr ermöglicht hat, das Buch so zu schreiben, wie sie es geschrieben hat: aus der Distanz und innerlich beteiligt zugleich. Verantwortlich für diese Darstellungsweise ist vor allem ihr Kunstgriff einer Erzählperspektive, die zwischen Turmblick und Innenschau wechselt. Und genau damit leistet ihr Buch einen ganz eigenen Beitrag zur – gegenwärtig kontrovers diskutierten – Frage, auf welche Weise die Erfahrungen des Luftkriegs literarisch verarbeitet werden können, und zwar ohne scham- und schuldbesetzte Marginalisierung des Erlittenen einerseits, aber auch ohne die neuerdings wieder verbreitete Pathosformel vom deutschen Opfervolk.

»Die Berichte einzelner Augenzeugen sind darum nur von bedingtem Wert und bedürfen der Ergänzung durch das, was sich erschließt unter einem *synoptischen, künstlichen* Blick.« Dieses Plädoyer für einen erzählerischen Blickwinkel, der unterschiedliche Perspektiven und Beobachtungen kompiliert, ein Plädoyer, das W. G. Sebalds Buch *Luftkrieg und Literatur* (1999) entstammt, liest sich wie eine Vorlage für Geno Hartlaubs nahezu vier Jahrzehnte zuvor veröffentlichten Roman *Gefangene der Nacht*, ihr »erstes Kriegsbuch«, wie die Autorin selbst formuliert hat: »Geschildert wird eine Bombennacht in Frankfurt, in der acht Handlungen nebeneinander herlaufen und sich zum Teil verschlingen. Das Ganze wird von oben gesehen, aus der Turmperspektive, von einem Jungen beobachtet, der sich auf den Domturm versteckt hat.« Insofern bietet sich die Neuauflage des Romans als eine ideale und notwendige Ergänzung zu Sebalds These an, die Schreckensbilder von der Zerstörung der deutschen Städte durch die Bombenangriffe der Allierten stellten eine Art Familiengeheimnis im deutschen Nachkriegsgedächtnis dar und hätten auch keine angemessene literarische Darstellung gefunden. Die »Horrorbilder« und »wahren Schreckensszenen des Untergangs«, so Sebald, sind auf die Blockade einer allgemeinen Apathie und Amnesie gestoßen und durch stereotype Erlebnisberichte eher abgewehrt und verdrängt als artikuliert worden. – Seinem Buch gegenüber nimmt Geno Hartlaubs Roman den Platz eines Supplements zu dessen Abschlußkapitel ein. Denn in dieser »Nachschrift« zu den im Jahre 1997 in Zürich vorgetragenen Vorlesungen kommentiert Sebald – neben den Reaktionen und zahlreichen Zuschriften auf seine Vorlesungen – auch einige literarische Titel, die in Vergessenheit geraten waren und insofern in seiner Untersuchung nicht berücksichtigt worden waren. Es ist hier vor allem der 1991 wiederaufgelegte Roman *Die Vergeltung* (1956) von Gert Ledig, der eine nennenswerte Ergänzung jener Textreihe darstellt, deren kritische Lektüre Sebald zu der Auffassung gebracht hatte, »daß es uns bisher nicht gelungen ist, die Schrecken des Luftkriegs durch historische und literarische Darstellungen ins öffentliche Bewußtsein zu heben«. Die von ihm untersuchten Texte sind: Hermann Kasacks *Die Stadt hinter dem Strom* (1947), Hans Erich Nossacks *Nekyia. Bericht eines Überlebenden* (1947), Heinrich Bölls Ende der vierziger Jahre entstandener, aber erst 1992 publizierter Roman *Der Engel schwieg*, Arno Schmidts Kurzroman *Aus dem Leben eines Fauns* (1953), Peter de Mendelssohns 1948 begonnene, aber erst 1983 erschienene Erzählung *Die Kathedrale*, Passagen aus Hubert Fichtes *Detlevs Imitationen ›Grünspan‹* (1968) und schließlich Alexander Kluges Dokumentarbericht zum »Luftangriff auf Halberstadt am 8. April 1945« im Heft zwei seiner *Neuen Geschichten* (1977).

Der Blick der »Turmbeochachterinnen, Frau Arnold und Frau Zacke«, die bei Kluge von ihrem Posten auf dem Glockenturm der Martinikirche über die Stadt blicken, den Angriff beobachten und die gesichteten Maschinen per Funk an die Zentrale der Flak-Abwehr melden, ist in Geno Hartlaubs *Gefangene der Nacht* bereits vorweggenommen. In Form einer Erzählperspektive, die den Schauplatz der Handlung strukturiert: als Panorama der Stadt im Zeitraum einer Bombennacht. In Alexander Kluges *Neuen Geschichten* kehrt die lakonisch-dokumentarische Schreibart nicht nur die Absurdität des Systems hervor – Turm und Beobachterinnen werden selbst getroffen –, sondern sie kreiert auch den Blick aus »übergeordneter Warte hinab auf das Feld der Zerstörung. Die ironische Verwunderung, mit der er die Tatsachen registriert, erlaubt ihm die Einhaltung der für jede Erkenntnis unabdingbaren Distanz«, so Sebald. Seiner Lesart folgend, wäre es also eine doppelte Distanz, die das Erzählen über die Bombadierungen erst ermöglichte, die Distanz der Dokumentation, die von eigenen Erfahrungen absieht, und die Distanz des Blicks aus einer Vogelperspektive. Kluges Turmbeobachterinnen treten damit als allegorische Verkörperungen des von W. G. Sebald untersuchten Dilemmas auf: Aufgrund der Traumatisierung war es nämlich denjenigen, »die den Epizentren der Katastrophe entkamen«, nicht möglich, die Erfahrungen zu beschreiben, während es andererseits der kalten Sprache der Geschichtsschreibung und der Fachleute des Schreckens, wie sie etwa Hubert Fichte aus medizinischen Berichten über die »Autopsie der Schrumpfleichen« aus dem Hamburger Feuerbrand zitiert, nicht gelungen ist, einen Begriff und ein Bild von den Erfahrungen der Bombardierungen zu vermitteln. Daraus folgt der Mangel einer Perspektive, den man als zugleich beteiligt (im Sinne von Teilnahme, Empathie) und nicht-beteiligt (im Sinne von dabeigewesen, betroffen, traumatisiert) beschreiben könnte.

Eine solche Perspektive hat Geno Hartlaub in ihrem Roman *Gefangene der Nacht* mit den Mitteln der Fiktion gestaltet. Deshalb kann die Neuauflage ihres Buches auch als Beitrag zur laufenden Debatte verstanden werden. Nicht nur trifft ihr Roman in Sebalds Buch *Luftkrieg und Literatur* auf einen herausfordernden Reflexionshorizont, der die Fragen der Darstellbarkeit zuspitzt. Auch ist ihr Roman umgekehrt dazu angetan, die Thesen Sebalds zu befragen. So bestätigt Hartlaubs Roman einerseits Sebalds These, daß die Erfahrungen der städtischen Feuerbrände im Zweiten Weltkrieg nur aus einer Position heraus darstellbar sind, die nicht durch die Traumatisierung der unmittelbar und direkt Betroffenen blockiert ist. Gemessen an der »entsetzlichen Szene«, die er in seinem Buch aus Aufzeichnungen und Berichten unterschiedlichster Provenienz montiert, um nun selbst die geschrumpften Kinderleichname, die von Ratten und Ungeziefer in Besitz genommenen verbrannten Trümmerlandschaften und die verstörten Gesichter der Entkommenen zu schildern – gemessen daran, müßte man andererseits aber auch für Geno Hartlaubs Roman konstatieren, daß er das Ziel verfehlt habe. Wenn man dagegen nicht einwenden müßte, daß der Versuch, die Lücke zu füllen und dem deutschen Familiengeheimnis mit der Forderung zur konkreten Anschauung des Grauens zu begegnen, als Programm für einen literarischen Text nur bedingt geeignet ist. Was nämlich dabei herauskommt, wenn man diese Forderung allzu wörtlich nimmt, haben die geschmacklosen Pathosformeln eines Jörg Friedrich gezeigt. Denn dem Gebot anschaulicher Vergegenwärtigung des Schreckens zu folgen hieße auch, darauf zu verzichten, das Leben, und das heißt das Mit- und Gegeneinander der Bewohner in den bombardierten Kriegsstädten, darzustellen. Und genau diesem Projekt ist der Roman *Gefangene der Nacht* gewidmet. Hinsichtlich der von Sebald aufgeworfenen Fragen entfaltet dieser Roman seine stärksten Passagen, deren Tonlage an Ilse Aichingers großartigen Roman *Die größere Hoffnung* erinnert, gerade nicht aus der Perspektive einer »übergeordneten Warte«. Aus einem solchen Blickwinkel läßt sich möglicherweise die Absurdität von *Lernprozessen mit tödlichem Ausgang* beschreiben, er eignet sich weniger für die Darstellung von Spuren der Zerstörung. Um sich diesen zu nähern, hat Geno Hartlaub einer ihr verfügbaren Schreibweise vertraut. Und so läßt sie im zehnten Kapitel das Mädchen Irene – mit dem für Kinder typischen ahnunglosen, ›unschuldigen‹, aber verstörten Blick – traumwandlerisch durch die abgebrannte und zerstörte Stätte gehen, auf der vor kurzem noch Wohnhäuser standen. Fällt ihr Blick dabei auf wahllos zerstreute Gegenstände und Kleidungsstücke, eine abgerissene Hand und verschrumpelte Kinderleichen – »Da war nichts Menschenähnliches mehr, wovor man Grauen oder Mitleid hätte empfinden können« –, so bleibt diese Szene isoliert stehen, ohne in den Lebens- oder Erzählzusammenhang integriert zu werden, weder im Bewußtsein der Figur noch im Handlungsverlauf des Roman. Die Szene ist in keinen sinnvollen Zusammenhang einzuordnen, auch nicht in den einer späteren Erkenntnis.

Berlin, Januar 2004

suhrkamp taschenbücher
Eine Auswahl

Isabel Allende
- Das Geisterhaus. Übersetzt von Anneliese Botond. st 1676. 500 Seiten
- Porträt in Sepia. Übersetzt von Lieselotte Kolanoske. st 3487. 512 Seiten

Ingeborg Bachmann. Malina. Roman. st 641. 368 Seiten

Jurek Becker
- Jakob der Lügner. Roman. st 774. 283 Seiten
- Amanda herzlos. Roman. st 2295. 384 Seiten

Louis Begley
- Lügen in Zeiten des Krieges. Roman. Übersetzt von Christa Krüger. st 2546. 223 Seiten
- Schmidt. Roman. Übersetzt von Christa Krüger st 3000. 320 Seiten
- Schmidts Bewährung. Roman. Übersetzt von Christa Krüger. st 3436. 314 Seiten

Thomas Bernhard. Ein Lesebuch. Herausgegeben von Raimund Fellinger. st 3165. 112 Seiten

Peter Bichsel
- Kindergeschichten. st 2642. 84 Seiten
- Cherubin Hammer und Cherubin Hammer. st 3165. 112 Seiten

Truman Capote. Die Grasharfe. Roman. Übersetzt von Annemarie Seidel und Friedrich Podszus. st 3135. 208 Seiten

NF 266/1/1.03

Paul Celan. Gesammelte Werke in sieben Bänden. Sieben Bände in Kassette. st 3202-st 3208. 3380 Seiten

Marguerite Duras. Der Liebhaber. Übersetzt von Ilma Rakusa. st 1629. 194 Seiten

Hans Magnus Enzensberger. Der Fliegende Robert. Gedichte, Szenen, Essays. st 1962. 350 Seiten

Max Frisch
- Homo faber. Ein Bericht. st 354. 203 Seiten
- Stiller. Roman. st 105. 438 Seiten

Norbert Gstrein. Der Kommerzialrat. Bericht. st 2718. 148 Seiten

Marie Hermanson. Muschelstrand. Roman. Übersetzt von Regine Elsässer. st 3390. 304 Seiten

Peter Handke. Mein Jahr in der Niemandsbucht. Ein Märchen aus den neuen Zeiten. st 3084. 632 Seiten

Hermann Hesse.
- Das Glasperlenspiel. Versuch einer Lebensbeschreibung des Magister Ludi Josef Knecht samt Knechts hinterlassenen Schriften. st 2572. 616 Seiten
- Siddhartha. Eine indische Dichtung. st 182. 136 Seiten

Ludwig Hohl. Die Notizen oder Von der unvoreiligen Versöhnung. st 1000. 832 Seiten

Yasushi Inoue. Das Jagdgewehr. Übersetzt von Oskar Benl. st 2909. 98 Seiten

NF 266/2/1.03

Uwe Johnson. Jahrestage. Aus dem Leben der Gesine Cresspahl. Einbändige Ausgabe. st 3220. 1728 Seiten

James Joyce. Ulysses. Roman. Übersetzt von Hans Wollschläger. st 2551. 988 Seiten

Franz Kafka. Der Prozeß. Roman. st 2837. 282 Seiten

Bodo Kirchhoff. Infanta. Roman. st 1872. 502 Seiten

Andreas Maier. Wäldchestag. Roman. st 3381. 315 Seiten

Magnus Mills. Die Herren der Zäune. Roman. Übersetzt von Katharina Böhmer. st 3383. 216 Seiten

Cees Nooteboom. Allerseelen. Roman. Übersetzt von Helga van Beuningen. st 3163. 440 Seiten

Juan Carlos Onetti. Das kurze Leben. Roman. Übersetzt von Curt Meyer-Clason. Mit einem Nachwort von Durs Grünbein. st 3017. 380 Seiten

Marcel Proust. In Swanns Welt. Auf der Suche nach der verlorenen Zeit. Übersetzt von Eva Rechel-Mertens. st 2671. 564 Seiten

Hans-Ulrich Treichel. Der Verlorene. Erzählung. st 3061. 175 Seiten

Mario Vargas Llosa. Tante Julia und der Kunstschreiber. Roman. Übersetzt von Heidrun Adler. st 1520. 392 Seiten

Martin Walser. Ein fliehendes Pferd. Novelle. st 600. 151 Seiten

Ernst Weiß. Der arme Verschwender. st 3004. 450 Seiten

NF 266/3/1.03